Klaus Schomers

DER ERDMENSCH

**Die Erkundungen des Bodenforschers
Nikolaus Consdorf**

Erzählung

Bibliografische Information der Deutschen Nationalbibliothek:
Die Deutsche Nationalbibliothek verzeichnet diese Publikation
in der Deutschen Nationalbibliografie; detaillierte bibliografische
Daten sind im Internet über http:// dnb.dnb.de abrufbar.

Herstellung und Verlag
BoD – Books on Demand, Norderstedt

ISBN: 978-3-7448-9247-6

Für Gunar
und seine Freunde

INHALT

Prolog

Ob Gipfel spitz, ob runde Kuppe,
ob feuchtes Tal, ob Moores Suppe,
dem Erdmenschen ist es einerlei,
hat er sein Bohrgerät dabei.

Er schlägt mit dem Hammer wieder und wieder,
der Stahlstock geht hierbei zügig nieder.
Und wie er derart weiterschwenkt,
das Teil ist schließlich ganz versenkt.

Nun heißt es mit Ziehen, Drehen und Drücken,
die Sonde dem Erdreich zu entrücken.
Ans Tageslicht kommt nunmehr „Schicht für Schicht"
des Bodens Bau – ein wahrhaft Gedicht!

1. Am Anfang

Warmes, rundes Nest.
Schon reicht meine Nase
über deinen Rand hinaus –
entfliehen werde ich.

Gescheiterter Gipfelsturm

Als Nikolaus Consdorf drei Jahre alt war, geleitete ihn seine Mutter zu einem überdimensionalen, lärmenden Erdhaufen. Behütet, an der festen mütterlichen Hand, fand sich der kleine Mann im Anschluss wie angewurzelt im Halbschatten zwischen einer pyramidenförmig aufgeworfenen, graubraunen Oberbodenmiete und der Rückseite des unlängst fertiggestellten Wohnblocks, in den die Familie wenige Wochen zuvor eingezogen war.

Mit erhobenem, ehrfurchtsvollem Blick versuchte Consdorf das lebhafte Geschehen auf dem Erdhaufen zu erfassen: Größere Jungen hatten den Berg lautstark in Besitz genommen und in seinen Gipfellagen kleinere Höhlen gegraben. Einige Jungen patrouillierten mit Schaufeln und sonstigen selbst gefertigten, aus Strauchwerk zugeschnittenen Waffenimitaten würdevoll auf ihrem erhobenen Posten, andere wiederum hockten eng eingekeilt in verschiedenen kleinen Erdlöchern. „Wieso stecken die Jungs in diesen Löchern? Wie sind sie in diese Höhlungen hineingekommen? Sind sie in diese hineingestiegen oder etwa von anderen Jungen dort hineingedrückt worden? Oder hocken sie dort, weil der Berg genau jetzt im Begriff ist, sie aus seinem tiefsten Inneren freizugeben – ja auf die Erdoberfläche auszuspucken?" Fragen wie diese blieben unbeantwortet im Raum stehen, marterten den kleinen Kinderkopf und hinterließen für längere Zeit eine merkwürdige, nicht auflösbare Stimmung.

Wie sich Nikolaus Consdorf Jahre später erinnert, liefert die beschriebene Szene die ersten Bilder seines Lebens. Zuvor hatte er keine optischen Eindrücke abgespeichert. Gleichfalls liegen ihm weder akustische noch sonstige Signale aus dem Dunkel einer wie auch immer gearteten Vorzeit vor. Das stimmungsvolle Ereignis spielt im Frühjahr 1961. Seine Eltern, seine beiden Geschwister und er hatten der Düsseldorfer Innenstadt den Rücken gekehrt und anschließend am Stadtrand Quartier bezogen. Die mehrgeschossigen, parallel angeordneten Wohngebäude der Postlersiedlung waren wenige Wochen zuvor bezugsfertig geworden, die Rasen- und Beetflächen zwischen den langgezogenen, Südwest-Nordost-gerichteten Wohnblocks noch nicht angelegt. Der natürliche Oberboden, der früher als Haut der Landschaft die Freiflächen schützend abgedeckt und dort jahrhundertelang als Ackerkrume Dienst getan hatte, ruhte nun an verschiedenen Positionen aufgetürmt zwischen den Gebäuden.

Der größte dieser Erdberge besaß die magische Macht, den kleinen Mann in seinen Bann zu schlagen. Sein Kraftfeld war offenbar derart stark, dass Consdorf neben seiner Mutter stehend nahezu erstarrte und sein Blick voller Demut an dem rätselhaften, hoch aufgeworfenen Erdreich emporkroch. Er konnte es sich nicht erklären, verspürte aber von einem zum anderen Moment den unnachgiebigen inneren Drang, das angehäufte Bodenmaterial zu ertasten, es mit den Händen aufzunehmen, es behutsam zu verformen und anschließend durch seine kleinen Finger rinnen zu lassen sowie im Weiteren den gesamten Haufen bis hinauf in seine Hochlagen zu besteigen. Vermutlich trieb es ihn ebenso an, gleichberechtigt an dem bedeutungsvollen Spielgeschehen der größeren Jungen teilzunehmen. Die Consdorf-Mutter hielt Nikolaus allerdings bestimmend zurück. Das Spiel der Größeren war der vorsichtigen Frau eindeutig zu wild. Zudem war sie der festen Überzeugung, es sei für ihren Sohn noch lange nicht an der Zeit, die kleinkindliche, bodennahe Perspektive gegen eine „reifere Position" in Gipfellage einzutauschen. In diesem Sinne sah sich Nikolaus Consdorf außerstande, sich von der fürsorglichen Hand zu trennen, und musste seinen ersten, frühkindlichen Gipfelsturm im Frühjahr des Jahres 1961 als gescheitert ansehen.

Auf der ländlichen Seite

Das vorrangige Ablaufen von befestigten Wegen oder Straßen führt zu Zielen, die andere mehr als zwingend vorgegeben haben, die offensichtlich kein Neuland verheißen und die zwangsläufig mit nur wenigen Überraschungen aufzuwarten wissen. Abseits der ausgetretenen Pfade und asphaltierten Verbindungen besteht hingegen die Möglichkeit, selbstbestimmt auf Erkundungssuche zu gehen. Hier folgt der Suchende seinem eigenen Stern, geht seinen eigenen Weg und erreicht mitunter Ziele, die aus anderer Perspektive zuvor nicht einsehbar waren.

Die Erschließungsstraße am Rand der Großstadt trennte zwei Welten voneinander. Diesseits lag die wohlgeordnete, einfach strukturierte, aber insgesamt auch wenige Abenteuer verheißende Wohnsiedlung, die in dieser Hinsicht mit dem nüchternen Terminus „Postlersiedlung" mehr als treffend beschrieben scheint. Hier herrschten klar vorgegebene, einfach überschaubare Raumstrukturen vor: In der Vertikalen dominierten parallel gestellte, deutlich lang gezogene, dreistöckige Wohnblocks. Dazwischen fanden sich verschiedene gepflasterte Fußwege, die jeweils beiderseits von eintönigen, fortwährend kurz gehaltenen Zierrasenflächen gesäumt waren. Insgesamt gesehen war dieses vorstädtische Siedlungsbild klar von der Geometrie und Ästhetik des rechten Winkels bestimmt.

Im Zentrum der größeren Rasenflächen hatte die zuständige Wohnbaugesellschaft kleine, an Stahlrohren montierte braune Schilder aufgestellt, die mit weißen Lettern im Zeitgeist der frühen 60er-Jahre verkündeten: „Betreten der Grünanlage verboten! Eltern haften für ihre Kinder!" Neben den überdimensionierten Rasenflächen gab es mehrere kleinere und größere Beete, die entweder mit einzeln gesetzten Ziergehölzen oder aber mit mehr oder weniger dichtem Gebüsch aus verschiedenartigen Sträuchern und Bäumen bestückt waren.

Derartig strukturiertes Terrain war aus elterlicher Perspektive von beiden Seiten der Wohngebäude aus problemlos über zahlreiche Balkone und Fenster zu kontrollieren und diente in den ersten drei Jahren – trotz oder aber gerade wegen der genannten kleinen Warnschilder – als weitläufiges Spielgelände. Zumeist hielten sich die Kleinkinder allerdings in einem der drei Sandkästen auf, die jeweils in einem Abstand von nur wenigen Metern vor den Wohngebäuden errichtet worden waren und deren Funktion offenbar darin bestand, die Siedlungskinder mit Bedacht von dem sorgsam gepflegten Grün fernzuhalten.

Jenseits der Straße waren die Verhältnisse weniger offensichtlich. Sie zeigten sich hier kaum geometrisch vorgezeichnet und entzogen sich vor allem im Hinblick auf jedes kindliche Spielgeschehen einer klar definierten wie auch kontrollierbaren Reglementierung. Hier ging der Stadtrand unvermittelt in die offene, agrarisch genutzte Kulturlandschaft über. An dieser Nahtstelle begann die Abenteuerwelt der Stadtrandkinder. Zunächst gab es dort zwei alte niederrheinische Bauernhöfe: In 50 Metern Entfernung von der Consdorfschen Wohnung – schräg gegenüber auf der anderen Straßenseite – stand das zweigeschossige, rot gebrannte Ziegelsteinhaus „ihres Bauern". In rund 250 Metern Entfernung – in östlicher Richtung gelegen – befand sich das große, weiß getünchte, burgartig aufgestellte und einen größeren Innenhof umschließende Ziegelsteingebäude des „weißen Bauern".

Im Bereich dieser landwirtschaftlichen Hofstellen standen neben den Wohngebäuden unterschiedliche Wirtschaftsgebäude, wie Ställe, offene Scheunen mit hoch aufgetürmten Strohballen und verschiedene Schuppen, die diverses Kleingerät irgendwie zu verstecken suchten. Dazwischen waren größere und kleinere Stellplätze eingeschaltet, auf denen vor allem Landmaschinen und Anhänger standen. Auffallend war hier eine scheinbar unvermeidbare, betriebsbedingte Unordnung, die spielende Kinder förmlich dazu einlud, sich in das Durcheinander einzuschleichen und hinter hoch gestapelten Kisten, Fässern und sonstigen Geräten in Deckung zu gehen.

Im Umfeld der Hofstellen herrschten in der Kulturlandschaft Acker-, Wiesen- und Weideflächen sowie verschiedene Areale mit kleingärtnerischer Nutzung vor. Auch auf diesem Terrain gab es für das kindliche Auge Interessantes zu beobachten, was nach eingehender Sichtung der Dinge nicht selten zu spielerischen Erkundungen einlud.

Auf den siedlungsnahen Äckern wurden Rüben, Getreide oder Kartoffeln angebaut. Hier verrichtete „ihr Bauer" auf verschiedenen Schlägen mit dem Traktor, gelegentlich aber auch mit seinem alten braunen Kaltblutpferd „Max", unter schweißtreibendem

Körpereinsatz schwerste Feldarbeit. Als Spuren, die die angespannten Pflüge oder Eggen in dem sandigen Oberboden hinterließen, tauchten im Anschluss – je nach vorangegangenem Arbeitsschritt – entweder große, glatt abgeschnittene und seitlich umgeworfene Schollen oder aber zerkleinerte, weitgehend eingeebnete, aber letztlich doch wirr herumliegende Krümel und Bröckel aller möglichen Fraktionen auf.

Auf den benachbarten Kleingartenparzellen harkten Kleingärtner entweder emsig oder aber beschaulich zwischen Gartenhäuschen, Obstbäumen und Sträuchern in ihren Beeten oder ernteten mehr oder weniger zielstrebig verschiedenartiges, reif gewordenes Obst und Gemüse.

War die Winterzeit vorbei, standen auf den Weideflächen schwarzweiß gescheckte Kühe, die friedlich hinter weitmaschigen Stacheldrahtzäunen grasten oder dort bewegungsarm und monoton wiederkäuten. Im Hintergrund der landbaulichen Aktivitäten und des weidewirtschaftlichen Trotts veränderte die Landschaft, den jahreszeitlichen Verlauf nachzeichnend, zusehends ihren Charakter. Dieser saisonale Wandel zeigte an, dass jegliche Form von Leben, wie auch die das Land bewirtschaftende Aktivität des Menschen, der Veränderung unterliegt.

Gleichzeitig erfuhren die Stadtrandkinder mit Blick auf die Ackerflächen und deren graubraunen Mutterboden, auf welchem Wege die pflanzliche Nahrung, die am elterlichen Mittagstisch auf Tellern dargeboten wurde, Gestalt annimmt bzw. als Feldfrucht zur Reife kommt. Aßen die Consdorf-Kinder Kartoffeln oder Möhren, so hatten sie mitunter auch die Gestalt und Ausprägung des zugehörigen Blattwerks vor Augen. Tranken die Kinder ihre Frühstücksmilch, so stand für sie außer Zweifel, dass genau diese den friedlich grasenden, schwarz-weiß gescheckten Kühen des „weißen Bauern" entstammte.

Vernetzt waren die Landwirtschaftsflächen und Kleingärten über unbefestigte gelbbraune Feldwege. Auf diesen stand nach lang anhaltenden Landregen gelegentlich tagelang das Wasser. Bei Trockenheit hingegen verursachten die wenigen hier entlang fahrenden Autos und Motorräder beachtliche Staubwolken, die einerseits Kinder stark beeindruckten, andererseits jedoch am Rand stehende Erwachsene verärgerten und zu wildem Gestikulieren veranlassten. Im Sommer wurden diese Feldwege beiderseits von überaus bunten, teppichartig entwickelten Ackerwildkrautfluren gesäumt, in denen Klatschmohn, Kornblumen, Kamillen und Margeriten als fröhliche Farbtupfer frisch aufleuchteten.

Daneben traten, den Jahreszeiten nicht unterstellt, an einigen Positionen wenig spektakuläre, unterschiedlich dimensionierte Flächen hervor, die mehr oder weniger stark verbuscht waren. Auf diesen herrschten dichtes, stacheliges Brombeergestrüpp mit eingestreutem Gehölzjungwuchs aus Weiden- und Holundersträuchern sowie Hochstauden wie Disteln, Beifuß und Kletten vor. Die größten dieser Brombeergebüsche waren – wenn überhaupt – nur über schmale, wenig ausgetretene Trampelpfade begehbar. Stellenweise gab es hier zudem kleinere tunnelartige Eingänge und Durchlässe, die bei näheren, nicht ganz ungefährlichen Erkundungen mindestens eine gebeugte Körperhaltung erforderten. Derart strukturiertes Dickicht, wie auch verschiedenartige Hecken und durchlässige Holz- oder Drahtzäune, regten von Beginn an die kindliche Neugierde und Fantasie stark an und gaben so manchen Anlass für eine kindliche Expedition ins Reich des Unbekannten. Für den frühen Forscherdrang besaßen diese halbdurchlässigen Begrenzungen geradezu katalytische Funktion.

Kindliche Raumerkundungen

Je häufiger die Stadtrandkinder die Dinge selbst in die Hand nahmen und sich konsequent der elterlichen Obhut entzogen, desto selbstbewusster und stolzer wurden sie. Ergo wechselten sie, so oft sich die Gelegenheit bot, wild entschlossen auf die andere Straßenseite über und weiteten dort ihren Aktionsradius aus. Derart entfernte sich auch Nikolaus Consdorf zusammen mit seinem großen Bruder und einigen Freunden mehr und mehr von den hinlänglich vertrauten Wohnblocks, von der aufgeräumten Geometrie der „Postlersiedlung" und nahm nach und nach die vielgestaltigen Räume der freien Kulturlandschaft für sich in Besitz. Hierzu kletterte er über Zäune und Mauern, ließ jene halb durchlässigen Gebüsche und Hecken hinter sich und überquerte mit Genugtuung Straßen und Wege, die noch wenige Wochen zuvor seinen Erfahrungshorizont eingeengt und begrenzt hatten. In diesem Sinne unternahm er – ob zu Fuß oder aber von einem Zweirad getragen – alle paar Tage eine Erkundungstour, die oftmals zu einem neuen interessanten Zielpunkt führte und nicht selten mit Blessuren wie Schürfwunden, Kratzern, Beulen und blauen Flecken bezahlt werden musste.

Je älter, kräftiger und mobiler die Kinder wurden, desto schneller bewegten sie sich und desto weiter entfernte Areale suchten sie auf. In der heimatlichen, scheinbar endlosen und ungeordneten Weite der Stadtrandlandschaft eröffneten sich ihnen ungeahnte Möglichkeiten. Es galt, die Welt auf eigene Faust zu erobern, Erfahrungen zu sammeln und vorgegebene Grenzen und Hindernisse zu überwinden. Natürlich wollten sie dabei auch genau jene verbotenen Dinge anstellen, die sie sich unter elterlicher Aufsicht mit Sicherheit hätten verkneifen müssen.

Mit mehreren Freunden drangen die Consdorf-Jungen unbeobachtet in verlassene Obstgärten ein, kletterten dort auf Obstbäume und pflückten von Ästen in ansehnlicher Höhe große Mengen reifer Äpfel und Birnen. Ihr Beutegut überließen sie am späten Nachmittag mit Stolz und Genugtuung der Mutter zum Einkochen. – Am Rheinufer sammelten sie trockenes Treibholz und Reisig und entzündeten damit kleinere oder auch größere Feuer. In diesen garten sie Kartoffeln, die sie zuvor auf abgeernteten Feldern aufgelesen hatten. Diese gerösteten Feuerkartoffeln mit schwarz verkohlter

Kruste schmeckten natürlich hervorragend – besser als jene, die man am häuslichen Tische gekocht als Mittagessen bekam. Ausgerüstet mit Schaufeln und Fahrtenmessern – somit also jederzeit gut bewaffnet – durchstreiften sie stundenlang verbuschte Ruderalflächen, kleinere Wäldchen oder Feldgehölze, errichteten dort aus Ästen und belaubten Zweigen gut getarnte Unterschlüpfe und rauchten in diesen aus weißen Schaumkreidepfeifen getrocknete Kastanienblätter oder auch echten Tabak. Erstere hatte ihnen Sankt Martin als Beigabe zum Weckmann beschert, letzteren hatten sie einige Male am Abend des Vortages „unauffällig" aus dem Tabakbeutel ihres Vaters abgezweigt. – Daneben fuhren die Jungen im regelmäßigen Turnus mit ihren Fahrrädern Rallye-Strecken ab, die über Feldwege mit tiefen Schlaglöchern, über holprige Deichkronen, über aufgeweichte Waldwege und kurvenreiche, kaum befahrbare Trampelpfade in unmittelbarer Rheinufernähe führten.

Als die Abenteurer schließlich jugendliches Alter erreicht hatten, führten sie auch gerne ein Luftgewehr mit sich. Mit diesem schossen sie am Rheinufer in Cowboy-Manier auf angeschwemmte Blechdosen oder aber auf Markierungsbojen im Bereich des Stromstrichs. Gelegentlich nahmen sie dann allerdings auch den ein oder anderen vorbeituckernden Rheinfrachter unter Feuer.

Nachdem die Consdorf-Jungen mit ihren Kameraden jahrelang ihr Umland erkundet hatten – dort gewissermaßen flächendeckend ihre Fuß- und Fahrspuren hinterlassen hatten –, kannten sie ihre Heimatgegend in- und auswendig. Durch ihre Erkundungen hatten sie sich einerseits einen konkreten Bezug zu ihrem Lebensraum erarbeitet, andererseits aber auch die reale Größe und Ausstattung dieses Gebietes am eigenen Körper erfahren.

So wie sie mit ihren Expeditionen Schritt für Schritt die räumlichen Grenzen ihres heimatlichen Gebietes hinaus in größere Ferne verschoben hatten, so war es ihnen gleichfalls gelungen, die Grenzen ihrer eigenen Wahrnehmung und Erfahrung zu erweitern. In dieser Hinsicht darf mit Fug und Recht behauptet werden, sie hätten eigenverantwortlich – fernab elterlicher Obhut – ein gutes Stück Erziehungsarbeit selbst in die Hand genommen.

Graben, graben, graben

Ob als Kinder oder Jugendliche, die Consdorf-Jungen haben im Bereich der Wohnblocks und an zahlreichen anderen Stellen im näheren wie auch weiteren Umfeld der Siedlung beinahe unablässig gegraben. Angefangen hatten auch sie mit den üblichen frühkindlichen Grabarbeiten in den gebäudenahen Sandkästen. Dort zeigten sie sich unter mütterlicher Aufsicht zunächst vorwiegend gestalterisch tätig. Mit Eimern, Förmchen, Sieben und kleinen Schaufeln zwangen sie dem sandigen, mehr oder weniger trockenen Substrat ihren Willen auf und reproduzierten zielgenau jene Formen, die bereits etliche Generationen von Vorkindern zustande gebracht hatten. Zudem gruben sie bald jedoch kleinere Löcher in den Sandkasten hinein, um Dinge dort hineinzustecken, sie im Anschluss zu verschütten und später erneut auszugraben.

Mit der Zeit, nach nur wenigen Jahren, gewannen die Sandkastenlöcher deutlich an Größe. Nachdem die Jungen bereits mehrfach tief bis in das unterlagernde, natürliche Substrat hinein vorgedrungen waren, drängte es sie hinaus aus der sandigen Kastenwelt, weg von den Wohnblocks, hinüber auf die andere Straßenseite. Denn das dortige Gelände verhieß ungeahnte Möglichkeiten, in großem Stile – ungehindert und unbeobachtet – entsprechende Grabungen durchführen zu können. Dort entstanden dann schließlich jene ansehnlichen Löcher, in die mehrere Kinder gleichzeitig hineinklettern konnten wie auch solche, die als Fallgruben – für unliebsame Artgenossen sorgsam abgedeckt und getarnt – angelegt wurden.

Auf dem weiten Wege dorthin gab es allerdings auch den ein oder anderen unvermeidbaren Rückschlag. So blieb Nikolaus Consdorf in einem Falle mit seinen Gummistiefeln derart fest im Schlamm stecken, dass graubraunes Wasser unaufhaltsam von oben her in den Schaft seines Schuhwerks hineinströmte und er es letztlich nur der ansehnlichen Kraft seines Bruders verdankte, aus dieser misslichen Lage unbeschadet befreit zu werden.

Auch versuchte man den jungen Erdarbeiter von Beginn an von künstlichen Substraten jeglicher Art fernzuhalten. Glaubte er auf einem Baustellengelände in geöffnet herumliegenden Zementsäcken eine optimal zu handhabende bzw. gut schaufelbare Lockersubstanz aufgespürt zu haben, so waren aufgeschreckte Nachbarn bemüht, im Zusammenspiel mit seiner Mutter, ihn ein für alle Mal von kreativen Grabvorhaben dieser Art abzubringen. Erstere zeigten sich dafür verantwortlich, dass er umgehend in Richtung elterlicher Wohnung abgeführt wurde, letztere nahm ihn anschließend im häuslichen Badezimmer mit erhobenem Zeigefinger und mahnendem Blick in Verwahrung und drohte: „Zu dem Dreckszeuchs jehst de mir nich noch mal hin, mein Freundchen! Du siehst ja aus wie ein ergrauter Bäcker!"

Je älter und kräftiger die Jungen wurden, desto umfangreicher und zeitaufwendiger wurden ihre Grabungen, desto tiefgründiger im Ergebnis allerdings auch die von ihnen ausgehobenen Löcher wie auch die auf dem Wege dorthin gesammelten Erkenntnisse.

Bei der Errichtung eines Erdlochs und der allgegenwärtigen Frage, was denn wohl im Untergrund zum Vorschein kommen mag, stand stets die Suche nach den eigenen Möglichkeiten im Raum: War man klein und besaß nur bescheidene Kräfte, so vermochte man allenfalls unbedeutende Löcher anzulegen. Verfügte man hingegen über große Kraftreserven, so konnten diese in Form eines ansehnlichen Lochs unter Beweis gestellt werden. In diesem Sinne war jedes kindliche Graben nicht eindeutig zweckgebunden. Wichtig war vielmehr, dass man grub und dass hierbei nach Maßgabe der körperlichen Konstitution vor allem in die Tiefe und in die Breite gegangen wurde. Dem Graben wohnte demnach – faktisch wie auch wörtlich – ein durch und durch tief gehender Sinn inne. Die Löcher, die die Consdorf-Jungen bei diesen schürfenden Sinnsuchen zustande brachten, wurden deshalb von Mal zu Mal größer und gewannen vor allem auch zunehmend an Gründigkeit.

Als die Jungen mehr als deutlich jugendliches Alter erreicht hatten, schien es zwischenzeitlich beinahe so, als hätten sie das Interesse an Grabungen jeglicher Art verloren. Ihre Spaten und Schaufeln standen irgendwo in einem dunklen Kellerraum abgestellt, und ihre Perspektive – der Blick auf alles Künftige – schien eher nach vorne und oben, denn nach hinten und unten ausgerichtet zu sein.

In diesem Schwebezustand hatten sie dann die Errichtung eines Baumhauses ins Auge gefasst. Dieses versprach ihnen ein moderates Abheben vom Boden der Realität und sollte zudem eine gewisse Verschnaufpause im Hinblick auf das bevorstehende Erwachsenwerden garantieren. Da ihnen für dieses Vorhaben allerdings der logistische Sachverstand – vor allem aber auch ein geeigneter größerer Baum – fehlte, nahmen sie in einem Sommer Mitte der 70er-Jahre alternativ dazu dann doch ein größeres „Erdhausprojekt" in Angriff. Ergo wurden die eingekellerten Grabwerkzeuge erneut ausgemottet.

Das geplante Erdhaus sollte aus soliden Brettern zusammengenagelt und mit einem kleinen, selbst gemauerten Ofen ausgestattet werden sowie über ein stabiles Holzdach verfügen. Letzteres wollte man abschließend, nach allen Regeln der Kunst, mit Erde, Gras und Laubwerk tarnen. Die Jungen hatten vor dem Hintergrund der luftigen „Baumhausvision" die Vorstellung entwickelt, auch in einem gut getarnten Versteck wie einem Erdhaus ließe sich – wenn auch nur für eine geraume Zeit – ein Teil der jugendlich erkämpften Autonomie erfolgreich verteidigen.

Das geplante Bauvorhaben machte zunächst umfangreiche Erdarbeiten erforderlich. Mit zwei treuen Freunden hatten die Consdorf-Jungen in einer kleineren, nur wenige Jahre alten Birkenaufforstung zunächst zahlreiche Bäumchen und deren Wurzelwerk entfernt und anschließend mehrere Tage lang erbarmungslos ins Erdreich gegraben. Die jugendlichen Arbeiter gruben sich hierbei mit großer Schlagzahl Schicht für Schicht tiefer in den rotbraunen Boden hinein. Mit anwachsender Tiefe und zunehmender Bodenfeuchte wurde das Schachten mehr und mehr beschwerlich. Der sandige Lehm, der mit jedem Spatenstich angehoben wurde, blieb immer häufiger quaderförmig an dem Spatenblatt kleben und trennte sich beim anschließenden ruckartigen Abwerfen kaum noch vom Metall des Grabwerkzeugs. Es schien fast so, als wolle sich das sandig-lehmige Substrat nur äußerst widerwillig von seinem geologischen Verbund trennen. Schließlich brachten die Jungen nach mehreren Tagen eine ansehnliche Baugrube zustande, die in etwa die Ausmaße zwei mal drei Meter bei rund 180 Zentimetern Tiefe aufwies.

Als sie endlich die anstrengenden Grabarbeiten beendet hatten und am Tage später auch die Errichtung des gemauerten Ziegelsteinofens, einschließlich eines akzeptablen Kamins, nahezu abgeschlossen war, wollte sich anschließend, bei der Fertigstellung des eigentlichen Gebäudes, kein nennenswertes Vorankommen mehr einstellen. Dieses lag vor allem daran, dass die Jungen nirgendwo geeignete Baumaterialien wie größere Bretter und Balken auftreiben konnten.

Wie sie sich in ihrem Erdloch auch drehen und wenden mochten – und derart ihrem Denken Richtung und Beweglichkeit zu geben hofften –, das Vorhaben war ihnen logistisch wie auch zeitlich über den Kopf gewachsen. Sie mussten sich eingestehen, an der übermächtigen Herausforderung Lust und Laune verloren zu haben. Deshalb berieten sie sich und kamen kurzerhand überein, das Projekt unvollendet zu begraben. Unmittelbar danach schaufelten die vier Freunde das Loch in einer schweißtreibenden Gewaltaktion von mehreren Stunden wieder zu.

Mit dem Zuschütten ihres größten Erdlochs begruben die Jungen jedoch nicht nur ein rudimentär angelegtes Erdhaus und einen gemauerten Ziegelsteinofen mit einem bis fast zuletzt hoch herausragenden Kamin, sondern sie verabschiedeten sich auch von der Autonomie-Vision, die ihrem Projekt innewohnte. Vermutlich waren sie sich zu diesem Zeitpunkt bereits ohnehin darüber im Klaren, dass die Zeit des jugendlichen Herumstromerns unweigerlich zu Ende ging und dass ihnen keine Möglichkeit mehr blieb, sich vor dem herannahenden Erwachsenwerden – jenem unvermeidbaren Sprung ins kalte Wasser – zu verbergen. Mit dieser letzten großen Aktion begruben die Freunde unwiderruflich ihre Erdkarrieren. Auch der Consdorf-Bruder waren in diesem Sinne ein für alle Mal aus dem Schneider. Nikolaus Consdorf hingegen konnte zum damaligen Zeitpunkt noch nicht ahnen, dass alles bisherige Graben für ihn erst die Probe aufs Exempel sein sollte.

Am Fluss – Der Himmelgeister Rheinbogen

Nikolaus Consdorf mag damals dreizehn Jahre alt gewesen sein. Sein Vater und er unternahmen wieder einmal eine kleinere Fahrradtour zum Rhein. Und immer wenn die beiden ein „Tourchen zum Rhein" antraten, war es der Himmelgeister Rheinbogen in rund drei Kilometern Entfernung, der als Zielobjekt angesteuert wurde. Das bedeutete, Vater und Sohn bewegten sich auf genau jenes Terrain zu, welches Consdorf ansonsten eher im Freundestrupp unsicher machte.

Der Himmelgeister Rheinbogen krümmt sich rechtsrheinisch zwischen den Flusskilometern 723 und 731. In seinem westlichen Teil umfasst er zahlreiche stromparallel angelegte Flutrinnen, die bis etwa zwei Meter tief in die Flussaue eingelassen sind und bei Hochwasser sukzessive untertauchen. Folgt man zu Fuß in Nordsüd-Richtung dem befestigten Hauptweg durch dieses hochwassergefährdete Auenareal, so fallen einem zunächst die ausgedehnten Weideflächen mit den locker eingestreuten Kopfweiden und die zahlreichen, verschiedene Wege und Parzellengrenzen markierenden, hohen Pappelreihen ins Auge. Auf den zweiten Blick treten dann einige größere Ackerflächen hinzu. Daneben zeigen sich einzelne größere wie auch kleinere Feldgehölze. Mit Blick aufs Detail erkennt man, dass die bis zu dreißig Meter hohen Baumreihen aus Balsam- und Hybrid-Pappeln durch verschiedenartige Strauchgruppen und kleinere Bäume heckenartig miteinander vernetzt sind. Schaut man schließlich ganz genau hin, so fällt einem darüber hinaus möglicherweise das wellenartige Kleinrelief auf, dessen ausgeprägter Rinnencharakter sich allerdings nur dem tatsächlich erschließt, der sich wirklich einmal die Mühe macht, einer der eingetieften Linien über eine Länge von mehreren hundert Metern zu folgen.

Hat der Spaziergänger mit wachen Augen eine Bestandsaufnahme dieser niederrheinischen Auenlandschaft geleistet, so ist ihm unbedingt angeraten, auf besagtem „Nordsüdweg" einen kurzen Halt einzulegen und anschließend langsam und bewusst eine komplette Drehung um die eigene Achse zu vollziehen. Genau diese offenbart die Erkenntnis, dass es in einer Großstadt wie Düsseldorf nur noch wenige Orte gibt, an denen man – wie in hiesigem Rheinbogen – das Gefühl verspürt, sich in der freien Landschaft zu bewegen. Nur selten noch findet der städtische Fußgänger im Rheinland Freiräume vor, die ihm einen Rundumblick mit kulturlandschaftlicher, nicht urban geprägter Horizontlinie vermitteln. Und noch seltener stößt er im großstädtischen Außenbereich auf Weideflächen, auf denen friedlich Rinder grasen. Was den Himmelgeister Rheinbogen darüber hinaus gleichermaßen auszeichnet, ist die Tatsache, dass der Wind hier die hohen, sich biegenden Pappelkronen unvergleichbar zum Rascheln bringt. Es ist ein anhaltendes, auf- und abbrausendes Rauschen im Blattwerk, das allenfalls dem Brandungsspiel am Meeresstrand vergleichbar ist. Dieses ist einerseits der unmittelbaren Rheinnähe zu verdanken, die zwangsläufig erhöhte Windgeschwindigkeiten nach sich zieht, andererseits aber auch dem halb offenen Charakter dieser ansprechenden Kulturlandschaft.

Nun lagen Nikolaus Consdorf und sein Vater bei schönstem Sommerwetter am südlichen Ende des Rheinbogens unter einer etwa zwanzig Meter hohen, breitkronigen Eiche. Diese steht hier, im Hochflutbett des Flusses, zusammen mit einigen weiteren Exemplaren auf einer ufernahen Glatthaferwiese. An diesem schattigen Pausenplatz genossen die beiden die prächtigen Farben, erfreuten sich an dem sanften Rauschen der Pappeln und an dem abwechslungsreichen, jahreszeitlich gestimmten Gesang der Vögel, die entweder hoch über ihren Köpfen in der Luft waren oder aber gut versteckt im benachbarten Geäst saßen.

Schließlich kamen wie aus dem Nichts jene beiden merkwürdigen Sätze hervor: „Man müsste ein eigenes Haus haben", sagte der Vater. „Ein wirkliches Zuhause, einen Ort, an dem man sich so richtig wohl fühlt!", fügte er hinzu.

Nikolaus war nicht klar, was sein Vater damit meinte. Wollte er ihm zu verstehen geben, dass er nicht gerne zur Miete wohnte und dass man als Bewohner eines gemütlichen Einfamilienhauses seiner Meinung nach größere Freiheiten genießen konnte – welcher Art auch immer? Die Familie, als lebendigen Hort der Geborgenheit, konnte er in diesem Kontext ebenfalls nicht gemeint haben, denn die wohnte doch zusammen mit ihm unter einem Dach? Oder spielte der Vater hier möglicherweise auf die geographische Heimat an und wollte mit seinen Worten zum Ausdruck bringen, dass er nicht gerne im dicht besiedelten Rheinland und in einer dortigen Großstadt wohnte? Die Wahrheit war nämlich folgende: Consdorfs

Vater war Wirtschaftsimmigrant aus der Eifel. Die Nachkriegswirren hatten ihn als jungen Mann ins benachbarte Rheinland verschlagen. Deshalb sehnte er sich häufig in die Eifel seiner Kinder- und Jugendtage zurück. Denn eines stand für den Vater außer Zweifel: Die Eifel war seine Heimat; dort fühlte er sich verwurzelt. Die Eifellandschaft hatte er unfreiwillig und nur mit äußerstem Widerwillen verlassen.

Auch die hoch aufragende, breitkronige Eiche, an deren festen Stamm die beiden nun angelehnt lagen, benötigt jene starke Verwurzelung – eine Verwurzelung, die tiefer als der Mutterboden geht und irgendwie in den Untergrund hinabführt. Nur so vermag der Baum zu gedeihen und der natürlichen Witterung wie auch den menschlich bedingten Schadstoffeinträgen zu trotzen. Ihr Standort ist ihr Zuhause. Hier, genau hier, im Auenbereich des Flusses, bekommt sie Sonnenlicht, Wasser, Kohlendioxid und all jene Nährstoffe, die ihr der satte Auenlehm gratis zur Verfügung stellt. Ein Baum besitzt gegenüber dem Menschen allerdings einen entscheidenden Vorteil: Er ist unwiderruflich fest an seinen Standort gebunden. Er kann nicht denken und muss deshalb auch keinerlei Gedanken darüber anstellen, wo er denn hingehört bzw. wo er hingehen müsste, um genau dieses herauszufinden.

Nachdem Vater und Sohn sich etwa zehn Minuten lang schweigend im Baumschatten entspannt hatten, stand Erster auf, schlug mit der flachen Hand leicht an den Stamm und richtete in ruhigem Ton folgende Worte an Nikolaus Consdorf: „Wenn du wissen willst, wo du hingehörst, dann musst du möglicherweise eine längere Reise antreten! Nur wenn du hierbei tatsächlich deinen eigenen Weg gehst, wirst du die Erkenntnisse ans Tageslicht fördern, die für dich von Bedeutung sind. Die Verwurzelung, die ein Baum wie diese Eiche zum Leben braucht, ist genau dieselbe, die auch du für dich und dein Leben finden musst. Wenn du sie gefunden hast, wird sie dir Halt und Stärke geben und dir unmissverständlich sagen, was du fortan zu tun oder zu lassen hast!" Und nach einer Pause von wenigen Sekunden bemerkte er dazu noch: „Jedenfalls hat mir jemand genau das vor längerer Zeit einmal gesagt."

Mehr oder weniger regelmäßig tuckerten beladene oder unbeladene Rheinfrachter an ihrem beschaulichen Pausenplatz vorbei. Flussaufwärts fuhren sie langsam, stemmten sich keuchend, mit laut dröhnenden Motoren gegen die Flut und schoben derart teils beachtliche Bugwellen vor sich her, zu Tale fahrend pflegten sie ein deutlich größeres Tempo und rauschten wie auf einem abschüssigen Förderband glatt und gleichförmig an ihnen vorbei.

Im Hintergrund, unmittelbar gegenüber auf der anderen Rheinseite – hinter dem bewegten Kraftspiel der Frachtschifffahrt –, fanden die Anmut und Gemütlichkeit der hiesigen Auenlandschaft ihr jähes Ende. Am dortigen Prallhang des Flusses, wie auch 500 Meter weiter flussabwärts, befinden sich verschiedene industriell und gewerblich genutzte Flächen, die mit Hafenanlagen, Kränen, Lagerhallen, verschiedenen Schornsteinen, größeren Werksgebäuden, Mauern und Zäunen sowie sonstiger rüder technologischer Unromantik aufwarten. Genau diesen industriellen Flächen entstammen verschiedenartige Schadstoffe, denen der breitkronige Baum im rechtsrheinischen Hochflutbereich seit mehreren Jahrzehnten erfolgreich getrotzt hatte.

Aber mit dieser Faktenlage, wie auch mit der tatsächlichen Belastungssituation beiderseits des Rheinbogens, sollte sich Consdorf erst Jahre später näher beschäftigen.

2. Zur Orientierung

Fragen und Fragezeichen,
ihr verflixten und
krummen Gestalten.
Ich kann nicht
ewig warten –
verbiegen werde ich euch.

Im Russenloch

Nachdem die Schulzeit erfolgreich ad acta gelegt worden war, hatte sich Nikolaus Consdorf Ende der 70er-Jahre fünfzehn Monate lang – wenn auch unfreien Willens – den niedrigen Gangarten angedient. Seine Wehrzeit spielte sich bei den Panzergrenadieren im Münsterland ab. War er über eine Dauer von rund achtzehn Jahren aufrecht und mehr oder weniger erhobenen Hauptes durch die Welt gezogen, so musste er beim Militär die bereits in frühen Kindestagen abgelegten Bewegungsformen erneut aufnehmen.

Die niedrigen, erdnahen Gangarten, das tief gebückte Gehen, das Kriechen – auf Knie und Handflächen gestützt – und das Gleiten – mit flach an den Boden geschmiegtem Körper –, aufgeführt in Wäldern, auf Wiesen- und Ackerflächen, vor allem aber auch auf unbefestigten Wegen und angrenzenden Rainen, lernte er in dieser maßgeblich vom Zwang diktierten Zeit erneut und ausgiebig kennen. Besonders unangenehm empfand er hierbei jene zumeist lautstark und unfreundlich befohlenen Anordnungen, die ihm hastige und sprunghafte Bewegungsabläufe abverlangten, wobei diese unweigerlich dort landeten, was alle Beteiligten zuvor übereinstimmend als „schmutzigen Dreck" bezeichnet hatten.

Im Rahmen weitläufiger, horizontal bestimmter Raumerkundungen bekam Consdorf vielfach Gelegenheit, hautnahe Selbsterfahrungen mit den verschiedenen bodenrelevanten Konsistenzen zu machen. Bei tastenden Erkundungen dieser Art stieß er buchstäblich mit der Nase auf das, was er heute im Zuge seiner Arbeit als feste, halbfeste, steife, weiche, breiige oder gar zähflüssige Bodenkonsistenz anzusprechen weiß. Mit anderen Worten: Seine Kameraden und er krochen und robbten durch den „Dreck", was das Zeug hielt. Entweder sie durchwühlten trockene, mitunter stark staubende Böden oder aber sahen sich gezwungen, erdfarbenen Schlämmen unterschiedlicher Feuchte auf den Leim zu gehen. Hierbei sammelte der Soldat Consdorf ungewollt Erfahrungen, von denen er seinerzeit nicht im Entferntesten ahnen konnte, dass sie ihm die spätere Ausübung seines Berufes durchaus erleichtern würden.

„Er ist kein Mensch, er ist kein Tier, er ist ein Panzergrenadier …!" Da diese Spezies häufig mit dem Klappspaten im Erdreich hantierend angetroffen wird, weiß sie sich gelegentlich als „Erdferkel" diffamiert. Ja, wenn man denn so will, kam Consdorf während seiner Wehrzeit als „Erdferkel" voll auf seine Kosten. Er durfte derart ausgiebig graben, dass ihm nach getaner Arbeit häufig tagelang die Arme und der Rücken schmerzten.

Auf militärischem Übungsgelände mussten die Grenadiere zudem häufig umfangreiche „Schanzarbeiten" angehen. Zumeist hoben sie dabei in dichten Wäldern oder an lichten Waldrändern Kampfstände aus – das heißt, „sie gruben sich ein" und gingen anschließend mit ihren Handfeuerwaffen in Stellung.

Bei baulichen Vorhaben dieser Art hatten die Wehrpflichtigen mit ihrem Klappspaten, selten nur mit einem leistungsfähigeren „Schanzzeug", in großem Umfang Bodenmaterial zu bewegen. Für die Errichtung eines Kampfstandes hoben in der Regel zwei Soldaten ein etwa zwei Meter langes, sechzig Zentimeter breites und rund 150 Zentimeter tiefes Loch aus. Der ausgehobene Boden wurde hierbei in mehreren großen Haufen unmittelbar neben dem Kampfstand abgeworfen. Nach Beendigung der Grabarbeiten wurden die aus dem Aushub entstandenen Erdhügel mit dem Klappspaten flach geklopft und sodann mit zuvor gestochenen Grassoden abgedeckt. Der frische, erdfarbene Bodenaushub wurde derart versteckt, und der Kampfstand verschwand in Folge gut getarnt in einem künstlich geformten, schwach bewegten Relief.

Waren die Soldaten in den Kampfständen mit ihren Waffen in Stellung gegangen, mussten sie mitunter stundenlang auf weitere Befehle warten, ohne dass in der Zwischenzeit irgendetwas Erwähnenswertes passiert wäre. Am Ende derartiger Übungen, die gelegentlich auch sechsunddreißig Stunden dauern konnten, wurden die Erdlöcher in der Regel wieder mit dem zuvor ausgehobenen und als Erdhügel zwischengelagerten Bodenmaterial verfüllt.

Spätestens während des kräftezehrenden Zuschaufelns machte es in Consdorfs Kopf dann regelmäßig laut „klick". Bei diesem Arbeitsschritt musste er unwillkürlich an das gescheiterte „Erdhausprojekt" der in nicht allzu weiter Ferne zurückliegenden Jugendtage denken. „Besser man hätte sich damals wirklich ganz tief und lange eingegraben", murmelte er dann bockig und zähneknirschend vor sich hin.

Bei einer dieser unfreiwilligen Grabungen im sandigen Substrat des Münsterlandes gruben Consdorfs Kameraden und er ein sogenanntes Russenloch. Jenes „Russenloch" wies an der Bodenoberfläche einen runden, zirka fünfzig bis sechzig Zentimeter großen Querschnitt auf, war etwa 150 Zentimeter tief und weitete sich in seinem unteren Bereich tropfenförmig aus, so dass ein normal gebauter Soldat dort unten für längere Zeit bequem hockend abtauchen konnte. Der Terminus Russenloch rührt angeblich daher, dass sich im zweiten Weltkrieg vor allem russische Soldaten „gerne" in derartigen Löchern versteckt hatten, um sich derart von herannahenden feindlichen Panzern überrollen zu lassen und diesen entweder im richtigen Moment eine Panzermine anzuheften oder aber von hier aus den Kampf aus dem Hinterhalt mit anderen geeigneten Mitteln aufnehmen zu können.

Nachdem Nikolaus Consdorf unter Anleitung ein derartiges Bauwerk gegraben hatte, ergab sich für ihn während einer anschließenden Übung die einmalige Gelegenheit, für längere Zeit in ein „Russenloch" abzutauchen. Diesem Vorhaben folgend, ließ er sich vorsichtig mit beiden Beinen voran, abgestützt durch seine flachen Hände, in das Erdloch hinabgleiten. Unmittelbar danach ging er behutsam in die Hocke. Er machte seine Knie spitz, zog seine Schultern leicht nach vorne und suchte eine annähernd bequeme Anlehnung an der rückwärtigen Höhlenwand. In dieser Haltung versuchte er nun mit der ungewohnten, beengten Situation – mit sich in der erdigen Röhre – ins Reine zu kommen.

Je länger er nun in dem Loch in Tuchfühlung mit dem Boden ausharrte, desto mehr verschwanden die anfangs der Enge geschuldeten Gedanken und desto nachhaltiger stellte sich in ihm das überaus angenehme Gefühl einer mollig-warmen Geborgenheit ein. Seine Atmung und sein Puls verlangsamten sich, und seine Gedanken schickten sich an, in ein ruhigeres Fahrwasser abzugleiten.

Zwar steckte er hier angewurzelt wie eine Rübe im Boden fest – die Erde hatte ihn gewissermaßen inkorporiert –, er konnte aber nach wie vor ungehindert ein- und ausatmen. Nach geraumer Zeit keimte in ihm sogar das Gefühl auf, sein Körper und das ihn umgebende Bodenwesen stünden in einem wechselseitigen Gasaustausch – in einem gleichberechtigten Verhältnis zwischen einem Gebenden und einem Nehmenden. Er würde einatmen, was der Bodenkörper ausatme, und jener würde einatmen, was er an Atemluft von sich gebe. In dieser merkwürdigen Situation schien es Consdorf beinahe so, als wäre er mit dem Boden aufs Innigste verwachsen und würde mit diesem eine untrennbare Einheit bilden.

Als er sich schließlich derart „auf Du und Du" mit seinem Wuchsort angefreundet hatte, bemerkte er mit einem Male, dass der Boden, der von oben her über das Einstiegsloch beleuchtet wurde, vor seinen Augen unterschiedliche Farben annahm: Oberflächennah gab es dunkel graubraune Farbtöne, darunter herrschte ein mehr oder weniger reines Braun vor, und weiter unten – etwa von Brusthöhe an abwärts – traten deutlich hellere Braunfärbungen hervor. Im Anschluss erfühlte Consdorf mit seinen Fingern, dass der zuoberst lagernde, dunkel gefärbte Boden eine andere Körnung aufwies als das hellste Material unter seinen Füßen, wozu er beide Substrate nacheinander reibenden Bewegungen zwischen Daumen und Zeigefinger unterzog. Mit seiner schnüffelnden Nase – ja hier schlug dann eben doch das „Erdferkel" voll und treffsicher durch – stellte er außerdem fest, dass der dunkel gefärbte Oberboden zwar leicht muffig, mit einem schwachen, unaufdringlichen Anklang von Verwesung, aber dennoch zweifelsfrei nach Leben roch. Nichts, was er bislang in seinen Händen und unter seine Nase gehalten hatte, roch derart stark nach erdigem Leben wie dieser dunkelbraune, stark humose Waldboden. Nachdem sich Consdorf eine halbe Stunde lang hautnah auf das Erdreich eingestimmt hatte und schließlich doch Anstalten machte, dem Loch langsam zu entsteigen, fragte er sich spontan: „Warum spricht der Volksmund eigentlich von Mutterboden?" – Als er schließlich der Halbwelt des „Russenlochs" entstiegen war, ahnte er bereits, dass er in Bälde zu neuen Ufern würde aufbrechen müssen.

Studierjahre

Auch während der zahlreichen Studienjahre nutzte Nikolaus Consdorf hinlänglich – um nicht zu sagen mehr als nötig – die Gelegenheit abzutauchen. Hierzu stieg er jedoch nicht in zuvor ausgehobene Erdlöcher, sondern setzte sich stattdessen unzählige Male bedingungslos der Tiefe der Nacht aus. Mit Freunden, Kommilitonen, aber auch einer Vielzahl unbekannter Zeitgenossen, hockte er bis in die frühen Morgenstunden hinein in dunklen, verrauchten Kneipen und Bars, die nicht wenige seiner Begleiter durchaus unschön, aber treffend als „düstere Löcher" titulierten. In diesen sann er dann stundenlang über die Weltlage im Allgemeinen oder aber über die Problematik heikler Lebenslagen im Speziellen. Im Hinblick auf seine eigenen Studien kam er nach etwa drei Jahren aus dem nebulösen Dunst derartiger Nächte heraus zu etwa folgender Zwischenbilanz:

An den Universitäten führen die meisten Fachbereiche ein mehr oder weniger streng voneinander abgetrenntes Dasein. Hat man einen Kreis vor Augen, von dem zahllose Strahlen ausgehen, so erhält man ein ungefähres Abbild davon, wie es sich mit den verschiedenen wissenschaftlichen Disziplinen verhält: Der Kreis bzw. die Kreislinie als Mitte ist das verbindende Glied für die unzähligen Strahlen. Er stellt sinngemäß die übergeordnete logistische Verbindung zwischen den verschiedenen Fachdisziplinen her – so etwas wie den Konsens, den Dingen wissenschaftlich auf den Grund gehen zu wollen. Bewegt sich der Studierende im Rahmen seines Fachbereichs gedanklich auf einem der Strahlen, vom Zentrum ausgehend hinaus ins weitere Umfeld, so läuft er zwangsläufig Gefahr, sich auf die Spur des Fachidioten zu begeben. Mit zunehmender Distanz vom Zentrum entwickelt er sich Schritt für Schritt zum Spezialisten innerhalb seiner eigenen Disziplin. Gleichfalls wird der Abstand zwischen benachbarten Strahlen – zwischen den Nachbardisziplinen – mit wachsender Entfernung vom Kreis immer größer. Die Verständigungsschwierigkeiten mit den Kollegen auf einem Nachbarstrahl nehmen in dieser Weise gleichfalls zu.

Rückt die zeitliche Dimension in den Focus, so zeigt sich, dass ein Wissenschaftler im Laufe seines Lebens einerseits Beachtliches an Texten und sonstigen Arbeitsergebnissen abfasst, andererseits aber auch solches in großen Mengen konsumiert. Wähnte er sich fünfzehn Jahre zuvor innerhalb seines Spezialistentums auf der Höhe der Zeit, so sähe er sich heute möglicherweise außerstande, die Masse der zwischenzeitlich in seinem Spezialgebiet angehäuften Veröffentlichungen zu bewältigen.

Beabsichtigt der Suchende, innerhalb dieser Grenzen zu neuen Ufern aufzubrechen, so hat er sich zwangsläufig einem neuen Spezialgebiet zuzuwenden. Das bedeutet, er muss sich innerhalb eines abgesteckten, fachlichen Parcours wiederum auf einen eng gefassten Aspekt konzentrieren, den er anschließend – so, als wolle er hier sein Steckenpferd reiten – mit zielgerichteten Sprints und Sprüngen sukzessive abarbeitet. Auf diesem Wege findet systemimmanent eine permanente Verengung des Blickwinkels statt.

Übertragen auf das beschriebene zweidimensionale Kreismodell mit seinen zahlreichen Strahlen, bedeutet dieses, dass von einzelnen Punkten eines Strahls aus neue Strahlen abgehen. Stellt man sich das zweidimensionale Gedankenmodell aus Gründen der Anschaulichkeit einen Schritt weiter in dreidimensionaler Form vor, so steht man nunmehr einer Kugel mit zahlreichen, von der Oberfläche abgehenden Strahlen gegenüber. Auf den einzelnen Strahlen setzen in unterschiedlichen Abständen gewissermaßen Knotenpunkte an, von denen wiederum Strahlen in den Raum abgehen, die demzufolge als sekundäre Strahlen zu bezeichnen wären. In gleicher Weise ist es vorstellbar, dass sich zu einem späteren Zeitpunkt auch auf diesen sekundären Strahlen entsprechende Knotenpunkte entwickeln, von denen nachfolgend gleichfalls Strahlen – demnach Strahlen dritten Grades – ihren Anfang nehmen. Dieses Prinzip der „Wissensvermehrung" ließe sich rein geometrisch betrachtet bis ins Unendliche fortschreiben.

Einem derartigen gedanklichen „Kugel-Strahlen-Modell" sah sich Nikolaus Consdorf mitunter während seiner Studierjahre ausgeliefert. Manches Mal, wie auch zu besagten „frühmorgendlichen Thekenstunden", schien ihm dieses wie ein instabiles, wankendes Mobile irgendwo hoch über seinem Kopf zu schweben. Aber für dieses Ungleichgewicht trug er weitgehend selbst Verantwortung: Zum einen hatte er anfangs nicht genau gewusst, wohin die Reise gehen sollte, zum anderen wollte er sich gleichermaßen nicht verfrüht in ein zu enges Korsett zwängen lassen. Aus eben diesen Gründen hatte er sich auf unterschiedliche Lernpfade begeben. Da war dann von allem etwas dabei – wie in einem Gemischtwarenladen: Naturwissenschaftliches, Gesellschaftliches und Ökonomisches. Je spezieller allerdings die Fragestellungen wurden, mit denen er sich im Rahmen überaus verschiedenartiger Disziplinen zu beschäftigen hatte, desto schwieriger fiel es ihm, alles unter einen Hut zu bringen. Die Strahlen, auf denen er wandelte, lagen zum Teil zu weit voneinander entfernt. Mitte der 80er-Jahre musste der Student Consdorf schließlich erkennen, dass er sich Schizophrenien auf einem derart hohen Niveau einfach nicht mehr leisten konnte. Aufgrund dieser unstrittigen Sachlage und der Tatsache, dass er seine naturwissenschaftlichen Studien mehr und mehr in Kontinuität seiner jugendlichen Erkundungen zu sehen begann, konzentrierte er sich fortan auf ökologische Fragestellungen in der Landschaft. Auf Fragen demnach, die einen handfesten Bezug zur Erdoberfläche aufwiesen. Den Anstoß hierzu hatte ihm das spektakuläre Thema „Waldsterben" in die Hände gelegt.

„Le Waldsterben"

Anfang der 80er-Jahre wurde in den deutschen Medien das „Walduntergangsszenario" uraufgeführt. Vor dem Hintergrund neuartiger, massiv auftretender Waldschäden in den deutschen Mittelgebirgen wurde der medialen Öffentlichkeit in apokalyptischer, Furcht erregender Manier ein flächenhaftes Absterben des deutschen Waldes ausgemalt. „Zuerst stirbt der Wald, und dann stirbt der Mensch", hieß es. Im derart aufgeführten Waldsterbensdrama wurde mit düster eingefärbten Bildern der Anfang des eigenen Untergangs heraufbeschworen.

Die starken emotionalen Reaktionen, die das „Waldsterben" begleiteten, gründeten sich allerdings nicht vorrangig auf die befürchteten ökologischen Schäden, welche auf der Basis realer, wissenschaftlich fassbarer Fakten hergeleitet und dargestellt wurden, sondern fußten vielmehr auf der eigentümlichen mythologischen Bedeutung, die der deutsche Wald für den deutschen Menschen besitzt.

Für den Deutschen jener Tage wie vermutlich auch für den heutigen Zeitgenossen war und ist der deutsche Wald ein Teil seiner selbst. Er ist die Manifestation der Natur schlechthin und in diesem Sinne ein Urbild seiner eigenen menschlichen Existenz. Und zwar ein Archetypus für den unbewussten Teil seines Innenlebens – demnach für denjenigen Aspekt der eigenen Psyche, der eigenständig neben dem klaren, analytischen Geist irgendwo tief verborgen im Inneren schlummert. Der „klare", westlich geprägte, analytische Verstand mag ihm zwar sagen, dass er diesen unbewussten Ursumpf bereits seit langem trockengelegt und abgestreift hat, da er ihn für ein Überleben absolut nicht benötigt, doch der nicht vollkommen instinktreduzierte Zeitgenosse ist sich auch heutigen Tags ziemlich sicher – selbst wenn er dieses nur intuitiv ertasten mag –, dass auch dieser Sumpf ein wesentlicher Bestandteil seiner selbst ist – ein bedeutsamer Aspekt, ohne den er letztlich nicht überleben kann.

Der düstere Klang der Walduntergangs-Prophezeiung der 80er-Jahre traf die deutsche Seele tief und zielsicher: „Du bist schuld am Untergang des Waldes, und du bist schuld an deinem eigenen Untergang sowie letztlich auch am Untergang der gesamten Menschheit!" Da der Deutsche an sich sowohl dem Wald als auch dem Untergang zugeneigt ist, konnte er in diesen Jahren mit ganzer Leidenschaft den düster gefärbten Untergangsstimmungen nachgehen, bis das Thema im Jahre 1989 mit der deutschen Wiedervereinigung paukenschlagartig aus den Medien und damit letztlich auch aus dem Tagesbewusstsein der breiten Öffentlichkeit verschwand.

Das emotionsgeladene Thema Waldsterben half in den 80er-Jahren der Ökologiebewegung auf die Sprünge. Umweltschutz wurde eine Angelegenheit, über die sich viele Menschen Gedanken machten und zu der nahezu jeder Bürger eigene Statements abgab. Ja, es schien zeitweise geradezu modern, diesbezüglich seine Meinung kundzutun.

Die Ökologiebewegung beeinflusste über einige Jahre hinweg die Grundstimmung der Bundesbevölkerung. Und auch in verschiedenen wissenschaftlichen Disziplinen, die sich zuvor eher am Rande mit ökologischen Fragen beschäftigt hatten, wurden Themen aus dem Dunstkreis des Waldsterbens verstärkt in den Vordergrund gerückt. Auf diese Weise wurden die naturwissenschaftlichen Zusammenhänge des Problems bereits in jenen Jahren mehr oder weniger umfassend beleuchtet.

Beim „Waldsterbensdrama" standen im ersten Akt die in ihrer Vitalität geschädigten Wälder im Rampenlicht. Skelettierte Nadelbaumriesen und stark aufgelichtete Kronen künftig ablebender Exemplare nahmen in der medialen Darstellung als trauernde Warnmale die Hochlagen der deutschen Mittelgebirge sowie die Gemütslage der Bevölkerung für sich in Besitz. Vor dem Hintergrund dieser bedrohlichen Kulisse richteten die Wissenschaftler als Erstes ihr Augenmerk auf verschiedene, über die Luft eingetragene Schadstoffe, die direkt auf die Pflanzenorgane einwirkten. Anschließend beschäftigten sie sich mit dem Standortfaktor Boden. Von diesem wussten sie, dass auch er durch Schadstoffeinträge nachhaltig in Mitleidenschaft gezogen wurde. Im letzten Akt der Aufführung tauchten dann – wiederum gekonnt filmisch inszeniert – eindrucksvolle Bilder des Borkenkäfers samt seiner weitläufigen Fraßspuren auf. Dieser hatte sich in den geschädigten Wäldern stark vermehrt und schickte sich nun als Vollstrecker an, dem deutschen Wald ein für alle Mal den Garaus zu machen.

Ökologische Kreisläufe und Wechselwirkungen, die sich an einem konkreten Standort – auf einem abgrenzbaren Ausschnitt der Erdoberfläche – durch das Zusammenspiel scheinbar verschiedenartiger Kräfte einstellen, interessierten Nikolaus Consdorf fortan ungemein. Sie gaben seinem weiteren Studium eine klare Ausrichtung. Auf diese Art fachlich angeregt und perspektivisch aufgestellt, ahnte der Student bereits, dass die Beschäftigung mit dem Wald und seinem Boden gleichfalls die Chance in sich birgt, seiner eigenen Natur ein Stück nachzuspüren.

Der Boden zeigt Profil

Je länger und eingehender sich Nikolaus Consdorf mit Fragen um Natur und Landschaft beschäftigte, desto klarer wurde ihm, dass er sich hier auf sicherem Boden befand – auf einem Boden, den er in fachlichem wie mitunter auch wörtlichem Sinne durchaus gerne beackern würde. Und genau in puncto Erdboden stellte er nach wenigen Fachsemestern folgende, für ihn auch heute noch bedeutsame Sachverhalte stichpunktartig zusammen:

Der Boden ist die aus mineralischen und organischen Substanzen bestehende Verwitterungsschicht an der Erdoberfläche. Er ist mit Luft, Wasser und Lebewesen durchsetzt und zumeist im Laufe einer sehr langen Entwicklung unter Mitwirkung verschiedener Umweltfaktoren entstanden. Durch chemische, physikalische und biologische Prozesse findet in ihm ein ständiger Ab- und Umbau von mineralischen und organischen Stoffen statt und werden somit neuartige Substanzen gebildet. Einige dieser Stoffe verharren unter dem humosen Oberboden, andere wiederum wandern während der weitergehenden Bodenentwicklung mit dem Sickerwasser in die Tiefe ab, so dass sich insgesamt typische Abfolgen von Bodenschichten herausbilden. Diese werden vom Fachmann als Bodenhorizonte bezeichnet. Ein Boden ist demnach etwas anderes, weitaus Komplexeres als sein geologisches Ausgangsgestein. Das Gesamtbild der Horizontabfolgen im Boden macht schließlich das sogenannte „Bodenprofil" aus. Genau diesen Horizontabfolgen spürt der Bodenforscher während seiner Arbeit im Felde nach. Hierzu bedarf es zunächst allerdings eines „Aufschlusses". Dieses kann eine natürliche Geländekante mit senkrecht angeschnittenem Boden sein oder auch eine mechanisch niedergebrachte Bodenbohrung, die ihm in der Nut eines Bohrgestänges die ungestörte Lagerung des Bodens, also besagtes „Bodenprofil", anzeigt.

Bei seiner Feldarbeit versucht der Bodenforscher zunächst über das In-Augenschein Nehmen, über den Tastsinn seiner Finger – mitunter zudem über den Einsatz des Geruchssinns –, wesentliche Informationen über das vorliegende Erdmaterial in Erfahrung zu bringen. So fallen ihm innerhalb eines Bodenprofils als Erstes verschiedenartige Färbungen auf. Folglich entnimmt er dem Boden nacheinander unterschiedlich gefärbtes Feinmaterial, feuchtet dieses leicht an und unterzieht es zwischen Zeigefinger und Daumen mit reibenden und knetenden Bewegungen der „bodenkundlichen Fingerprobe". Anhand der Kriterien Formbarkeit, Bindigkeit und Körnigkeit ist ein erfahrener Bodenforscher sodann in der Lage, aus einer Gesamtheit von rund dreißig fachlichen Klassifikationseinheiten die sogenannte Feinbodenart seines Prüfmaterials zu bestimmen. Das alles mit nur zwei Fingern, mit aber Tausenden sensorischen Erfahrungen, die Erstere seinem Gedächtnis über Jahre anvertraut haben. Das derart auf Herz und Nieren geprüfte Bodenmaterial bezeichnet er im Anschluss mit Begriffen wie schwach sandiger Ton, sandig-toniger Lehm, stark toniger Schluff oder mittel lehmiger Sand. Fallen ihm darüber hinaus besondere Gerüche auf, wie sie beispielsweise beim Vorliegen von Verunreinigungen auftreten können, so werden diese ebenfalls fachchinesisch klassifiziert und schriftlich festgehalten.

Wie sich Consdorf bei der Feldarbeit wiederholt vor Augen hält, führen zahllose kleine und kleinste tierische und pflanzliche Lebewesen im Boden ein Leben im Verborgenen. Man sieht sie in der Regel eher selten oder aber überhaupt nicht, in ihrer Masse und ihrem Wirken kommt ihnen allerdings ein beachtliches Gewicht und eine immense Bedeutung zu.

Wenn man denn so will, befinden sich unmittelbar unterhalb der sichtbaren Erdoberfläche ausgedehnte Lebensräume, die einen Kosmos eigener Qualität darstellen. Stellt man sich dieses Antlitz gedanklich als Spiegelfläche vor, so gibt es eine belebte, sichtbare Wirklichkeit über Tage und eine belebte, unsichtbare Wirklichkeit unter Tage. Beide Sphären unterliegen zum Teil eigenen ökologischen Gesetzmäßigkeiten. Beide reagieren einerseits empfindlich auf Eingriffe, besitzen andererseits aber auch die Fähigkeit, schadhafte Einwirkungen bis zu einem gewissen Grade abzupuffern und in dieser Weise bestehende Gleichgewichte aufrechtzuerhalten. In diesem Sinne erscheint es Nikolaus Consdorf aus existenziellen Gründen unbedingt angeraten, den Boden, wie in letzter Konsequenz gleichsam den gesamten Planeten, als belebten Organismus aufzufassen.

So wie in einer bestimmten Erdgegend verschiedene Landschaften vorkommen und innerhalb dieser wiederum einzelne Teilräume unterschiedlicher Ausgestaltung abgrenzbar sind, so befinden sich auch unterhalb der sichtbaren Realität der Oberfläche Verschiedenartigkeiten, die sich räumlich abgrenzen ließen. Betrachtet der

Bodenforscher eine bestimmte Landschaft und hat dabei bestimmte Oberflächenformen wie auch den charakteristischen Wechsel hinsichtlich der Raumnutzungen bzw. Vegetationsverhältnisse im Blick, so fragt er sich unwillkürlich, ob denn diese Verbreitungsmuster möglicherweise auch im Kontext zu den Bodenverhältnissen stehen. Zumeist ist unverkennbar, dass die durch das Gestein vorgezeichneten Verhältnisse maßgeblichen Einfluss auf die Verbreitung des Bodensubstrats in der Landschaft genommen haben. Durch talwärts gerichtete Materialzulieferungen kann beispielsweise eine enge Beziehung zwischen höher und tiefer liegenden Hangarealen bestehen, die in der Vergangenheit entscheidend auf die Entwicklung der Böden eingewirkt hat.

Andererseits bestimmen die Bodenverhältnisse maßgeblich die Nutzungsmöglichkeiten der Flächen. Tiefgründige, nährstoffreiche Böden mit guter Wasserversorgung lassen sich bestens ackerbaulich nutzen. Geringmächtige, nährstoffarme Böden, die zudem unzureichend wasserversorgt sind, erlauben demgegenüber allenfalls eine weidewirtschaftliche Nutzung.

Ob der Bodenmann nun im Rahmen einer Inventur, einer „Kartierarbeit", unterwegs ist oder aber aus anderem fachlichen Anlass der Landschaft bohrend auf den Zahn fühlt, ständig treibt ihn die Frage um, wo sich denn die Verhältnisse in unmittelbarer Nähe oder aber in der näheren Umgebung merklich ändern könnten? Dann möchte er es ganz genau wissen: Wo mögen wohl jene Stellen sein, an denen man mit den Füßen sanft in den Boden einsinkt und an denen Sekunden später, wenn man einen Schritt weitergegangen ist, das Wasser langsam in die Trittspuren rinnt? Wo wird der Boden wohl deutlich vibrieren, wenn man hoch aufspringt und anschließend mit beiden Fersen hart auf der Erdoberfläche landet?

Ein weiteres Mal zum Rheinbogen

Das Studium war Mitte der 80er-Jahre weit fortgeschritten. Die Scheine für die Abschlussprüfungen hielt Nikolaus Consdorf in Händen. Nun stellte sich allerdings die unangenehme, aber unausweichliche Frage, über welches Thema er seine Abschlussarbeit schreiben sollte. „Sein Professor" hatte ihm auf diese Frage entgegengehalten: „Bei mir können Sie über vieles schreiben!" Hiermit meinte er natürlich all das, was in irgendeinem nachvollziehbaren Kontext zu seinem Fachbereich stand. Mit dieser weitläufigen Aussage sah sich Consdorf zunächst allerdings eher einsam ausgesetzt als mitreißend inspiriert. Nach wie vor war ihm völlig unklar, über welche Thematik er sich auslassen könnte.

Schließlich zog es ihn im Sommer 1985 nach jahrelanger Abwesenheit wieder einmal in die Weite des Himmelgeister Rheinbogens. Der Weg führte ihn ein weiteres Mal in das rheinnahe Gebiet, das er während seiner Kindheit und Jugend zusammen mit Spielgefährten erkundet hatte wie auch mit seinem Vater als beschaulichen Pausenplatz schätzen gelernt hatte. Im Bereich des östlichen Rheinbogens befindet sich eine großflächige, abgeflachte Altablagerung, deren Oberfläche mehrere Meter hoch über das natürliche Geländeniveau aufragt. Als Heranwachsende hatten die Consdorf-Jungen in diesem verwilderten Areal häufig ihr Unwesen getrieben. In noch früheren Tagen war die Familie dort mitunter sonntags herumspaziert, wobei die Kinder dann jedes Mal von den Eltern mit deutlichen Worten auf einige hier kaum erkennbare dunkelgraue Schlammlachen aufmerksam gemacht wurden. „Hier dürft ihr in keinem Fall reintreten, sonst könnt ihr ins Bodenlose absinken!!!", hatte es dann geheißen. Die Eltern trugen ihre Warnung derart eindringlich vor, dass die Kinder fast geneigt waren, diese bedrohliche, aber interessante Sachlage umgehend zu überprüfen.

Auf besagter, mysteriöser Altablagerung – mit ihren merkwürdigen, schlammigen Zugängen – machte der Student Consdorf nun während eines kurzen sommerlichen Ausflugs intuitiv Rast. Er setzte sich an einer Böschungskante bequem auf den mit langem Gras bewachsenen Boden und ließ seinen Blick – quasi von erhöhter Position aus – entspannt in westlicher Richtung schweifen. Nach geraumer Zeit gedankenloser Versunkenheit blieben seine

Augen unwillkürlich an der imposanten Schornstein-Silhouette der Aluminiumhütte kleben. Diese befindet sich von der Altablagerung aus ziemlich genau in drei Kilometern Entfernung – unweit des linken Rheinufers. Bei diesem innigen Blickkontakt musste sich Consdorf nun unwillkürlich drei bedeutsame Fragen stellen: Was entweicht aus den Schloten dieser Industrieanlage? In welcher Form und Menge mögen sich die dort emittierten Stoffe in den Böden des Umlandes – wie auch in denen des vertrauten Rheinbogens – ablagern? Und liegen derart möglicherweise genau jene räumlichen Differenzierungen im Verborgenen versteckt, denen jeder Bodenforscher instinktiv nachzuspüren sucht? Nikolaus Consdorf war sich plötzlich vollkommen sicher. Mit diesem Blick hatte er zweifelsfrei sein Thema vor Augen – ein Thema, das ihm die Möglichkeit eröffnete, sich ihm tiefgründig anzunähern.

Das schwierige Fragenbündel, das er sich während der hiesigen Rast geschnürt hatte, trug er fortan wie einen Talisman mit sich. Für mehr als zwei Jahre sollte es ihn auf Schritt und Tritt begleiten. Bei der Probenahme im Umfeld der Industrieanlage, während der Analysearbeit im Bodenlabor, im Zuge der statistischen Untersuchungen am Rechenzentrum und schließlich bei den scheinbar endlosen Bürostunden am häuslichen Schreibtisch stand für Consdorf die Frage nach der real vorhandenen, sinnlich jedoch keineswegs fassbaren Belastungssituation des ihm wohlvertrauten Rheinbogens im Raum. Die hier verbrachte Kindheit und Jugend lebte in jenen Tagen in neuartigem Lichte auf und leuchtete dem angehenden „Erdmenschen" unmissverständlich den Weg.

Schwierige Probenahme – Der Reaktorunfall von Tschernobyl

Auf mehreren amtlichen Grundkarten im Maßstab 1:5 000 blinkten schließlich 250 rote Punkte auf. Mit der linksrheinisch liegenden Aluminiumhütte als zentralem Hotspot hatte Nikolaus Consdorf eine Fläche von zirka sechzehn Quadratkilometern mit einem Raster von 200 Metern Kantenlänge überzogen und die Mittelpunkte der einzelnen Rasterquadrate zu seinen Probenahmepunkten erklärt. Die derart festgelegte, annähernd quadratische Untersuchungsfläche war quasi um ihren Mittelpunkt herum gedreht, und zwar derart, dass die Ecken des sechzehn Quadratkilometer großen Gebietes ziemlich genau nach Norden, Süden, Westen und Osten zeigten. Sechzig Untersuchungsstandorte befanden sich rechtsrheinisch auf dem Gebiet des heimatlichen Rheinbogens. 190 Punkte lagen auf linksrheinischem Terrain zwischen den Neusser Stadtteilen Derikum und Uedesheim sowie den Dormagener Stadtteilen Delrath und Stürzelberg.

Diese in Papier erstarrte, unbewegliche Geometrie vor Augen, fragte sich Consdorf sodann, wie er denn in den nächsten Wochen seine eigenen Vorgaben mit angemessenem Körpereinsatz in die Praxis umsetzen könne. Auf den Punkt gebracht, bestand die Lösung dieses Rätsels in der Beantwortung der Frage, wie er sich bei 250 zu beprobenden Einzelpunkten, die wegeläufig jeweils mehr als 200 Meter voneinander entfernt lagen, summa summarum mit mindestens 500 Kilogramm Erde im Gepäck „vom Acker machen" könne.

Da ihm seinerzeit kein Pkw zur Verfügung stand und zahlreiche seiner Untersuchungspunkte ohnehin entweder überhaupt nicht oder aber allenfalls über unsichere Feldwege anfahrbar gewesen wären, stand mit Blick auf die erforderlichen Bewegungsabläufe von Anfang an ein unkonventionelles Herangehen im Raume. Instinktiv trat er deshalb einen kurzen Abstieg in das Tiefgeschoss des elterlichen Hauses an. Neben den üblichen Privatkellerräumen befand sich dort unten ein größerer gemeinschaftlicher Abstellraum für Fahrräder – der sogenannte Fahrradkeller. Und genau diesen steuerte Consdorf zielsicher an. Unmittelbar nachdem die Türe geöffnet war und er im Dunkeln den nahen Lichtschalter ertastet und betätigt hatte, fiel sein Blick auch schon in die hintere, halb beleuchtete Ecke, wo schon immer jenes urtümliche Gefährt gestanden hatte. Und tatsächlich, das gelbe Post-Zustellfahrrad aus der Kinderzeit stand an seinem angestammten Platz – so als hätte es dort jahrelang unbeirrt auf eine noch ausstehende Dienstfahrt gewartet. Nachdem Consdorf das Gerät mit mehreren feuchten Lappen unsanft aus seinem Dornröschenschlaf geweckt hatte, kam schließlich ein stumpfes, aber kräftig leuchtendes Gelb zum Vorschein. Dieses zierte ein wenn auch platt stehendes, so doch aber robust gefertigtes Herrenfahrrad, welches über einen zweiten, quer am Vorderrad montierten Gepäckträger verfügte. An Letzteren wiederum war ganz weit vorne eine schöne, große, gelbe Fahrradlampe befestigt, die dort beinahe wie eine zu dick geratene Zitrone an einem langen Zweig baumelte. Über den vormaligen Besitzer dieses schweren Gefährts war Consdorf nichts bekannt. Wohl aber hatte dieser mit feinem Pinselstrich und schwarzer Lackfarbe an der Diagonalstange des Rahmens eine Botschaft hinterlassen. Mit geradezu grazilen, weit geschwungenen Lettern stand hier das Wort „Gazelle" geschrieben.

Nach besagten Reinigungsarbeiten hatte Consdorf Tage später die schadhafte Bereifung beseitigt und das Postfahrrad mit neuen Schläuchen und Mänteln für die anstehenden Dienste aufgerüstet.

Am Morgen danach stand das Rad auch schon auf dem Asphalt bereit. Sodann verstaute Consdorf einen Pfadfinderrucksack, einen Bundeswehr-Klappspaten, eine kleine Handschaufel und diversen Kleinkram in einer großen, alten Reisetasche und befestigte diese auf dem vorderen Gepäckträger. Anschließend ergriff er mit zwei festen Händen die Holme des Fahrradlenkers und schwenkte sein rechtes Bein rückwärts in weitem Bogen über die hintere Radhälfte. Sodann saß er auch schon fest im Sattel seines robusten, gelben Dienstfahrzeuges. Nun trat er voll in die Pedale, und die Post konnte nach allen Regeln der Kunst abgehen. Vielleicht hatte ja der unbekannte Vorbesitzer den Schriftzug „Gazelle" tatsächlich in programmatischer Absicht und nicht etwa als Verballhornung aufgepinselt? Bereits nach einigen hundert Metern Strecke kam er sich vor, als wäre er auf einer frühmorgendlichen Liefertour unterwegs und wolle Briefsendungen zustellen, Zeitungen austragen oder gar Brötchen verteilen. Gut eine halbe Stunde später überquerte er in bester Laune bei Flusskilometer 732,4 die „Fleher Rheinbrücke" und konnte auf linksrheinischem Terrain umgehend sein Probenahmegeschäft aufnehmen.

Da das Einsammeln von Bodenproben in großem Stile keine Betätigung ist, die man langsam angeht oder etwa unnötigerweise in die Länge zieht – zumal wenn im Vorfeld weder die Eigentümer noch die Pächter der Untersuchungsflächen von dem anstehenden Vorhaben in Kenntnis gesetzt wurden –, stellte Consdorf bereits am Ende des ersten Tages fest, dass es durchaus gelingt, in einer Schicht eine ansehnliche Anzahl von Plastikbeuteln mit Erde zu befüllen, das eigentliche Problem jedoch in dem Abtransport des eingetüteten Substrats besteht. Die große, alte Reisetasche, die er vorne auf dem Gepäckträger des Dienstrades mitführte, diente als Behältnis für die gefüllten Probebeutel. Im Laufe des Tages wurde sie schwerer und schwerer, und schließlich, am späten Nachmittag, war sie nur noch mit äußerster Mühe auf den Gepäckträger zu hieven. Und auch der geschulterte Pfadfinderrucksack hatte durch das ein oder andere „Tütchen" in gleicher Weise an Gewicht zugelegt. In dieser Form schwer beladen trat Nikolaus Consdorf schließlich den rund zehn Kilometer weiten Rückzug über die „Fleher Rheinbrücke" an. Bei dieser langen Rückfahrt zeigte sich dann allerdings, dass es ausgesprochen beschwerlich war, das überladene Zustellrad in Bewegung zu halten. Vor allem aber das Anfahren und das Lenken bei geringer Geschwindigkeit auf engkurvigen Strecken bereitete ausgesprochene Mühe. Derart war vom morgendlichen Elan kaum mehr eine Spur verblieben. Vielmehr musste Consdorf häufig aufrecht stehend tief in die Pedale gehen, um überhaupt Fahrt aufnehmen zu können. „Ja, wo ist nur ‚Gazelles' Spritzigkeit hin?", hatte er schließlich lautstark heraus gepresst.

Für die Probenahmen der nächsten Tage musste Consdorf die Strategie folglich ändern. Wie zuvor wählte er den Weg über die Rheinbrücke; erneut geleitete er das gelbe Dienstfahrrad so nah wie möglich an seine Untersuchungspunkte heran und sammelte im Laufe mehrerer Stunden zahlreiche gefüllte Probebeutel ein. Danach steuerte er sein Versteck an der Anschlussstelle Neuss Uedesheim der A 46 an. An der dortigen Autobahnunterführung befindet sich zwischen dem eigentlichen Brückenkörper und dem Betonsockel des Brückenwiderlagers ein größerer Hohlraum. Genau dort oben – von unten nicht einsehbar, jedoch fußläufig über eine Betontreppe erreichbar – positionierte er fortan seine ersten „Probepäckchen". Im Anschluss konnte er mit „Gazelle" ohne Last und Mühe weitere Geländepunkte anfahren. Nachdem sich bis zum

Nachmittag eine größere Anzahl gefüllter Probebeutel im Versteck angesammelt hatte, traf der Consdorf-Bruder – wie zuvor abgesprochen – dort mit seinem Kraftwagen ein und übernahm den Abtransport der Ladung. Diese chauffierte er sodann in rechtsrheinisches Gebiet und ließ sie anschließend in einem Kellerraum verschwinden. Consdorf konnte somit seinen Rückweg über die Rheinbrücke im wahrsten Sinne des Wortes unbeschwert antreten.

Bei seinen Probenahmen mied Consdorf den Kontakt mit Landwirten und Anwohnern. Vielmehr galt es, wie in Kindes- und Jugendtagen, ungesehen Stacheldrahtzäune und Hecken hinter sich zu lassen, mit zeitlichem Nachdruck den anvisierten Untersuchungspunkt anzugehen und dort umgehend eine Tüte zu befüllen sowie im Anschluss so schnell wie möglich das Weite zu suchen. Insgesamt gesehen schienen sich den Beprobungen, bis auf die anfänglichen Startschwierigkeiten, keine größeren Hindernisse in den Weg zu stellen. Bis allerdings etwas wirklich Unerwartetes und kaum Vorstellbares geschah.

Am Abend des 26. April 1986 ging der Kernreaktor von Tschernobyl hoch. Die Zeit, die zuvor auf einer gleichförmigen, nach Stunden, Tagen, Monaten und Jahren klar gegliederten Intervallskala unterwegs gewesen war, schien in Deutschland plötzlich für Tage und Wochen stillzustehen. Wie gelähmt saßen die Menschen vor ihren Fernseh- und Radiogeräten und setzten sich einer Flut von Meldungen und Informationen aus, die sie keinesfalls verdauen konnten. Denn was war nun Realität? Existierte die Sachlage, die von den Medien verbreitet wurde, wirklich – unmittelbar vor der eigenen Haustüre, ohne dass man sie dort in irgendeiner Weise hätte erkennen können? Oder würde etwa das, was einen angeblich draußen vor der Türe erwartete, mit dem Abschalten der Rundfunkgeräte ebenfalls wieder verschwinden und somit allenfalls eine vergängliche Spur im Unterbewusstsein hinterlassen? Für viele Menschen war es ausgesprochen schwierig, sich in dieser Situation ein Bild von der tatsächlichen Bedrohung zu machen. Wie denn auch? Blickte man durchs Fenster nach draußen, so war es sinnlich nicht fassbar, dass sich irgendetwas verändert hatte.

Die Bilder und Informationen, die die Medien seit Jahr und Tag verbreiteten, besaßen alle verhältnismäßig geringe Halbwertzeiten. Man nahm sie gewohnheitsmäßig auf, verarbeitete sie je nach

Naturell entweder vorrangig intellektuell oder aber weitgehend emotional und ging in der Regel kurz darauf – oder allenfalls wenige Tage später – zur eigenen Tagesordnung über. Nach der Reaktorkatastrophe jedoch wurde über Sachverhalte berichtet, deren zeitliche und räumliche Dimension schlichtweg unfassbar waren. Jetzt konnte man nicht das Fernsehgerät abschalten und im Anschluss unbekümmert zu einer beschaulichen Normalität zurückkehren.

Tschernobyl liegt über 1 500 Kilometer vom Rheinland entfernt. In der sowjetrussischen Ukraine ereignete sich die Katastrophe, aber auch hier mussten, nachdem Nuklearstäube aus Regenwolken niedergegangen waren, wenig später die amtlichen Geigerzähler auf geringere Empfindlichkeiten eingestellt werden, um nicht mit einem allzu lauten Knattern mehr als nötig zu nerven.

Der schwachsinnige, technokratische Mythos von einer friedlichen Nutzung der Kernenergie war für jedermann nachvollziehbar – wenn auch nicht sichtbar – in sich zusammengebrochen. In der Ukraine und in all den Gebieten, die vom radioaktiven Fallout betroffen waren, hatte eine Zukunft begonnen, deren Zeitenrechnung künftig auf der Grundlage der Halbwertzeiten der niedergegangenen Radionuklide vorgenommen werden musste. Der flächendeckende Tschernobyl-Fallout hatte den betroffenen Böden ein unsägliches, schweigendes Geheimnis auferlegt. Ganze Landstriche waren von nun an aus Gründen der Gesundheitsvorsorge nicht mehr friedlich nutzbar. Vielmehr ruhte hier fortan ein stiller, innerer Unfriede.

Vor dem Hintergrund der Ereignisse jener Tage erinnerte sich Nikolaus Consdorf erneut an den ein oder anderen bornierten Gymnasial- oder Hochschullehrer, dem die Schüler oder Studenten schon Jahre zuvor vergeblich versucht hatten klarzumachen, dass es überhaupt keine friedliche Nutzung der Kernenergie geben könne.

Die tragischen Ereignisse der „Tschernobyltage" führten dem älteren Studenten Consdorf zudem eines klar vor Augen: Raum und Zeit sind keine vollkommen voneinander zu trennende Größen. Ohne Raum gibt es vermutlich auch keine Zeit. Die Zeit als physikalische Größe mag für sich gesehen zwar einen theoretischen Sinn besitzen, sie hat aber ohne einen wie auch immer gearteten räumlichen Bezug vermutlich keine praktische Bedeutung. Bei den

Halbwertzeiten der verschiedenen radioaktiven Elemente handelt es sich zunächst einmal um fiktive zeitliche Größen. Erst dann, wenn radioaktive Substanzen an irgendeiner Stelle der Erdoberfläche freigesetzt und anschließend anderen Ortes abgelagert werden, beginnt die Uhr tatsächlich zu ticken. In diesem Kontext kam Consdorf darüber hinaus zu der Überzeugung, dass die „reinen Naturwissenschaften", die nur in der Laborsituation experimentieren, ohne die räumliche Dimension des Planeten verinnerlicht zu haben, kaum in der Lage sein dürften, einen bedeutsamen Beitrag dahingehend zu leisten, die ökologischen Verhältnisse auf der Erdoberfläche nachhaltig zu verbessern. Denn die Zeit scheint beim rein linearen Denken irgendwie falsch oder unzureichend im Raum verankert zu sein.

Nachdem die Probenahmen wegen des Reaktorunfalls rund drei Wochen lang geruht hatten und sich auch die allgemeine Verwirrung allmählich wieder gelegt hatte, kapitulierte Consdorf schließlich vor den bekannt gewordenen Halbwertzeiten. Trotz radioaktiver Nuklide nahm er seine Feldarbeiten wieder auf. Caesium 137 – das bedeutsamste der niedergegangenen Radionuklide – besitzt eine Halbwertzeit von rund dreißig Jahren. Eine Galgenfrist in dieser Größenordnung wollte und konnte er sich mit Blick auf seine Abschlussarbeit dann doch nicht nehmen.

Mit kollegialer Kraft

Ja, man muss es wohl als einen absoluten Glücks- und Sonderfall bezeichnen. Das berufliche Schicksal hat Nikolaus Consdorf in Stephan einen Freund und Kollegen an die Seite gestellt, wie er ihn sich selbst in seinen kühnsten Träumen nicht hätte vorstellen können. Temperament, Freundlichkeit und Herzlichkeit wie auch analytischer Scharfsinn und Beharrlichkeit sind Charaktermerkmale, die Stephan ihm gerade auch bei den monatelangen Erkundungen in abgelegenen Gebirgsgegenden zu einem angenehmen Weggefährten und kompetenten Gesprächspartner gemacht haben. Und genau diese ausgedehnten alpinen Erkundungen sollten für alle künftig noch anstehenden consdorfschen Vorhaben zur absoluten Feuerprobe werden.

Besonders erwähnenswert – ja keinesfalls unterschlagbar – erscheint an diesem Punkt ein gewisses „äußerliches Charaktermerkmal" des Kollegen. Es ist sein geheimnisvolles, mildes Grinsen, welches sich ab und an zielsicher unter seinem schmalen Oberlippenbärtchen einzuschleichen sucht. Auf dieses gewisse Grinsen stieß Consdorf das erste Mal Mitte der 80er-Jahre bei einem „schlagartigen" Geländeeinsatz während einer Universitätsexkursion im Sauerland. Stephan stand damals mitten auf einer Kuhweide, hatte den rund einen Meter langen Stahlbohrstock mit seinem Körpergewicht etwa zwanzig Zentimeter tief senkrecht in den Boden gestemmt und im Anschluss damit begonnen, den Schlagkopf des Bodenbohrers mit dem Polyamidhammer zu bearbeiten. Nach etwa zwei bis drei zaghaften Anfangsschlägen hatte er schnell seinen kraftvollen Rhythmus gefunden und schien diesem Bewegungsablauf alsdann bedingungslos verfallen. Ein mächtiger, hoch und lang geführter Hammerschlag folgte dem nächsten. Das Bohrwerkzeug verschwand hierbei zusehends in der Erde. Dann passierte jedoch etwas kaum zu Glaubendes. Während Stephan mit vollem Körpereinsatz den Hammer zielsicher zum Schlagkopf des Bohrers führte, ließ sich genau dort eine Fliege nieder. Der folgende Schlag war aufgrund der Kontinuität des Bewegungsablaufs jedoch nicht mehr abzubremsen. Er endete deshalb unweigerlich und mit ganzer Präzision auf dem Kopf des Bohrgerätes bzw. auf der dort friedlich gelandeten Fliege. In einem Sekundenbruchteil zuvor, somit unmittelbar vor dem unsanften Aufschlag des Hammers, hatte Stephan bereits besagtes Grinsen aufgelegt. Dieses geheimnisvolle Grinsen war jedoch weder bösartig noch gehässig angelegt; es entsprach vielmehr einer mitfühlenden, sanften Gemütsbekundung, welche die Unabwendbarkeit des nahenden Ereignisses kommentierte. In genau diesem Kontext zeigte es sich auch in den kommenden Jahren das ein oder andere Mal bei verschiedenen, letztlich unvermeidbaren und prekären Situationen.

Nachdem Consdorf Stephan mehrere Jahre lang aus den Augen verloren hatte, stand dieser im Frühjahr 1989 mehrfach unverhofft vor seiner Türe. Bei diesen ganz speziellen Hausbesuchen unterhielten sich die beiden mitunter stundenlang über Gott und die Welt, über spezielle bodenkundliche Fragen, oder sie schwärmten von entlegenen Gebirgsgegenden, die sie gerne beizeiten aus der Perspektive eines hieb- und stichfesten Bodenbohrens in Augenschein nehmen würden. Bei einem dieser Besuche hatte Stephan einen nagelneuen Bodenbohrstock und einen ebenso nagelneuen und somit kaum verformten, weißen Kunststoffhammer dabei. Als er Consdorf sodann beide Arbeitsgeräte demonstrativ entgegenhielt, leuchteten seine blauen Augen, und unter seinem Oberlippenbärtchen stellte sich beiläufig jenes geheimnisvolle, von der Unabwendbarkeit des Kommenden kündende Grinsen ein. „Hier ist er! – Na, was hältst du davon?", sagte er und fügte spontan hinzu: „Wer mit dem Leben geschlagen ist, der sollte zum Abreagieren wenigstens einen Pürckhauer-Bohrstock an der Hand haben!"
Dem hielt Consdorf entgegen: „Das Hammerteil sieht irgendwie aus wie ein Salzleckstein für Rindviecher – nur halt mit einem langen, weißen Stiel dran."
„Meinst du etwa, ich wollte dich zum Salzlecken abholen?", fragte Stephan.

Dieser Auftritt Stephans war eine klare Ansage, hiermit konnte Consdorf tatsächlich etwas anfangen. Hier hatte er es allem Anschein nach mit jemandem zu tun, der es ernsthaft in Erwägung zog, sich auch nach Abschluss akademischer Trockenübungen künftig mit bodenkundlichen Fragen zu beschäftigen. Stephan machte Consdorf sodann den Vorschlag, die Dinge im Sinne einer „schlagenden Verbindung" in vier gemeinsame Hände zu legen, und gab im Hinblick auf eine Zusammenarbeit die schlüssige, aber einfach lautende Parole aus: „Ich folge dir, und du folgst mir – keiner muss vorauseilen und niemand bedingungslos hinterhertrotten. In puncto Gehorsam lassen wir sodann erst einmal alles auf uns zukommen!" Anschließend forderte er Consdorf eindringlich auf, seinem neu erworbenen Bodenbohrer einmal volle Aufmerksamkeit zu schenken.

Der Pürckhauer-Bohrstock sieht auf den ersten Blick wie ein gewöhnliches, seitlich geöffnetes Metallrohr aus. Auf den zweiten oder aber auch erst auf einen späteren Blick wird offenkundig, dass es sich hier um ein wahres Meisterwerk der Metallschmiedekunst handelt. Ein „Pürckhauer" erster Güte ist aus einem Stück gefertigt. Er besteht aus einem gut 100 Zentimeter langen, konisch geformten Metallschaft aus Vollrohrstahl, der nach unten hin und an der Seite geöffnet ist. Dem oberen Ende sitzt ein zylindrisch geformter Schlagkopf von 13,5 Zentimetern Länge und 33 Millimetern Durchmesser auf. Unmittelbar unterhalb dieses scheinbar aufgesetzten Schlagkopfes weist der konische Metallschaft einen Durchmesser von 28 Millimetern auf, am unteren Ende des Werkzeuges geht dieser auf weniger als 20 Millimeter zurück. Die Nut des Bohrstocks ist ziemlich genau 100 Zentimeter lang und besitzt bis auf wenige letzte Zentimeter des unteren Endes eine Innenbreite von 16 Millimetern.

In einem Abstand von 27 Millimetern unterhalb der planen Schlagkopffläche ist der Pürckhauer quer durchbohrt, so dass hier ein gummiummantelter Stahldrehgriff eingesteckt werden kann. Zu dem Bodenbohrer, den Stephan Nikolaus Consdorf stolz präsentierte, gehörte jener quaderförmige weiße Hammer aus Polyamid-Kunststoff, dessen ansehnlicher Schlagkopf eine Länge von 20 Zentimetern und eine Breite und Höhe von jeweils 14 Zentimetern aufwies. Da der Hammer aufgrund seiner quaderförmigen Gestalt selbstständig auf dem Kopf zu stehen vermochte, ragte sein 82,5 Zentimeter langer Stiel, der gleichfalls aus Polyamid gefertigt ist, neben dem Tisch senkrecht in die Höhe.

„Ganz leicht, beide Teile wiegen ziemlich genau 3,5 Kilo", bemerkte Stephan mit weit geöffneten Augen und hätte Consdorf das kurz angehobene Schlagwerkzeug beinahe versehentlich auf die Füße gestellt.

Nimmt der Bodenforscher eine Handbohrung vor, so schlägt er den Bohrstock mit dem Polyamidhammer bis zum Schlagkopf in den Boden ein. Nachdem er diese Arbeit kraft- und machtvoll demonstriert hat, steckt er den gummiummantelten Drehgriff in die

Querbohrung des Schlagkopfes ein und dreht das senkrecht im Boden steckende Gerät mit beiden Händen mehrfach um die eigene Achse. Sodann versucht er, dieses in kniender oder stark gebeugter Körperhaltung aus dem Boden zu ziehen. Ist der Bohrstock in der mit Worten aufwendig zu beschreibenden, aber mit den Händen einfach zu handhabenden Art und Weise aus dem Boden befördert, kommt über die nunmehr erdbefüllte Nut des Werkzeuges das erbohrte Bodenprofil zum Vorschein. Dieses spricht der Bodenfachmann anschließend auf Grundlage einer landläufig unbekannten bodenkundlichen Nomenklatur an.

Nachdem Stephan Consdorf das feine, würdevolle Schlagwerkzeug nochmals eindrucksvoll erklärt und liebevoll beschrieben hatte und er ihn insbesondere „grinsend" dazu aufgefordert hatte, mit seinem Zeigefinger doch einmal der ganzen Länge nach der wohlgeformten Nut des Metallstabes nachzugehen, wusste dieser, dass der Kollege unumstößlich recht hatte. Der Pürckhauer ist ein schönes und überaus würdevolles Arbeitsgerät:

Er ist kein billiger, kurzlebiger Schnickschnack und auch kein abstrakter, künstlicher EDV-Müll. Er ist ein Werkzeug, wie es der hart im Felde arbeitende Forscher verdient hat. Dort, wo der Bodenbohrer zum Einsatz kommt, versetzt er ihn in die komfortable Lage, den Dingen mit wenig Aufwand zielgenau auf den Grund gehen zu können. Er ist allerdings auch kein Werkzeug, welches nach grobschlächtigen, kraftprotzigen Charakteren schreit – geschweige denn in die falschen Hände gehört. Das Gegenteil ist vielmehr der Fall: Wie die Erfahrung lehrt, ist gerade unter Bodenforschern der Anteil feinfühlender Menschen, bildender Künstler oder auch kreativer Musiker auffallend hoch. Als Maler bevorzugen sie dunkle Töne wie aber auch leuchtende Erdfarben, als Musiker sehen sie sich dem „erdigen Blues" verpflichtet oder fallen mitunter als expressiv agierende Prokofjew-Pianisten durch einen unverwechselbar festen, ja, man ist geneigt zu sagen „Pürckhauergeschulten" Anschlag auf.

3. In die Höhe – Erkundungen im Hochgebirge

Traumpfaden folgend,
Unendlichkeit spürbar in den Knochen.
Auf und ab –
zum Außen und Innen
werde ich getragen.

Wildbacheinzugsgebiete

Ein Wildbach ist ein zumeist tief eingeschnittener, steiler Gebirgs-bach mit streckenweise schießendem Abfluss und ruckartiger, nach Regenfällen stark anschwellender Wasserführung. Wildbäche besitzen außerordentliche Erosionskraft und transportieren große Mengen Gesteinsschutt, den sie nach Eintritt in ein größeres Tal in mitunter mächtigen Schuttkegeln ablegen. Wildbäche bearbeiten in dieser Weise mit Hilfe des bewegten Gesteinsschutts, der als Po-liermittel fungiert, die Struktur ihres Gewässerbetts und damit letztlich auch die Oberflächengestalt der angrenzenden Hänge.

Ein Wildbacheinzugsgebiet wiederum ist die Fläche, die durch Wasserscheiden von benachbarten Gebieten abgegrenzt ist und vom Wildbach und den ihm zugeordneten Zuläufen entwässert wird. Entsprechend der Hochgebirgssituation nehmen der Bach und seine Zuläufe die tieferen Geländepositionen ein, während die Gebietsgrenzen – also besagte Wasserscheiden – durch markante, höher positionierte Geländeformen wie Gipfel, Kämme, Rücken oder Sättel angelegt sind.

Die Wildbacheinzugsgebiete der bayerischen Alpen haben häufig Größen von nur einem bis mehreren Quadratkilometern, wobei das Einzugsgebiet eines Baches, abgetrennt durch entsprechende Was-serscheiden – so z. B. durch einen schmalen Bergrücken –, jeweils unmittelbar an das Einzugsgebiet des nächsten Wildbaches an-grenzt.

Der bekannte, in den 50er-Jahren verstorbene deutsche Geologe Hans Cloos hat gesagt: „Was man nicht in den Beinen hat, das hat man auch nicht im Kopf." Unter haargenau diesem Motto waren Nikolaus Consdorf und Stephan in der ersten Hälfte der 90er-Jahre in Wildbacheinzugsgebieten der bayerischen Alpen unterwegs.

Tatkräftig gestimmt und bis hinein in die Fingerspitzen motiviert, durften sie aus dienstlichem Anlass das Ober- und Ostallgäu, die Ammergauer Berge, den Isarwinkel, das Tegernseegebiet, das Chiemgau und das Berchtesgadener Land bereisen. In diesen Hochgebirgslandschaften führten sie in ausgewählten Gebieten, ausgerüstet mit Bohrwerkzeug, Klappspaten sowie sonstigen Geländeutensilien, bodenkundliche Untersuchungen durch. Nachdem sie die Sommermonate derart unter freiem Himmel verbracht hatten, erarbeiteten sie in der anschließenden Herbst- und Winterzeit zu Hause am heimatlichen Schreibtisch die zugehörigen Bodenkarten.

Anhand ihrer Kartierungen wollten sich ihre Auftraggeber einen Überblick darüber verschaffen, wo innerhalb der einzelnen Wildbachgebiete wasserdurchlässige und wo eher undurchlässige Bodenverhältnisse anzutreffen sind. Im Hinblick auf das Abflussgeschehen in den Einzugsgebieten und das hieran gekoppelte Erosionsverhalten der Bäche ging es darum zu erkennen, auf welchen Flächen Niederschläge ungehindert versickern können und wo demgegenüber potenziell schadhafte Oberflächenabflüsse unvermeidbar sind.

Da Consdorf und Stephan bei ihren Arbeiten Grundlagendaten über die räumliche Wirklichkeit zu erfassen hatten, mussten sie die Untersuchungsflächen in ihrer Gänze begehen – einerseits um den jeweiligen Gesamtcharakter eines Gebietes erfassen zu können, andererseits um die naturgegebene Differenzierung hinsichtlich der Bodenverbreitung aufzudecken.

Aus diesem Grunde liefen die beiden ihre Gebiete systematisch auf und ab. Sie überzogen sie nach und nach mit einem sich Schritt für Schritt verdichtenden Netz von Handbohrungen und kleineren Schürfgruben. In der Regel gingen sie dabei derart vor, dass sie sich frühmorgendlich – nach Möglichkeit durch ein Dienstfahrzeug unterstützt – über Straßen oder Forstdienstwege in entsprechende Gipfelregionen oder sonstige Hochlagen begaben und sich von dort aus im Laufe des Tages, unter vorwiegend höhenparallelem Abschreiten des Geländes, sukzessive nach unten hin vorarbeiteten. Irgendwo dort unten stand ein zweites Dienstfahrzeug bereit, mit dem sie am frühen Abend zu dem ersten, in größerer Höhe abgestellten Wagen zurückfuhren. Mit zwei Fahrern und zwei Fahrzeugen konnten sie sodann den Heimweg zu ihrer Unterkunft antreten. Waren in dem Gebiet jedoch keine Straßen oder befahrbare Wege vorhanden, so mussten die beiden zunächst mit Sack und Pack mehrere hundert Meter aufsteigen, bevor sie mit ihrer eigentlichen Arbeit beginnen konnten. Im steilen, schwierigen Gelände entpuppte sich dieser zügige wie auch wortkarg geführte Aufstieg mitunter als eine derart schweißtreibende Angelegenheit, dass sie, oben angekommen, zunächst einmal ihre Oberbekleidung wechseln mussten. Dieser zwingend notwendige Kleiderwechsel wurde dann mehrfach lautstark mit dem Ausspruch: „It's wet-t-shirt-time" kommentiert und nachfolgend mit einem demonstrativen, synchron aufgeführten Auswringen der nassen Kleidungsstücke untermauert.

Consdorf und Stephan begannen ihre Untersuchungen bevorzugt in den alpinen Gipfelbereichen. Dort kratzten sie zunächst neugierig mit dem Klappspaten, betrachteten aufmerksam den angeschnittenen Oberboden, fühlten und bekneteten das angetroffene Feinsubstrat, beschrieben es nach den Vorgaben ihrer Nomenklatur hinsichtlich Körnung, Steingehalt, Farbe, Humusgehalt und Feuchtigkeit und machten sich anschließend, nachdem sie den Untersuchungspunkt in ihrer Karte mit einer Nummer versehen hatten und gleichfalls alle Arbeitsmittel verstaut hatten, in tiefer liegendes Gelände auf. Hierzu kletterten sie – auf annähernd kürzestem Wege – etwa 30 bis 50 Meter hangabwärts. Dort schlugen sie dann mit dem Schlaghammer den Bodenbohrstock nach Möglichkeit bis einen Meter tief in den Boden ein, drehten ihn mit dem zugehörigen gummiummantelten Drehgriff mehrfach um die eigene Achse und zogen ihn abschließend, wie beim Entkorken einer Weinflasche, aus der Erde heraus.

Nach einer ersten Bohrung folgten in gleicher Höhe, im Abstand von jeweils 50 bis 100 Metern, weitere Bohrungen, bis die beiden wiederum in ein niedrigeres Gebirgsareal abstiegen, um dort – dem gleichen Schema folgend – ihre Arbeit fortzusetzen.

Saßen sie beiden nach einem langen Arbeitstag abendlich zusammen, so hatten sie bei einer deftigen Mahlzeit und einem kühlen Bier keinerlei Anlass, mit sich selbst und der Welt unzufrieden zu sein. Betrachteten sie ihre „Kartiererträge" unter rein fachlichen Gesichtspunkten, so stand außer Zweifel, dass sie hier das seltene Glück hatten, „per pedes" einer ausgesprochen lehrreichen Tätigkeit nachgehen zu dürfen. Die Geländearbeiten vermittelten ihnen endlich handfeste, praktische Erfahrungen. Erfahrungen, welche einen prinzipiell anderen Charakter besitzen als jenes theoretische Wissen, das ihnen der Hochschulbetrieb Jahre zuvor vermittelt hatte.

Die Vielfalt der Geheimnisse, mit denen die alpine Landschaft dem Bodenforscher unaufdringlich ihre Aufwartung macht, gründet in erster Linie darauf, dass sich innerhalb eines Gebirges alle Faktoren, die an der Entwicklung eines Bodens mitwirken, häufig auf engstem Raume ändern. Die Gesteinsverhältnisse wie auch die hieraus hervorgegangenen Verwitterungsbildungen sind in der Regel sehr inhomogen. Zudem variieren die Hangformen und -längen in einem breiten Spektrum. Auch zeigen der Temperatur- und der Feuchtigkeitsgang mit der Höhenlage beträchtliche Varianzen. Deshalb sind auch die Vegetation und die Landnutzung gezwungen, sich dieser Wechselhaftigkeit anzupassen. In diesem Sinne liegen für den Hochgebirgsforscher unter der Bodenoberfläche mannigfache Überraschungen begraben, die er erst im Zuge seiner bohrenden Arbeit zutage fördern vermag.

Für eine überaus angenehme Überraschung sorgten beispielsweise die „Pelosole" (pelos = griechisch Ton) des Jungholzgrabens im Halblech-Gebiet. Man hatte Consdorf und seinen Kollegen im Vorfeld eindringlich vor diesen Böden gewarnt: „Die sind so hart, da werdet ihr kaum mit dem Bohrstock reinkommen! In jedem Fall aber werdet ihr bei dieser Arbeit gut in Schweiß kommen und Federn lassen!" – Falsch, derartige Warnungen erwiesen sich als absolut unbegründet – das Gegenteil war vielmehr der Fall!

Bei besagten „Pelosolen" handelt es sich um Bodenbildungen aus tonigem Ausgangsgestein und keineswegs um solche, die zwingend der Kategorie „skelettreiche Böden" zuzuordnen wären. Sind diese Böden allerdings knochentrocken, so ist es ein beinhartes Geschäft, ihnen mit dem Bodenbohrstock schlagend beizukommen. Liegen sie hingegen im stark feuchten, gequollenen Zustand vor, so ist es ein Leichtes, einen Einstich vorzunehmen. Consdorf und sein Kollege hatten deshalb – wie so oft in diesen Jahren – mehr als nur Glück. Hinsichtlich dieser eigentümlichen Böden bleibt außerdem anzumerken, dass in ihnen, trotz ihres hohen Tongehalts, Staunässe eher selten auftritt. Diese Tatsache gründet darauf, dass sie zur „Trockenriss-Bildung" neigen. Haben sich nach einer trockenen Witterungsperiode erst einmal entsprechende

Risse aufgetan, so können in diesen große Mengen einsickernden Niederschlagswassers verschwinden. Erst, wenn sich die Öffnungen nach lang anhaltenden Niederschlägen wieder geschlossen haben, weil das tonige Substrat sukzessive in einen gequollenen Zustand übergegangen ist, tritt in den „Pelosolen" mitunter Staunässe auf. In diesem Sinne handelt es sich bei diesen Bildungen um die ausgesprochen „schizophrensten Böden", mit denen es Consdorf und Stephan je zu tun hatten.

Die Arbeiten regten das fachliche Interesse und die Neugierde der beiden jungen Männer Tag für Tag aufs Neue an. Sie beflügelten ihre Fantasie und inspirierten ihr Schaffen wie auch ihr privates Tun in den dienstfreien Abendstunden. Nachdem sie sich derart im Dunkeln noch lange über fachliche Belange unterhalten hatten oder aber jeder für sich tief in entsprechende Literatur und Karten abgetaucht waren, gingen sie am nächsten Morgen erneut frisch und gut gelaunt ans Werk.

Darüber hinaus wiesen die wochenlangen Begehungen Qualitäten auf, die in erster Linie mit der hohen Intensität der in der gebirgigen Landschaft erfassten Sinneseindrücke zu tun hatte. Diese Intensität lag maßgeblich in dem langsamen, beinahe andächtigen Abschreiten des Geländes innerhalb klar umrissener Grenzen begründet. Der alpine Oberflächencharakter und die im geistigen Hintergrund allgegenwärtige fachliche Aufgabe gaben in diesem Sinne das Bewegungstempo vor. Hier waren keine Hast und keine übereifrigen Bewegungen angesagt; hier wurde das Vorankommen von maßvollen Schritten angeleitet. Daneben hatte die Intensität ihrer Wahrnehmungen mit dem „schlagkräftigen Körpereinsatz" bei den Bohrarbeiten, mit dem unvermeidbaren Schleppen ihrer Gerätschaften und dem gelegentlichen Klettern in felsigem Gelände zu tun. Standen die beiden noch kurz zuvor festen Fußes auf sicherem, ebenem Almgelände, so fanden sie sich im nächsten Moment unverhofft und mit butterweichen Knien an unsicheren, steilen Felswänden. Wenn man denn so will, blieb ihnen im schwierigen Gebirgsgelände hin und wieder die ein oder andere Gratwanderung nicht erspart.

Zudem spielte für Consdorf und Stephan im Hinblick auf ihre Beobachtungen der ständige Wechsel der Perspektiven eine zentrale Rolle. Jeder Berggipfel, jede Wand, jeder Rücken, jede Hangverflachung, jede Waldfläche und jedes Gebüsch zeigt sich im

Hochgebirge aus verschiedenen Blickwinkeln mit einem anderen Gesicht. Und in dieser Hinsicht hatten die beiden ausgiebig Gelegenheit, zahllose Antlitze kennenzulernen. Besonders schöne Geländepartien, die das Auge bereits Tage zuvor aus einer fernen Perspektive entdeckt und bewundert hatte, wurden Tage später unter körperlichem Einsatz in Besitz genommen. Dort wurden sie dann wiederholt bestaunt und möglicherweise auch nach anstehenden fachlichen Gesichtspunkten untersucht. Darüber hinaus wartete die sommerliche Alpenlandschaft zu jedem Zeitpunkt mit vielfältigen Gerüchen und ungewohnten Geräuschen auf. Und nicht zuletzt kam selbst der bodenkundlichen Fingerprobe, die Consdorf und Stephan beim Bestimmen der erbohrten Feinsubstrate einen ebenso charakteristischen Eindruck von der Landschaft vermittelte, eine nicht zu unterschätzende Bedeutung zu. Sie ließ die beiden „Alpinisten" die kleinste Dimension ihrer Gebiete im wahrsten Sinne des Wortes mit den Händen erfassen.

Durch das systematische, gemächliche, mitunter „prozessionsartige" Ablaufen der Flächen, unter Einbeziehung sämtlicher Sinne, hatten die beiden ihre Gebirgslandschaften gewissermaßen eingescannt und sich derart ein klares Bewusstsein von deren Raumwirklichkeit erarbeitet. Indem sie sich ganz auf die Wesensart der Landschaft einließen, schickte sich diese förmlich an, zu einem bedeutsamen Teil des eigenen Selbst zu werden. Durch ihre Begehungen wussten sie genau, wo im Bereich von Forstflächen Felsnasen und -rippen sowie Schuttfelder versteckt waren, wo sich die Almflächen fließend mit den Forstflächen vereinigen, wo ausgedehnte, kaum bezwingbare Legföhrenfelder drohen, wo Quellen mit frischem Wasser aus dem Fels sprudeln und wo die Geschiebefracht der Wildbäche in Sperren unterhalb von Anbrüchen oder Rutschungen aufgefangen wird.

Ging eine Projektarbeit nach Wochen zu Ende, so kannten die beiden Männer das betreffende Gebiet wie ihre eigene Westentasche – ja, es war ihnen mehr als nur vertraut geworden. Sie kannten die Verbreitung der Böden, hatten konkrete Vorstellungen von den geologischen Verhältnissen, konnten sich die Entstehung der verschiedenartigen Oberflächenformen erklären und verstanden nun auch das auf den Naturverhältnissen basierende Nutzungsmosaik. Als Bodenforscher hatten sie zu ihrem Gebiet einen fachlichen Bezug entwickelt. Als Mensch war ihnen die alpine Kleinlandschaft fortan in besonderer Weise ans Herz gewachsen.

Verschiedene seit jenen Tagen eingepackte Bilder besitzen für Consdorf auch heute noch eine starke Präsenz. Sie haben ihn seither nicht mehr losgelassen und sind fest in seinem Bewusstsein verankert. Zudem sind sie derart stark miteinander vernetzt, dass es ihm auch Jahre später wenig Probleme bereitet, sie nacheinander – zu ganzheitlichen Landschaften formiert – in klaren Farben und deutlichen Konturen abzurufen sowie vor ihrem Hintergrund gewisse Ereignisse in bewegten Sequenzen aufleben zu lassen.

Neben jenen speziell der alpinen Landschaft geschuldeten Eindrücken sind es natürlich auch bestimmte „bunte Ereignisse und Episoden", die sich quasi folkloristisch vor der oberbayerischen Gebirgskulisse abgespielt haben und die in ihrer eigentümlichen Art der consdorfschen Erinnerung einen besonders lebhaften Stempel aufgedrückt haben. In diesem Zusammenhang ist unverkennbar, dass vor allem das Genre „Jagdszenen" stark besetzt ist.

Eine Jagdszene der ganz besonderen Art spielte sich im Berchtesgadener Land ab: Consdorf und Stephan bewohnten dort über viele Wochen eine angemietete Forstdiensthütte. Nach Ansicht des zuständigen Jägers, vor dem die örtliche Forstbehörde sie im Vorfeld gewarnt hatte, hatten sie sich in „seiner Jagdhütte" einquartiert. Sie waren nach dessen waidmännischem Verständnis gewissermaßen eigenmächtig in sein Revier eingedrungen und sahen sich offenbar von Anfang an dem Verdacht der Wilderei ausgesetzt. Da sie die Hütte durchgehend belegt hatten, waren im Hinblick auf unverhofft auftauchende Jagdgäste die Probleme mit dem Jäger bereits mehr als deutlich vorgezeichnet. Sie mündeten bereits nach wenigen Wochen in lautstarken Auseinandersetzungen, die paritätisch im oberbayerischen und im rheinischen Dialekt ausgetragen wurden. Summa summarum ließen sich die beiden Rheinländer ihre Hütte auch nicht durch Schmähungen wie „Dreckstall, saupreißischer" madig machen. Eine friedliche Annäherung schien hier zunächst in weiter Ferne. Ihren Höhepunkt fanden die Streitigkeiten später darin, dass Consdorf und Stephan an einem frühen Abend eine mit den Hörnern an der Dachrinne aufgehängte, fachmännisch ausgenommene Gams vorfanden. Das Tier hing genau zwischen der von ihnen an einer Leine zum Trocknen aufgehängten Arbeitskleidung – so, als sollte derart unausgesprochen eine letzte Warnung abgesetzt werden. Nachdem sie diese herzliche Geste mit einvernehmlicher Gelassenheit hingenommen hatten, zum Andenken umgehend noch einige Fotos mit der eindeutigen

Motivkonstellation: „Bodenforscher mit erlegter Gams, mit stählernem Bodenbohrstock und massivem Vorschlaghammer an der Hand" geschossen hatten, entspannte sich der Konflikt allmählich, und sowohl Consdorf und Stephan als auch der nicht ganz ungefährliche Jäger gingen fortan lautlos auf getrennten alpinen Pfaden ihren überaus verschiedenartigen Jagdgeschäften nach.

Trotz sparsam eingestreuter Irritationen dieser Couleur läuten für Nikolaus Consdorf auch heute noch die Kuhglocken am Kühgundrücken bei Oberjoch. Gleichfalls geht vor seinen Augen mitunter erneut jener Sternschnuppenschauer nieder, den er dort am späten Abend eines Augusttages 1991 staunend miterleben durfte. „Das können nur die Perseiden sein", hatte Stephan damals bemerkt und dem hinzugefügt: „Für mich sind das unmissverständlich die Boten kommenden Glücks!"

Hin und wieder sieht sich Consdorf – zusammen mit Stephan in stummer Eintracht – nochmals im Falkentobel bei Tiefenbach in tropfendem Regencape unter einer Buche stehen und gebetsmühlenartig über den praxisrelevanten Sinn der Zeit monologisieren. „Heuer mia hoam g'hoabt koa guades Wedder net!", das hatte wohl bereits eine der Pensionswirtinnen der vorjährigen Arbeitssaison gemeint. Aber wollte die gute Frau mit diesem breitgetretenen Satz etwa zum Ausdruck gebracht haben, dass man in einer Gegend wie dieser häufiger im Regen stehen bleibt und förmlich dazu verdonnert ist zuzusehen, wie die Zeit verrinnt?

Am Rubihorn im Oberallgäu wirft Consdorf zum wiederholten Male den Pürckhauer wie ein heißes Eisen aus der Hand und verkriecht sich umgehend in ein dichtes Latschengebüsch. Ein urplötzlich aufziehendes Gewitter hatte seinerzeit diese Kettenreaktion in Gang gesetzt. Anschließend wartete er in seiner Deckung angespannt darauf, dass der laute Donner wieder abzieht, und fragte sich allerdings, was Stephan wohl soeben damit gemeint haben könnte, als er kurz und bündig kundtat: „Uns kann überhaupt nichts passieren. Wir haben doch einen guten Draht nach oben!"

Ab und an rutschen er und Stephan auch noch in diesen Tagen unisono an einem steilen Hang im Brauneckgebiet in die Tiefe. Dort hatten sie zu Beginn ihrer „Alpenkarriere" die Gruppe der veränderlich festen Gesteine hinsichtlich ihrer Stand- und Trittfestigkeit falsch eingeschätzt: Stephan hatte sich vertreten. Er stolperte hastig und war dann auch schon wie auf einer Rampe auf dem grasbewachsenen Hang nach unten unterwegs. Nach rund fünfzehn Metern kam er zum Liegen. Just in diesem Moment ereilte Consdorf das gleiche „gravitative Schicksal". „Bleib' bloß liegen, du Arsch!", gab er auf der ungemütlichen Piste noch gedrückt zum Besten, bevor er auf den liegenden Kollegen prallte und diesen umgehend mit sich riss. Dieser murmelte noch so etwas wie: „... echt mitreißend ..." und folgte dem Rammbock bedingungslos in die Tiefe. „Vielleicht hätte man doch den langen, geneigten und in die Tiefe deutenden Grashalmen größere Aufmerksamkeit schenken sollen?", hatten sie sich später einmal ernsthaft gefragt.

Auch die Spitze der Gedererwand im Kampenwandgebiet taucht dann und wann erneut aus langsam ziehenden Nebelschwaden auf und sieht genauso aus wie ein wolkenverhangener Berggipfel auf einer alten chinesischen Tuschezeichnung: Kein fundamentaler Sockel in Sicht; abziehende Wolken, die sich allmählich nach oben hin auflösen, und darüber ein zackiger Grat, der steil und bizarr unmissverständlich zum Himmel weist.

Im Berchtesgadener Land sieht sich Consdorf nochmals auf der trockenen Holzbank der Ofneralm-Diensthütte sitzen und beobachtet – durch das lang vorgezogene Hüttendach vor Wind und Wetter geschützt – ein wahrhaft schönes Gewitter. Kurz und hell erleuchtet der aufflackernde Blitz die Nordflanke des Hohen Göll; der Donner bricht sich jäh an der mächtigen, hoch aufragenden Kalkwand des Gebirgsstocks. Das kraftvolle Krachen hat seit jenen Tagen tief in der consdorfschen Erinnerung einen Nachhall gefunden.

Was Consdorf und Stephan damals in den Beinen hatten, sich mühsam erwandert und im Angesicht ihres Schweißes erarbeitet hatten, das besitzt auch heute noch einen unwiderruflich festen Platz in ihren Köpfen und Herzen.

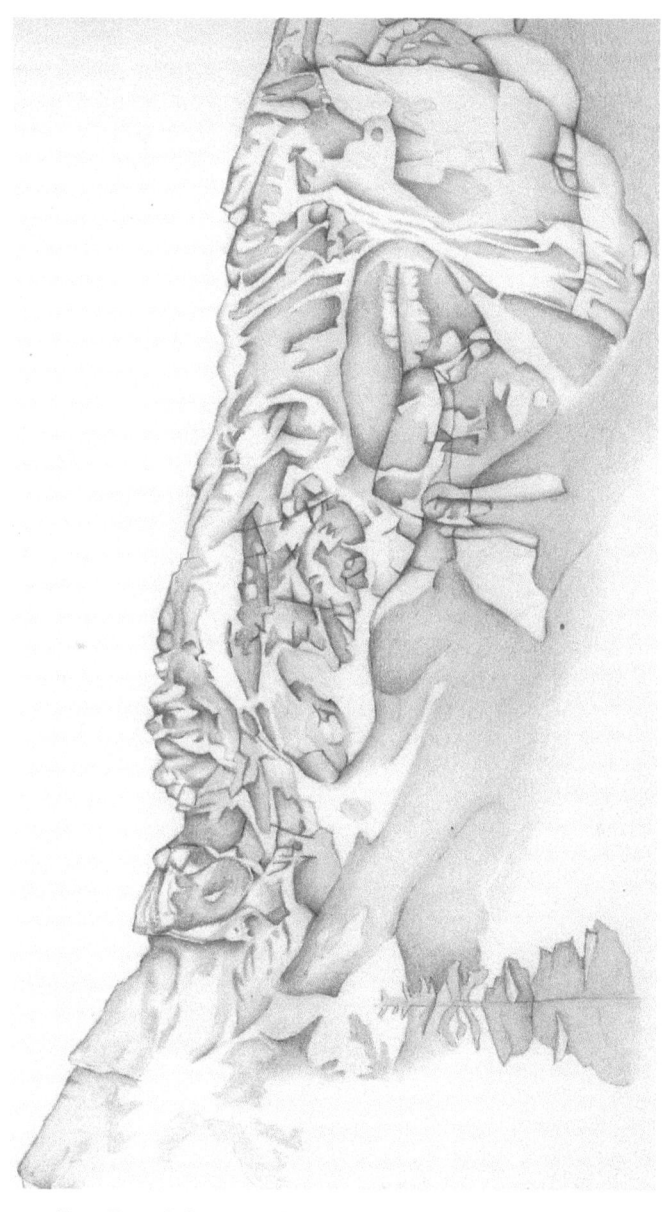

„Der Rauchfang" (Die Nordflanke des Hohen Göll)

Die Bilanz des Geschiebes – Teil der Kraft werden

Unvorstellbare Kräfte des Erdinneren haben es bewirkt, dass in den Alpen heute mächtige Gesteinspakete der Erdkruste lagern, die deckenartig übereinander gestapelt wurden. Die einzelnen Gesteinspakete entstammen verschiedenen Ablagerungs- bzw. Sedimentationsräumen und werden von den Geologen als tektonische Decken bezeichnet. Die Sedimentationsräume dieser alpinen Gesteine befanden sich einstmals südlich der Alpen, irgendwo im Bereich des Mittelmeeres – quasi in einem vergangenen Vorgängermeer –, demnach weit mehr als 200 Kilometer von dem heutigen Gebirgskörper entfernt. Nachdem die Gesteine in diesem Meeresraum als Sedimente abgelagert worden waren und sich im Laufe der Zeit verfestigt hatten, wurden sie von dort aus im Verlauf von rund 100 Millionen Jahren durch tektonische Horizontalbewegungen in unterschiedliche nördliche Richtungen verfrachtet. In diesem Sinne sind diese Verlagerungen ein Teil derjenigen Bewegungen der Erdkruste, die mit der „Aufeinanderzubewegung" der Afrikanischen Platte auf die Eurasische Platte zu tun haben. Hierbei handelt es sich um einen tektonischen Vorgang, dem im Rahmen der geowissenschaftlichen Themen „Plattentektonik" und „Kontinentaldrift" seit vielen Jahren breite Aufmerksamkeit geschenkt wird.

Die übereinander lagernden tektonischen Decken der Alpen bestehen aus Gesteinen unterschiedlicher stofflicher Zusammensetzung und verschiedenartiger mechanischer Eigenschaften. Sie weisen Gesamtmächtigkeiten in einer Größenordnung von tausend bis mehrere tausend Meter auf. Im Hinblick auf das Alter der Gesteine bzw. der verschiedenen Decken ist es zudem wichtig vor Augen zu haben, dass die oberen, zuletzt aufgeschobenen Decken mitunter die ältesten Ablagerungen aufweisen. Die ältesten Gesteine sind im Gebiet der bayerischen Alpen älter als 200 Millionen Jahre. Bei Gebirgsbildungen ohne Deckencharakter liegen die ältesten Gesteine immer unten. Bei Gebirgsbildungen mit Deckencharakter, wie bei den Alpen, erscheinen die Altersverhältnisse mitunter auf den Kopf gestellt.

Während die erdinneren, gebirgsbildenden Kräfte des Planeten in Form des bogenförmigen Alpenkörpers gewaltige Mengen an kinetischer Energie angehäuft haben, versuchen die exogenen, atmosphärisch gelenkten Kräfte von außen her Erstere zu mobilisieren bzw. diese in Form kinetischer Energie freizusetzen. Durch die Arbeit der Verwitterung – im Hochgebirge maßgeblich unter Mitwirkung des Frostes – werden die Gesteine von der Oberfläche her zermürbt, lockern sich aus ihrem Gesteinsverband und werden anschließend in Form von Grus, Schutt oder gröberen Blöcken der Schwerkraft folgend durch Sturz- oder Rutschbewegungen in tieferes Gelände verlagert. Dort vorübergehend zur Ruhe gekommen, nimmt sie schließlich irgendwo ein Wildbach auf, der sich sodann für den weiteren Abtransport des angelieferten Gesteins verantwortlich zeigt.

Während sich der Alpenkörper nach wie vor in Hebung befindet, arbeiten besagte Wildbäche und die ihnen zugeordneten Tobel dieser Aufwärtsbewegung anhaltend entgegen. Mit dem von ihnen transportierten Gesteinsschutt – dem sogenannten Geschiebe –, der ihnen über die Rückverwitterung der Hänge zugeliefert wird, schneiden sie sich bei starker Wasserführung sukzessive in den festen Fels ein. Jener Gesteinsschutt, der sich mehr oder weniger regelmäßig, d. h. vor allem nach der Winterzeit, in den Gewässerbetten ansammelt, wird nach ergiebigen Niederschlägen durch große Abflüsse in den Bächen in Bewegung gesetzt. Derart bearbeitet er als Erosionswaffe – einem Hobel vergleichbar – die Sohle des eigenen Gewässerbettes. Durch diese mechanische Abtragung wird die im Gebirgskörper ruhende potenzielle Energie Schritt für Schritt in kinetische Energie überführt.

1997 führte es Nikolaus Consdorf und Stephan erneut in die alpine und subalpine Gebirgswelt Bayerns. Bereits bei ihrer ersten Anfahrt, als sie von Norden kommend vor der knödelartig aufgeworfenen Bergkulisse die ersten Prachtexemplare oberbayerischer Bauernhäuser erblickten, die von Weitem wie überquellende Blumenkübel anmuteten, wussten sie, was sie die letzten Jahre vermisst hatten. Deshalb freuten sie sich ganz besonders auf die anstehende Arbeit. Erneut durften die beiden bis tief in die entlegensten Gebirgswinkel hinein vordringen. An der oberen Isar, zwischen dem Sylvenstein-Stausee und Bad Tölz, hatten sie die Geschiebeverhältnisse in den der Isar zugeordneten Wildbächen zu überprüfen. Bei diesem Vorhaben galt es zu klären, welche Mengen Geschiebe in den Gewässerbetten selbst wie auch an den angrenzenden Ufern vorhanden sind und wie mobil diese im Hinblick auf den weiterführenden Abtransport durch die Wildbäche sind.

Die Untersuchungen fanden vor dem Hintergrund statt, dass die obere Isar seit dem Bau des Sylvenstein-Stausees in den Jahren 1954–59 zu wenig Geschiebefracht mitführt, weil diese seither weitgehend in dem Speicherraum des Stausees landet. Da der Fluss unterhalb des Stausees somit nur wenig Energie für den Transport von Geschiebe aufbringen muss, hat sich seine Fließgeschwindigkeit bedeutend erhöht. Mit dieser freien Kraft tieft er sich nun allerdings – vor allem nördlich des Alpengebietes – verstärkt in sein Gewässerbett ein. Dieses wiederum hat zur Folge, dass im Bereich der ufernahen Flächen, wie aber auch in größerer Entfernung, die Grundwasserstände stark absinken.

Da keineswegs zur Diskussion stand, den Sylvenstein-Stausee zu beseitigen – ja, die Staumauer einzureißen –, um damit der Geschiebedrift erneut einen freien Durchgang zu verschaffen und die hierauf beruhenden Probleme zu beseitigen, hatten Consdorf und Stephan demgegenüber ihr Augenmerk auf die dem Fluss unterhalb des Stausees zugeordneten Wildbäche zu werfen. Da dort in verschiedenen Einzugsgebieten, vor allem in Form von eiszeitlichen Ablagerungen, auch gegenwärtig noch größere gewässernahe Schuttmengen lagern, die der Isar theoretisch zugeführt werden könnten, galt es diese auf dem Wege ausgedehnter Begehungen zu erfassen.

Nachdem beide monatelang am Schreibtisch verschiedene Unterlagen ausgewertet hatten, nahmen sie in den Sommermonaten ihre Jahre zuvor in der alpinen Gebirgslandschaft erprobten Begehungsrituale erneut auf. Beiderseits der Isar, in den Wildbacheinzugsgebieten des Lainbachs, des Arzbachs, des Murbachs, des Schwarzenbachs, des Steinbachs, des Tratenbachs, des Hirschbachs, des Almbachs sowie in den der oberen Jachen zugeordneten Wildbacheinzugsgebieten der Kleinen und der Großen Laine, liefen sie die Bachläufe systematisch ab und kartierten mit Blick auf vorhandene Geschiebemengen Laufstrecken aus, die durch gleichartige Verhältnisse charakterisiert waren.

Auf ihren Wegen durch das Gebirge hatten sie es erneut mit den ihnen vertrauten Gesteinen zu tun. Dort waren es dann Festgesteine wie Hauptdolomit, Wettersteinkalk, Plattenkalk, Kieselkalk und Fleckenmergel sowie Lockergesteine wie Moränen und Staubeckensedimente, denen sie als alte Bekannte gegenübertraten. Eine wesentliche Erkenntnis hinsichtlich der unterschiedlichen

Gesteinstypen und der anstehenden Massenbewegungen war für sie die, dass es für die Arbeit der Wildbäche bedeutsam ist, in welcher Form und Größe die Festgesteine verwittern und nachfolgend als Schutt angeliefert werden. Ein plattiger Kalkstein wird bei der Verwitterung mitunter in großen Mengen und in Form großer, kantiger Blöcke angeliefert. Ein weit verbreitetes Gestein wie der Hauptdolomit liefert demgegenüber große Mengen an Grus und Feinschutt. Während sich die groben Kalksteinblöcke im Gewässerbett häufig verkeilen und somit unter normalen Abflussbedingungen nicht vom Wildbach abtransportiert werden können, ist der feinkörnige, kantige Dolomitbrösel hingegen leicht zu bewegen. Die absolut vorhandenen Geschiebemengen in den Gewässerbetten geben somit nicht unbedingt Auskunft darüber, was der Bach nach Kräften abtransportieren wird.

Vermutlich sind Consdorf und Stephan während ihrer mehrwöchigen Feldarbeiten alles in allem mehr als 300 Kilometer gelaufen. Wobei Laufen – wie seinerzeit bei den bodenkundlichen Gebirgsbegehungen – hier nicht wortwörtlich verstanden werden darf. Oftmals lagerten in den Gewässerbetten über größere Distanzen beachtliche Mengen jener stark ineinander verkeilten Grobblöcke, die nur durch mühsames und zeitaufwendiges Umklettern zu überwinden waren.

Während sie in den Jahren zuvor die Wildbachgebiete flächenhaft begangen hatten, mussten sie diese nun linienhaft, den Gewässerläufen folgend, abgehen. Auf diesen eindimensionalen Pfaden lernten sie die alpine Berglandschaft aus einer völlig neuartigen Perspektive kennen. Hatten die Vorjahre in ihren Köpfen und Herzen weitgehend luftige, ja sonnige Landschaftsbilder hinterlassen, so förderten die Begehungen entlang der Bachbette und Tobel nun Eindrücke eigentümlicher, bislang nicht gekannter Qualitäten zutage. Indem sie den Bachläufen, den Lebensadern des Gebirges, von ihrer Mündung aus gegen den Strom bis hin zur Quelle folgten, hatten sie oftmals das Gefühl, Schritt für Schritt tiefer in die geheimnisvolle Wesensart der Bergwelt vorzudringen. Befanden sich die Isar-Mündungsbereiche wie auch die unteren Laufabschnitte der Seitenbäche zumeist noch in der offenen, besonnten Tallandschaft, so lagen die oberen, überwiegend engschluchtigen, gelegentlich auch canyonartig entwickelten Laufabschnitte häufig im tiefen Dunkel von schattigen, waldbestandenen Hängen.

Bei ihren Wegen nach oben standen die beiden mehrfach der Situation gegenüber, dass der Bach unvermittelt vor einer Felswand bzw. einer höheren Schwelle endete. Einige Male zeigten sich an derartigen vorläufigen Endpunkten auch kleinere Wasserfälle. An Laufabschnitten dieser Gestalt war es dem Wildbach offensichtlich noch nicht gelungen, die Felsschwelle mit seinem Geschiebe – mit den hobelnden, steinernen Erosionswaffen – zu durchschneiden und im Hinblick auf den Längsverlauf des Gewässers zu einem gleichförmigeren Gefälle gefunden zu haben. Mussten Consdorf und Stephan vor solchen Hindernissen haltmachen, so rückten leise und unterschwellig einige für sie bedeutsame Fragen in ihr Bewusstsein:

„Warum verweigert uns der Berg den Zutritt? Hütet er möglicherweise ein Geheimnis, welches er nicht kampflos preisgeben möchte?", stellte Consdorf dann halb ernsthaft und halb schmunzelnd in den Raum. Hierzu meinte Stephan mit leiser Stimme und bedeutungsvoller Miene: „Wenn wir mehr über das Gebirge wissen wollen, müssen wir entweder Bücher zurate ziehen oder aber nach Wegen Ausschau halten, die es uns erlauben, selbst die Erfahrungsebene zu betreten. Der Berg jedenfalls scheint uns über Umwege auf genau diese Erkenntnispfade lenken zu wollen!" – In jedem Fall aber wurden sie in derartigen Situationen angemahnt, ihren Lauf zu bremsen, kurz innezuhalten und ihren weiteren Aufstieg mit zusätzlicher Anstrengung und vor allem aber mit kreativem Antrieb zu gestalten.

Hatten Consdorf und Stephan hingegen die entgegengesetzte Begehung gewählt – waren auf wegsamen Trampelpfaden zunächst in größere Gebirgshöhen vorgerückt und von dort aus an geeigneter Stelle souverän in ein Gewässerbett eingestiegen –, so spürten sie nachfolgend am eigenen Körper die machtvollen Kräfte, die einerseits im Gebirge selbst allgegenwärtig sind und die andererseits vom Wildbach durch dessen Transformation von potenzieller Energie in kinetische Energie entfesselt werden. Wie das Geschiebe im Bachbett, das mit der fließenden Welle, seinen Weg zu Tale sucht und im Zuge dieses Abgangs erosiv an der Substanz des steinernen Untergrunds nagt, so setzten auch sie ihren Weg durch die steile Gebirgswelt hin zu tiefer liegendem Areal fort. Fast wurden sie dabei von dem berauschenden Gefühl getragen, selbst Teil dieser Naturkräfte und des ihnen erwachsenen Spiels zu sein und den Fels durch ihre talwärts gerichteten Begehungen gleichfalls erosiv anschneiden sowie in Folge das Gebirge tiefer legen zu können. Von den durch die erdinneren Kräfte in Jahrmillionen angehäuften Energien glaubten sie sich derart einen Teil einverleibt zu haben.

In starken „Bergabsituationen" der beschriebenen Qualität kam Nikolaus Consdorf sodann nicht umhin, ernsthaft über seine eigenen, in ihm ruhenden, nachweislich jedoch noch nicht entfesselten Kräfte nachzudenken. In dieser Hinsicht fasste er schließlich die für ihn bedeutsame Zwischenbilanz kurz und knapp mit den Worten zusammen: „Zeit fließt! Sie hat sich den Bedingungen des Gefälles anzupassen!" Hinter diesem Etikett sah der Bodenforscher mit Blick auf seine Person in etwa folgende Sachlage verborgen:

„Die Zeit vergeht oftmals beängstigend schnell, manches Mal jedoch lähmend langsam. Auch in Zukunft werde ich sicherlich ungeduldig auf Dinge warten müssen, die irgendwo tief in mir verhalten aber anhaltend köcheln und die ich schon lange Zeit an die Oberfläche herbeisehne. Die Zeit, als subjektiv erfahrbare Größe, wird in diesen Fällen kaum merklich vergehen. Gleichfalls werden Ereignisse eintreten, wo die Zeit – so sie dann überhaupt fühlbar erscheint – einfach wie im rauschenden Fluge vergeht. Hat denn Zeit für mich jemals den Charakter einer gleichförmigen Bewegung gehabt? Irgendwann einmal jedoch wird genau der Zeitpunkt eintreten, an dem ich nicht mehr über ein ‚Zu-schnell' oder ein ‚Zu-langsam' werde nachdenken müssen. Die Zeit als solche wird für mich dann eine allenfalls unbedeutende Rolle spielen. In diesem Zustand werde ich mich mit den im Inneren ruhenden und den bereits freigesetzten Kräften sowie mit all dem, was von außen her auf mich einwirkt, in einem absoluten Gleichgewichtszustand befinden. Unter einer derartigen Konstellation sollte sich mein persönliches Gefälle ausgeglichen zeigen."

Diesen ausgeglichenen Zustand bzw. den Weg hin zu einem solchen Gleichgewichtszustand sieht Consdorf seit jenen Tagen in der Arbeit eines Gebirgsbachs versinnbildlicht. Denn der Bach arbeitet unermüdlich darauf zu, seinem Längsgefälle eine ausgeglichene, sanft konkav auslaufende Kurve zu verschaffen.

Dieses Bild vor Augen ahnte Consdorf allerdings auch, dass es ihn in den nächsten Jahren noch einiges an aufreibender Geschiebearbeit kosten würde, ehe er in den Genuss eines wie auch immer geformten persönlichen Gleichgewichtsprofils würde kommen können.

Der Gipfelblick

Bei einer Gipfelbesteigung gehen Mühe und Freude Hand in Hand. Mit Erreichen des Ziels setzt sich der Aufgestiegene zum Verschnaufen hin, trinkt etwas und isst eine Kleinigkeit. Anschließend mag er sich aufgefordert sehen, den Blick unbeschwert in die Ferne schweifen zu lassen. Beginnend mit dem Aufstieg, bei dem man sich der Macht des Berges unterordnet, scheint spätestens am Gipfel alles Körperliche wie abgestreift und weit zurück gelassen. Die wohlverdiente Pause bietet sodann die Gelegenheit, sein Inneres voll und ganz auf die Landschaft einzustimmen. Der unausgesprochenen Einladung zum Verschnaufen leistet der Rastsuchende vor allem dann gerne Folge, wenn sich im Nahbereich keine lärmenden Menschenmassen aufhalten.

Die gute Fernsicht ist nur ein Kriterium, das einen guten Berg auszeichnet. Zum Auftakt regt sie an, die Horizontlinie nach tatsächlichen Gegebenheiten abzusuchen. Gleichfalls beinhaltet der hieran anknüpfende, weit abschweifende Blick die Option, ein kleines Stück auf sich selbst zu blicken. Jeder Berggipfel besitzt die Magie, den Ausschauhaltenden einerseits in die Weite zu führen und ihn andererseits – quasi reflexiv – in seinem eigenen Inneren zur Landung zu bringen. Der Gegensatz zwischen innerer und äußerer Wirklichkeit scheint an hiesiger Position wie aufgelöst.

Ein Berggipfel ist ein markanter Kulminationspunkt im Gelände. Die Gipfelpause ist das Verbindungsglied zwischen dem zurückliegenden Aufstieg und dem bevorstehenden Abstieg. In diesem Sinne vermag sie herausragend die Verbindung zwischen Vergangenheit und Zukunft herzustellen. Sollte die Gipfelposition etwa das Potenzial besitzen, Antworten auf offene Fragen zu geben oder gleichfalls auf Fragen, die sich erst in ferner Zukunft stellen werden? Wenn nicht hier, wo dann sonst? Welche Raumposition wäre geeigneter, zwischen der eigenen Person und der Zeit zu vermitteln? Der Fernblick von einem Berggipfel aus verschafft in jedem Fall einen Überblick über Strukturen, die der beengte, bodennahe Blick nicht zu vermitteln imstande ist.

Bezogen auf seine eigene Person hat sich Nikolaus Consdorf bei derartigen Pausen dann so manches Mal gewünscht, er könne aus hinreichender Distanz, von noch weiter oben, auf sich herabblicken. Von dort oben wäre er dann möglicherweise in der Lage, jene verborgenen Dinge aufzudecken, die nur von weit her – demnach beinahe von außen – sichtbar sind und sich ansonsten allenfalls einem sensiblen Außenstehenden zu erkennen geben. In derartigen Situationen hat er sich häufig vorgestellt, sein Geist würde vergleichbar einem großen Vogel ohne Flügelschlag zeitlos am Himmel kreisen und aus der Perspektive des Gefiederten auf seinen ruhenden Körper blicken. Genau diese Bildsequenz hielt er sich regelmäßig vor Augen, wenn er an einem seiner Gipfel Zeit und Ruhe fand und zudem das Gefühl hatte, um ihn herum und über ihm befände sich eigentlich nichts – absolut nichts.

Bedeutsame Gipfelpausen standen während seiner Hochgebirgsjahre jedenfalls einige an. Im Sommer 1992 hatte er am Friedenrath, einem unspektakulären Chiemgaugipfel im Kampenwandgebiet, Richtung Osten geblickt und dort in rund 40 Kilometern Entfernung die stattlichen Gebirgsmassive des Watzmanns und des Hochkalters entdeckt (er wusste zu diesem Zeitpunkt allerdings nicht, dass es genau diese beiden waren). Beim Anblick der mächtigen, rampenartig aufragenden Gestalten, in scheinbar greifbarer Ferne, stieg in ihm eine machtvolle Kraft auf. Es war die sonderbare Empfindung, Stephan und er würden in nicht allzu fernen Tagen genau dorthin gelangen und dürften vor dieser Naturkulisse in angemessenem Umfang ihrem speziellen erdverbundenen Schaffen nachgehen.

Etwa ein Jahr später war es dann tatsächlich so weit. Über zahlreiche Wochen hatten sie im Berchtesgadener Land zu tun – zu Füßen des berühmt-berüchtigten Watzmann-Massivs. In diesem Berchtesgadener Jahr wiederum, Anfang Oktober 1993, wurde Consdorf ein weiteres Mal ein vergleichbares Erlebnis zuteil. Gegen Ende der Arbeitssaison saß er auf einer Wiese im Bereich der Aschauer Berge bei Grafenaschau – unweit des hübschen Ortes Murnau – und vertraute seinen Blick dem nordwärts liegenden Alpenvorland an. Plötzlich schlich sich ihm unterschwellig das ungute Gefühl ein, die Alpenjahre seien nun fürs Erste vorbei, und seine nähere wie auch weitere Zukunft werde sich erneut irgendwo weit im Norden abspielen. Vermutlich in etwa dort, wo er als Rheinländer hergekommen war. Bewusst wurde ihm bei diesem Gedanken zudem, dass es ihn Überwindung kosten werde, von den luftigen Höhen des Gebirges aus hinab in die Niederungen einer wie auch immer gearteten Stadtrealität absteigen zu müssen. Die Fernsicht war an diesem trüben Frühherbsttag allerdings dermaßen schlecht, dass er sich nicht ernsthaft dazu hinreißen ließ, tiefgründigere Kaffeesatzlesereien über das unvermeidbar Kommende anzustellen.

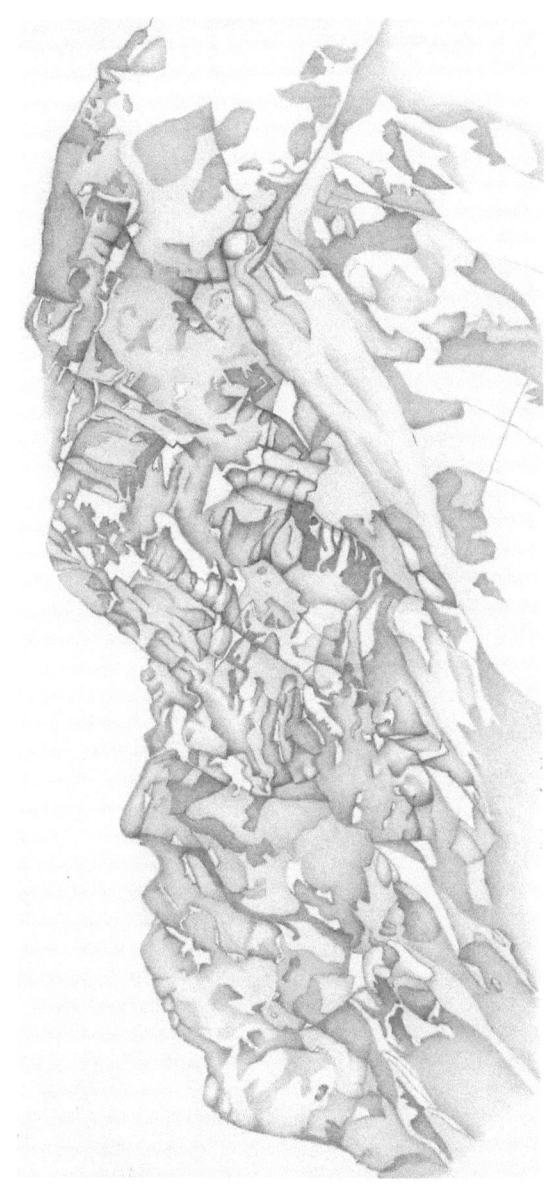

Die Ostflanke des Hohen Göll

EXKURS: Zu Sauberkeit und Anstand – Er ist (k)ein Dreckskerl!

Bereits als kleiner Junge war Nikolaus Consdorf regelmäßig der Schmutzigste, wenn es ihn und seine Freunde am späten Nachmittag von ihren spielerischen Grabungen müde nach Hause zog. An diesem prekären Sauberkeitsstatus hat sich seither im Wesentlichen nichts geändert. Er kann anstellen, was er will – aufpassen wie ein Fuchs –, aber seine Kleidung und Hände, wie gelegentlich auch sein Gesicht, sind seinem erdigen Schaffen Tribut zahlend in der Regel deutlich gezeichnet. Entweder sieht er stark verstaubt oder aber auffallend verschmiert aus. Ein andersartiges Outfit ist Consdorf absolut fremd. Darüber hinaus ist seine hellbraune Arbeitskleidung nicht selten durch unansehnliche Ölflecken entstellt, die der Zweitaktmotor des Bohrschlaghammers ihm spuckend vor den Latz haut.

Da Kleider ja bekanntlich Leute machen, bedarf es wenig Fantasie und Mühe, sich auszumalen, welche Achtung und welchen Respekt der Durchschnittsbürger dem im Felde werkenden Bodenforscher entgegenbringt. Eines ist für Consdorf zur schmerzvollen Gewissheit geworden: Der Status des Feldbodenkundlers ist deutlich unterhalb dem des „einfachen Bauarbeiters" angesiedelt. Nimmt Letzterer doch den Dreck – als solchen der zivilisierte Wohlstandsbeobachter den Boden verachtend tituliert – zumindest nicht unmittelbar mit der bloßen Hand auf, sondern hält ihn sich mit Arbeitsgeräten wie Schaufel und Spitzhacke auf angemessene Distanz. Der zeitgenössische Bauarbeiter zeigt sich deshalb auch nicht derart stark verschmutzt wie sein Kollege von der Feldbodenkunde. Zudem macht er sich bei seinen Grabungen seltsamerweise keineswegs verdächtig – auch dann nicht, wenn er mit schwerstem Gerät aufwartet und mitunter beachtliche Flurschäden und Verdichtungen hinterlässt.

Das undurchsichtige Werkeln des Bodenforschers hingegen wie auch der mangelnde Respekt, der maßgeblich seinem verschmutzten Ornat zuzuschreiben ist, geben aufmerksamen Anwohnern mitunter Anlass, umgehend die Polizei zu alarmieren. „Was treibt dieser Dreckskerl da nur auf dem Acker, welchem schmutzigen Geschäft geht er dort wohl nach? Besser ich rufe sofort die Polizei an!" Das sind haargenau jene Überlegungen, die achtsame Vorstadtbewohner umtreiben, wie Polizeibeamte dem Kollegen und Consdorf unlängst bei einem vertraulichen Plausch zu verstehen gegeben haben.

Im direkten Kontakt mit der Obrigkeit sollte der Bodenforscher deshalb unmissverständlich auf Deeskalation setzen. Zu hastige Bewegungen mit den standesüblichen Gerätschaften auf die Beamten zu, z. B. mit dem Vorschlaghammer und dem Bodenbohrstock – den Unkundige durchaus als nicht ungefährliche Stichwaffe ansehen mögen –, sollten tunlichst vermieden werden. Im anschließenden „Verhör", bei der unausweichlichen Überprüfung sämtlicher Papiere, der TÜV-Plaketten und Stadtsiegel auf den Kfz-Kennzeichen wie auch der Gummihandschuhe in dem mitgeführten Verbandskasten, taucht nach einer gewissen Schweigepause gerne die Standardfrage polizeilichen Verdachts auf. Diese Frage lautet: „Wer sind Sie eigentlich, und was machen Sie dort auf dem Acker?"

Um keine üblen Missverständnisse aufkeimen zu lassen, sollte der Bodenkundler an diesem heiklen Punkt vor allem eines nicht tun. Er sollte nicht zu nahe bei den Fakten und der Wahrheit bleiben, vor allem aber keinesfalls versuchen, händeringend seinen Berufsstand mit dem korrekten Terminus technicus zu benennen. Niemals sollte er sich deshalb hinreißen lassen und antworten: „Ich bin Pedologe (auf Deutsch: Bodenkundler)!" Diese Antwort würde die Beamten mit größter Wahrscheinlichkeit dazu veranlassen, ihn breitbeinig – in stark angewinkelter Körperhaltung, mit den Armen seitlich lang gestreckt und den Händen fest die Dachreiterholme des Dienstfahrzeuges umringend – aufzustellen und ihn umgehend einer Leibesvisitation zu unterziehen; mit ziemlicher Sicherheit würde ihm diese Antwort eine Mitfahrgelegenheit auf den hinteren Plätzen des Polizeifahrzeugs bescheren. Ganz davon abgesehen würde sie allerdings ziemlich genau in das Bild passen, was sich der ein oder andere Anwohner gemacht hatte, bevor er zielsicher zum Telefonhörer griff und die 110 wählte. – „… da ist doch wohl jemand zu Gange, der nichts an den Füßen hat und sich herumtreibt – wenn nicht gar Schlimmeres!"

In einer derartig schwierigen Situation ist es einem unter Tatverdacht stehenden Bodenkundler unbedingt angeraten, messerscharf um den heißen Brei herumzureden. Erfahrungsgemäß sorgen an diesem Punkt vor allem Antworten folgender Qualität für Entspannung: „Wir sind im Auftrag der Landesregierung unterwegs …, das Landesumweltamt beabsichtigt …, die Dienststelle der Unteren Wasserbehörde in … schickt uns, um…" In jedem Fall aber sollte der Bodenmensch für alle Eventualitäten mit einem gültigen, amtlichen Schreiben ausgerüstet sein, welches gut lesbar abgestempelt ist und zweifelsfrei als robustes Mandat durchgeht.

4. In die Weite – Erkundungen im näheren Umland

Sanfte Landung.
Langsam schreite ich daher –
werde die Krumen einzeln
umdrehen, aufpicken
und sorgsam betrachten.

Heimat – Der 50-km-Radius

Nachdem die beiden Bodenforscher die Erfahrungen und Hochgefühle ihrer alpinen Dienstjahre wehmütig zu Tale getragen hatten,
entschlossen sie sich, ihr „Bohrgeschäft" in rheinische Gefilde zu
verlagern. Sie setzten demnach genau dort an, von wo aus ihre
zurückliegenden Reisen ihren Anfang genommen hatten. Dabei
folgten sie der Zuversicht, dass es auch hier erstaunliche Erkenntnisse ans Tageslicht zu fördern gab. Klar war ihnen im Hinblick
auf diese Standortverlagerung allerdings auch, dass sie auf diesem
Terrain – mental gesehen – erst einmal sicher zur Landung kommen müssten.

Von 1999 an bis Mitte des folgenden Jahrzehnts hatten Consdorf
und Stephan erneut das Glück, von verschiedenen Auftraggebern
in die ländliche Weite geschickt zu werden. – „Endlich wieder
Himmel und Sonne über uns, endlich wieder Wind und Wetter
unter den Flügeln", wurde dann einhellig verlautbart.

Das Landesumweltamt stellte Daten über die Belastungssituation
der Böden des ländlichen Raumes, abseits der bebauten Stadtge-
biete, zusammen. Consdorf und Stephan fiel die Aufgabe zu, für
die Erarbeitung von Belastungskarten Untersuchungen durchzu-
führen und dabei entsprechendes Oberbodenmaterial einzusam-
meln. Dieses wurde anschließend bei einem Umweltlabor abgelie-
fert und dort auf verschiedene Schadstoffe hin untersucht. Für die
Beprobungen hatte man den beiden geologische und topographi-
sche Karten überlassen, auf denen die für sie relevanten Punkte
eingezeichnet waren. Ausgerüstet mit diesen Unterlagen, mit entsprechenden Geräten und Utensilien, den bekannten Bohrwerk-
zeugen, verschiedenen Stechzylindern und Edelstahlschaufeln

sowie großen Mengen an Probegläsern, bereisten die beiden mehrere Jahre lang das weitere Kölner Umland.

In einem Radius von rund 50 Kilometern legte der alte Dienstwagen sodann pflichtbewusst mehrere tausend Kilometer zurück. Und auch die beiden Probenehmer mussten – bepackt mit Rucksäcken, Tragetaschen und Eimern – beachtliche Strecken ablaufen, um an den vorgegebenen Acker-, Grünland- und Waldstandorten auf den Punkt zu kommen und dort ihre Untersuchungen in Angriff nehmen zu können.

An einem Untersuchungspunkt überprüften Consdorf und Stephan sodann mit einer standardmäßigen Einmeterbohrung, ob das angeschlagene Substrat mit den Vorgaben der geologischen Karte übereinstimmt. Ob am betreffenden Standort – wie in der Karte dargestellt – tatsächlich Löss, Flugsand, Hochflutlehm, Terrassensand oder sonstiges bodenbildendes Substrat vorliegt. Stimmten die Angaben auf den Papieren nicht mit der geologischen Realität überein, so packten die beiden unverzüglich ihre Gerätschaften zusammen und steuerten einen vorgegebenen Ersatzstandort an. Dieser wurde nachfolgend ebenfalls anhand einer Testbohrung überprüft und im Anschluss für die Probenahme freigegeben – sofern hier keine Unstimmigkeiten zwischen Theorie und Wirklichkeit vorlagen. Erst nach derartigen, gelegentlich zeit- und arbeitsaufwendigen Prüfungen konnte das „Probenahmegeschäft" eingeläutet werden.

Bodenprobenahmen sind ein überaus sinnliches und beinahe andächtiges Geschäft. Zumeist finden sie in gebeugter Körperhaltung oder gar auf den Knien statt. Der demütige Kontakt, den der Bodenforscher – diese Haltung einnehmend – den Verwitterungsprodukten gegenüber zum Ausdruck bringt, ist überaus eng und innig. Mit anderen Worten: Er ist hochgradig erdverbunden. Während seine Augen aufmerksam und unablässig betrachten und seine Nase mitunter neugierig an dem erdigen Braun schnuppert, befühlen und bekneten seine Fingerkuppen die aufs Innigste vermischte organische und mineralische Masse. Erst im Anschluss, erst nachdem alle Sinne ihr kritisches Okay gegeben haben, wird das in dieser Weise auf Mark und Knochen geprüfte Erdmaterial eingetütet oder eingeglast. Die fachlichen Gedanken, die ihn bei dieser Prozedur auf Schritt und Tritt umtreiben, sind in jedem Moment bei dem, was er in zurückliegenden Theorietagen gelernt hat, was er später – als Nachlese – den Büchern entnommen hat, wie natürlich bei dem, was die Örtlichkeit tatsächlich an Informationen preisgibt. Bei der Geländearbeit zeigt sich indessen immer wieder, dass alle Lehrbücher die Realität nur vereinfacht abbilden können und die Feldsituation nur selten vollkommen mit dem gedruckten Wort im Gleichklang steht.

Bei ihren „dienstlichen Kniefällen" wühlten Consdorf und Stephan mit Hingabe in durchpflügten Ackererden, deckten an Grünlandstandorten zentimeterdicke Grassoden ab, um anschließend Probenahmezylinder einzuschlagen, oder hoben im Wald mit äußerster Vorsicht – quasi mit Tupfer und Skalpell – verschiedene, sich dort überlagernde Laublagen ab, um auch diese für gesonderte Untersuchungen sicherstellen zu können. Vor allem an letzteren Standorten gingen sie allen möglichen Differenzierungen hinsichtlich der vorliegenden organischen Feinsubstanz nach. Hier suchten sie dann in verwesten Laubschichten nach filzartigen Vernetzungen oder richteten ihr Augenmerk auf Verfärbungen, wie Bleichungen, Fleckungen und Punktierungen.

An ihren Untersuchungspunkten setzten sich beide vielfach damit auseinander, dass das Ausgangsgestein nach der letzten Kaltzeit durch die vom Klima gesteuerten, bodenbildenden Prozesse verändert wurde und letztlich erst auf diesem Wege zu echtem Boden werden konnte. Bildhaft führten sie sich vor Augen, wie der Mensch durch seine das Land bewirtschaftende Aktivitäten in die natürlichen Prozesse eingegriffen hatte und wie mitunter – vor allem auch in den letzten Jahrhunderten – die Vegetation selbst die standörtlichen Verhältnisse entscheidend überprägt hatte. Letzteres war in den deutschen Mittelgebirgen unter anderem dadurch erfolgt, dass die standortfremde Fichte als „Brotbaum" der Forstwirtschaft eingeführt wurde. Durch die Produktion von fremdartigem Laub und hieraus verwesungsbedingt entstehenden organischen Säuren wurde anschließend eine biogeochemische Veränderung der Böden in Gang gesetzt.

Indem Consdorf und Stephan im Wald mit größter Umsicht Schicht für Schicht kaum trennbare Laublagen abhoben und derart schließlich den mineralischen Oberboden freilegten, hatten sie gelegentlich das Gefühl, die Zeit zurückdrehen zu können. Mitunter glaubten sie dann, die Entstehung der Oberböden wie beim Betrachten eines Filmes selbst mitzuerleben: So sahen sie dann das herbstliche Laub vergangener Zeiten geruhsam auf ihre Schultern und zu Boden fallen. Sie erlebten mit, wie dieser organische Stoff von wühlenden Würmern, krabbelnden Käfern und springenden Kleininsekten sowie kleinsten, kaum sichtbaren Erdbewohnern zerteilt und stofflich verändert wurde. Schließlich stellten sie sich vor, wie tiefer sickerndes Wasser, nun von oben her mit gelösten Stoffen angereichert, einen Angriff auf das unterlagernde mineralische Substrat vornahm, dieses sukzessive veränderte und derart im Verlauf von Jahrhunderten im Boden entsprechende Verlehmungen und Verbraunungen hinterließ.

Nachdem die beiden beinahe traumwandlerisch – tief in Gedanken versunken, aber dennoch hoch konzentriert – abgetaucht waren, mussten sie jedes Mal abrupt in die Gegenwart zurückkehren, da sie ihre Probenahmen an anderer Stelle fortzusetzen gedachten. Dieses Zurückkehren in die Gegenwart fand in der Regel von einer auf die andere Sekunde statt. Oftmals besaß es den Charakter, als würde jemand einen Schalter umlegen. Nachdem dieser Schalter von der gedanklichen Vorstellung auf den Realitätsmodus umgelegt war, beendeten die beiden Männer zielgerichtet ihre Arbeit: Emotionslos befüllten sie braune Gläser und Klarsichttüten, beschrifteten Etiketten, fertigten Boden- und Entnahmeprotokolle an und transportierten im Anschluss die Beutestücke zügig zu ihrem Fahrzeug ab. Dort angekommen, setzten sie ihre Dienstreise hin zu einem weiteren Probenahmepunkt fort.

Die mehr als tausend von Consdorf und Stephan beprobten Standorte lagen in den ländlich geprägten Außenbereichen der Großstädte sowie in benachbarten, weitläufigen Kreisgebieten. Alles in allem boten jene Jahre die Gelegenheit, ein Gebiet kennenzulernen, welches vom Aachener Raum im Westen, über die Köln-Bonner Bucht im Zentrum, das Niederrheinische Tiefland im Norden bis tief hinein in das östliche Bergische Land seine Erstreckung nimmt. Ein 50-km-Radius – im weiteren Umland ihres Wohnortes – war demnach die Bühne ihrer Erkundungen.

Eine besondere Qualität jener Arbeiten bestand für die Männer darin, dass sie jahrelang in eigener Verantwortung und Regie, fernab der großstädtischen Enge und Betriebsamkeit, in die Weite der ländlichen Räume vorstoßen konnten. Während es die meisten „Landmenschen" morgens zum Arbeiten in die Städte zog, genossen sie das Privileg, zeitgleich in Gegenrichtung der überfüllten

Straßen – der Großstadt entfliehend – steuern zu dürfen. In diesem Sinne waren bereits diese gegenläufigen Fahrten das frühe Salz in der Suppe eines Arbeitstages. Tag für Tag nahmen sie hierbei die Gewissheit mit, etwas Neues sehen- und kennenlernen zu dürfen. Obwohl Consdorf und Stephan eigentlich nicht zu ihrem Vergnügen unterwegs waren, konnten sie in hohem Maße Freiheit, frische Luft und vor allem auch jede Menge Landschaft genießen.

In dem Maße, wie sie tiefer und tiefer in die bodenkundliche Wesensart ihrer Untersuchungsgebiete eindrangen, wurde ihnen gleichfalls das Land im Umfeld ihres Wohnortes mehr und mehr vertraut. Derart durften sie erneut Bekanntschaft mit verschiedenen Erdgegenden machen; mit Landschaftsräumen, die sich zwar in Nachbarschaft ihrer Stadt befanden, mit denen sie bislang jedoch kaum in Berührung gekommen waren. Bei ihren Erkundungen bewegten sie sich weitgehend abseits der gängigen Autobahnen, Bundesstraßen und sonstiger stark befahrener Verkehrsadern. Zwar waren sie jenen Verkehrswegen in ihrem bisherigen Leben mitunter schon das ein oder andere Mal gefolgt, mit dem angrenzenden Land jedoch hatten sie bislang keinen Kontakt gehabt.

Nun waren Consdorf und Stephan tatsächlich in der Weite der Fläche unterwegs, jetzt durften sie der angenehmen Pflicht nachgehen, Neuland zu betreten. Deshalb fuhren oder gingen sie auf schmalen Zufahrtsstraßen, auf abgelegenen Feld- oder Waldwegen oder bewegten sich halbwegs querfeldein in der offenen Kulturlandschaft – ohne dort auf vorhandene Wege Rücksicht zu nehmen. So oder so erreichten sie zielsicher ihre Untersuchungspunkte, bei denen es sich durchaus auch um Besinnungspunkte handeln konnte, die zum kurzen Verschnaufen und Innehalten einluden.

Zwar konnten die beiden bei ihren Arbeiten die Landschaften der Stadtrand- und Kreisgebiete nicht gänzlich begehen, so wie sie es seinerzeit mit ganzer Hingabe in den alpinen Wildbachgebieten praktiziert hatten, doch lagen ihre verstreut angeordneten Beprobungspunkte gerade noch in greifbarer Entfernung zueinander. Und genau über diesen Sichtbezug wie auch über den aktiven Körpereinsatz hin von einem Punkt zum nächsten gelang es ihrer Wahrnehmung maßgeblich, die vorgegebenen Distanzen zu überwinden und die Einzelaspekte der Landschaft zu einem gefühlten Ganzen zusammenzufügen. Der Gesamtcharakter der untersuchten Gebiete konnte somit in hohem Maße über die Sinne erfasst werden. Derart ist es den beiden tatsächlich gelungen, Bilder der Landschaft in ihrem Gedächtnis abzuspeichern. Hierbei vermochten sie jedoch keineswegs jene Dichte zu realisieren, die sie Jahre zuvor bei ihren systematischen Alpen-Begehungen erreicht hatten.

Besonderer Reiz kommt auch heute noch den Rheinbögen zwischen Köln und Düsseldorf zu. Da die Auenbereiche als Hochwasserschutzgebiete ausgewiesen sind, ist ihnen die entlang der „Rheinschiene" vorherrschende städtische und industrielle Bebauung erspart geblieben. In den Rheinbögen finden sich nach wie vor Wiesen, Weiden und Ackerflächen, die häufig von Pappelreihen oder kleineren Feldgehölzen flankiert werden. Hier hat Consdorf – auch aus dienstlichem Anlass – tatsächlich noch einige Male genau jenes sanfte Rascheln der Pappelblätter wiederentdeckt, welches ihn bereits in frühen Jahren im Himmelgeister Rheinbogen sanft und leise in seinen Bann gezogen hatte. Besagte Flächen stehen nach wie vor alle paar Jahre unter Wasser, wenn der Fluss mit starkem Winterhochwasser aufwartet und dieses seinen Weg hinein in die uferparallelen, flachen Flutmulden ertastet. Die besondere Wesensart dieser Auenkulturlandschaft ist den Rheinbögen zwischen Düsseldorf und Köln weitgehend erhalten geblieben.

So wie sich der Strom bogenförmig, einer großen Schlange gleich, zwischen diesen beiden Metropolen durch die rheinische Tallandschaft windet, so drängt sich Consdorf beinahe der Verdacht auf, auch sein Lebensweg sei von Mal zu Mal – ob nun im Privaten oder im Beruflichen – vom Fließen des großen Flusses mitbestimmt. Das eine Mal mit einem eher versöhnlichen, sanft anklingenden Wellenschlag, wie er an einem jener flach geneigten Uferbereiche zu vernehmen ist, das nächste Mal mit einem deutlich schrofferen Aufbranden, wie es hin und wieder in der geschütteten Uferbefestigung der stark geböschten Prallhänge deutlich vernehmbar ist. In jedem Fall aber scheint der Typus der rheinischen Auenkulturlandschaft unumstößlich fest in Consdorfs Biographie verankert.

Abwechslungsreiche Landschaftsbilder trotz insgesamt nur unspektakulärer Geländehöhen haben Consdorf und Stephan während ihrer Probenahmejahre zudem an der deutsch-niederländischen Grenze im Gebiet des Schwalm-Nette-Naturparks entdeckt. Hier trafen sie dann in weitgehend flachem Gelände neben den üblichen Ackerflächen ausgedehnte feuchte Grünlandstandorte aus Niedermoortorf an, und mit dem Brachter und Elmpter Wald, als westliche Raumkulisse, gesellten sich – auf deutlich erhöhtem Niveau – trockene, häufig mit Kiefern bestockte Dünenstandorte hinzu. Daneben waren es hier zahlreiche kleinere und kleinste Moorseen, von denen die Krickenbecker Seen bei Hinsbeck die bekanntesten sind, die auf beide eine merkwürdige Anziehungskraft ausübten.

Und gerade auch dieses feuchte und nasse Land vermochte ihnen einzigartige, lebhafte Erlebnisse zu bescheren. Irgendwo hier in der weitläufigen Sumpflandschaft des Nettetals geschah es, dass sich Nikolaus Consdorf nach Jahren längerer Abstinenz ein weiteres Mal einen seiner berüchtigten Fehltritte erlaubte. Dieser gründete hier allerdings keinesfalls auf schwierige Hangverhältnisse, wie sie durch „veränderlich feste Gesteine" vorgezeichnet sein mögen, sondern vielmehr auf eine fatale Mischung aus fachlicher Neugierde, persönlichem Leichtsinn und anmaßender Selbstherrlichkeit.

Stephan und er waren in einem Bruchwaldgebiet unterwegs, um Probematerial sicherzustellen. Während der Kollege noch damit beschäftigt war, letzte Handgriffe für den Abtransport des „Beuteguts" zu tätigen, hatte sich Consdorf bereits aufgemacht und schlenderte ohne Hast und Zielvorgabe in dem urtümlichen Waldgebiet herum. In gut dreißig Metern Entfernung von Stephan stieß er dann unvermittelt auf jene nur wenige Quadratmeter große Wasserlache. Sie schien geradewegs aus dem Nichts aufgetaucht zu sein – mit der leisen, aber unverkennbaren Absicht, sich dem Bodenforscher resolut in den Weg zu stellen. Mit einer kleinen, mehrere Hände breiten Insel, die mit frischen grünen Blättern und sanftbraunem Laub lockte, sowie einem frischen Faulbaumzweig, der von einem benachbarten Strauch bogenförmig herüberhing und tief über der Wasseroberfläche schwebte, sah die Lache ihn wie ein großes, offenes Auge an. Und als er genauer hinschaute, fing dieses magische Waldauge plötzlich zu sprechen an: „Gehe ruhig weiter!", sprach es, „du bist doch auch all die letzten Meter festen Fußes durch den Wald gelaufen. Glaubst du etwa, du müsstest versinken, wenn du meine kleine bewaldete Insel betrittst?"

Keineswegs beabsichtigte Consdorf, übers Wasser zu laufen, denn die laubbraune, grünlich schimmernde Iris des Wasserauges sah wirklich vertrauensvoll fest aus. Unnötiges Zweifeln und Zögern schien deshalb absolut fehl am Platze. Somit bedurfte es letztlich wenig Entschlusskraft, mit einem großen, weit ausholenden Schritt – die rechte Fußspitze tastend vorangestellt – das unbekannte Eiland zu betreten. Doch als Consdorf jene Fußspitze vorsichtig aufsetzte und im selben Moment das Körpergewicht von seinem linken Standbein nahm, um auch dieses dem vorwärtsgerichteten Bewegungsablauf anzuvertrauen, ereilte ihn eine böse Überraschung: Sein rechter Fuß versank zusehends in einer morastigen Insel und zog diese unweigerlich mit in das tiefe Nass. Hierbei bekam sein Oberkörper eine ungünstige Neigung nach vorne, so dass ihm rein statisch gesehen überhaupt nichts anderes übrig blieb, als sein linkes Bein nachzuziehen. Im Ergebnis stand Consdorf einen Sekundenbruchteil später mit beiden Beinen in einer Wasserlache – und zwar zunächst bis etwa knapp unterhalb der Kniescheiben. Obwohl der Wasserstand nun Anstalten machte, langsam anzusteigen, gedachte er jedoch keineswegs, in unnötige Hektik oder Panik zu verfallen. Vielmehr fingerte er als Erstes an dem greifbaren, flach über dem Wasser hängenden Faulbaumzweig herum und versuchte sich derart nach eigenen Kräften aus dem Sumpf zu ziehen. Hierbei wollte sich jedoch kein Erfolg einstellen. Als der Pegelstand allerdings merklich an seinen Oberschenkeln emporkroch – die „kritische Knöchelmarke" somit deutlich überschritten war –, begann er schließlich unruhig auf seiner Unterlippe herumzukauen. Nun schien es doch an der Zeit, einen ungewöhnlichen, aber unvermeidbaren Schritt anzugehen. „Kannst du mal eben herkommen?", rief er halb laut und deutlich in Richtung Stephan und hängte dieser kurzen Frage noch ein lang gezogenes „B i t t e!" hinten an. – Und dieses kleine Wörtchen besaß offenbar genau jene Ziel- und Treffsicherheit, dass der Kollege blitzartig zusammenzuckte, sich sofort umdrehte und Blickkontakt suchte.

„Wo steckst du denn? Ich wusste ja gar nicht, dass du ‚bitte' überhaupt aussprechen kannst", wehte es unvermittelt aus der Distanz herüber. „Aber wenn du schon ‚bitte' sagst, dann brauchst du nicht auch noch vor mir auf die Knie zu gehen", kam es hinterher.
„Das sieht nur so aus. Du musst mich hier rausziehen – ich möchte nicht als Moorleiche enden!", erwiderte Consdorf.
Daraufhin setzte sich Stephan tatsächlich in Bewegung und tauchte verhältnismäßig schnell bei Consdorf auf. Am Rande der Wasserlache baute er sich breitbeinig mit angewinkelten Armen auf, legte

ein ziemlich gemeines Grinsen an und meinte von oben herab: „Mir hat einmal eine Frau gesagt, der Mann als solcher fange bei ihr erst ab einer Körpergröße von 1,80 m an. Da sind dir aber einige entscheidende Zentimeterchen abhandengekommen!"

„Red nicht so einen Mist", hielt Consdorf der Trockenheit des kollegialen Humors genervt entgegen. „Mit Händchenhalten komm ich hier jedenfalls nicht wieder raus. Ich glaube, du musst mir mal ein längeres Stöckchen holen!"

Daraufhin löste Stephan seine starre Körperhaltung auf und verließ mit einem knappen „bin schon unterwegs" zügig den moorigen Tatort. Während Consdorf dem kritischen Pegelstand an seinen Oberschenkeln ein weiteres Mal Aufmerksamkeit schenkte, durchforstete der Kollege den Bruchwald auf der Suche nach einem geeigneten Holzstück: In einem Radius von dreißig bis vierzig Metern lief er unruhig auf und ab, blieb zwischenzeitlich mehr oder weniger abrupt stehen, schlug Haken nach links oder rechts, ging zudem gelegentlich in die Hocke und kommentierte seinen Lauf mit Kopfbewegungen, die in alle möglichen Richtungen deuteten. Nach mehreren Minuten griff er endlich nach einem abgebrochenen Ast und begab sich mit diesem im Zickzackkurs zwischen Bäumen und Sträuchern auf den Weg zurück zu seinem Kollegen. „Mach mal, dass du da rauskommst", sagte er, „ich will endlich Feierabend haben!" Mit diesen Worten hielt er Consdorf den mehrere Meter langen Ast unter die Nase und zog ihn in einem Anlauf kraftvoll aus der schlüpfrigen Moorlache heraus.

Wie die beiden fernab derartiger Nassepisoden feststellen, ist innerhalb des weiten Kölner Umlandes alles das besonders bemerkenswert, was im Kontext der hier vorkommenden Lössablagerungen steht. Beim „Löss" handelt es sich um ein feinkörniges Flugsediment, welches während der letzten Kaltzeit auch in ihrem rheinischen Gebiet flächenhaft aufgeblasen wurde. Hier lagert er nun als oberste Deckschicht verschiedenartigen Sanden und Kiesen auf. Dieser feine, mineralische Flugstaub hat es den beiden in besonderer Weise angetan: Es ist das seltsame, stumpfe Gefühl, das sich beim Zerreiben von trockenem, unverwittertem Löss bei der fachlichen Fingerprobe einstellt und das unweigerlich bewirkt, dass die Nackenhaare kopfstehen. Dieser mehlige Staub und genau jenes ominöse Gefühl wird die beiden wohl Zeit ihres Lebens begleiten.

Während der Löss in der Niederrheinischen Bucht die Bodenverhältnisse weiträumig bestimmt und gleichfalls ansehnliche Mächtigkeit aufweist, tritt er östlich des Rheins, etwa im Gebiet der Bergischen Randhöhen, häufig als Beimengung innerhalb der dort lagernden Verwitterungsdecken auf. In geringer Entfernung östlich des Düsseldorfer Stadtgebietes, im Niederbergischen Hügelland, an verschiedenen Positionen in den westlichen Außenbereichen von Solingen wie auch in rheinferneren Gegenden des Hügellandes gibt es ebenfalls Stellen, wo der Flugstaub in mehreren Metern Mächtigkeit auftritt. Vor allem einige eindrucksvolle, scheinbar aus dem Nichts auftauchende, bis annähernd zehn Meter tiefe Lössschluchten östlich der Stadt Ratingen, die auf das Schwarzbachtal und das Angertal zulaufen, sind Consdorf und Stephan in dieser Hinsicht in besonderer Erinnerung geblieben.

Doch womit haben es Consdorf und Stephan in der Rückschau auf bestimmte Ereignisse und mit Blick auf jene speziellen Landschaftsräume zu tun? Handelt es sich hierbei etwa um eine bloße Aneinanderreihung von biographischen Fakten und sinnlichen Eindrücken, die irgendwie vor der Landschaft vorbeigerauscht sind? Aus heutiger Sicht betrachtet – in seltenem Gleichklang vereint – glauben die beiden vielmehr, eine Gesamtschau hohen ökologischen Ranges kreiert zu haben: „Hier liegen die Ackerflächen, die uns mütterlich nähren, hier ruhen die Wälder, die unsere Atemluft filtern, und hier finden sich Flüsse und Seen, die uns ihr Wasser spenden", heißt es seither. „Hier sind wir verankert, hier sind wir zu Hause, hier kommen alle möglichen Kreisläufe zusammen."

Die Niederrheinische Bucht einschließlich der angrenzenden Landschaften ist Consdorf und Stephan zur geographischen, wie auch seelischen Heimat geworden. Zu dieser Region haben sie eine nachhaltige Beziehung aufgebaut. Wenn sie auch zuvor nicht genau gewusst hatten, was Heimat eigentlich bedeutet – und wegen des Geflechts der jüngeren historischen Vergangenheit in dieser Hinsicht ohnehin lange im Trüben gefischt hatten –, so waren sie nun zu einer klaren Erkenntnis vorgedrungen: Durch ihr Wirken in Feld und Flur haben sie sich große Teile des Kölner Umlandes als Existenzgebiet erschlossen. Ohne die hiesigen Erkundungen wäre es ihnen verwehrt geblieben, dieses Land mental und sinnlich zu erfassen.

Im Laufe der folgenden Jahre ist ihnen darüber hinaus mehr als deutlich geworden, dass es grundsätzlich falsch ist, den bodenlosen großstädtischen Wohnort losgelöst von den überlebensrelevanten Wald- und Ackerflächen des Umlandes zu sehen. Wer überleben und essen will, der sollte es nicht versäumen, den Flächen, die ihn versorgen, beizeiten seine Aufwartung zu machen und ihnen mit Anstand und Dankbarkeit gegenüberzutreten.

Consdorf und Stephan halten dieses Land als Teil der eigenen Identität hoch. Dieser Umstand wird ihnen immer dann mit Herzensfreude bewusst, wenn sie nach Jahren wieder einmal auf einer jener Flächen zu tun haben, die sie seinerzeit bei tatkräftigem Einsatz kennengelernt hatten. Wenn dann auch noch besagter Bauer „K.", der schon damals seine Neugierde nur mit Mühe im Zaum halten konnte, auf einem Feldweg heranradelt, wild mit langem Arme winkt, breit grinsend zur sofortigen Kontaktaufnahme anmahnt und ruft: „Wir kennen uns, wir haben uns vor Jahren schon gesprochen!", dann ist das schon etwas ganz Besonderes. Dann haben beide in der Tat das Gefühl, sie seien genau zur rechten Zeit am richtigen Ort unterwegs.

In diesem Sinne kann für Nikolaus Consdorf nur eines gelten: Es kommt nicht darauf an, wohin oder wie weit man reist, auch nicht, ob man es mit einer grandiosen Landschaft oder mit einer eher bescheidenen Gegend zu tun hat. Entscheidend ist vielmehr, inwiefern gefühlsmäßig eine Punktlandung geglückt ist. Gelingt dieses Ins-Herz-Schließen einer Erdgegend, so ist wahrhaft eine Annäherung an den Planeten gelungen.

„Deutschland"

Auf solidem Fundament zahlreicher Erkundungen schätzt sich
Consdorf glücklich zu wissen, welche Gegenden für ihn Bedeutung haben und welchem Land er Heimatstatus zuerkennt. Nur
allzu genau weiß er, welcher Art heimatlichem Boden er sich verpflichtet fühlt. Mehr als deutlich ist ihm zudem, was hinter dem
Terminus „Deutschland" und der ihm zugrunde liegenden Raumdimension verborgen ist.

Der Bodenforscher sieht in Deutschland vorrangig einen konkreten
Ausschnitt der Erdoberfläche. Es handelt sich hierbei nicht um ein
rein geistiges Konstrukt und nicht etwa um einen aus Worten und
Zahlen zusammengereimten, bodenlosen Papiertiger, der irgendwo
eingeklemmt zwischen zugeschlagenen Buchdeckeln schlummert.
„Deutschland", wie auch sein rheinisches Heimatgebiet, ist für ihn
vor allem real fassbare Erdgegend: ein Gebiet, das zwingend dazu
auffordert, mit festen Füßen betreten, mit wachem Geist erkundet
und vor allem auch mit offenem Herzen erschlossen zu werden.
Ein Land, in dem es überall lohnenswert ist, entspannt in die Hocke zu gehen, um sandiges, lehmiges oder toniges Substrat aufzunehmen und dieses – ob nun fachlich oder sinnlich bestimmt –
langsam und sorgfältig zwischen Daumen und Zeigefinger zu
zerreiben.

Allenfalls in Papierform, so etwa in handformatigen Karten oder in
Geschichtsbüchern, deuten sich Consdorf dann jene Grenzen an,
die in naher oder ferner Vergangenheit politisch gezogen wurden
und somit eine abstrakte, nicht zwingend erdgebundene Überein-
kunft geschichtlicher Akteure abbilden. In diesem Sinne unterliegt
das „consdorfsche deutsche Land", wie letztlich jede andere Erdgegend auch, zunächst einmal genau den Naturgesetzen, die auch
in anderen Gegenden und Ländern vorherrschen und somit gene-
rell für das Geschehen und Überleben auf dem Planeten bestimmend sind.

Für Nikolaus Consdorf ist Deutschland nicht vorrangig das Land
der wortstarken Dichter und Denker! Ebenso wenig ist es der Hort
mit „jenen unsäglichen Richtern und Henkern". Das deutsche Land
mit seinen Böden stellt für ihn allenfalls am Rande den Boden der
deutschen Geschichte dar. Der deutsche Boden kann und darf
seiner erdigen Weltsicht folgend nicht primär historisch begründe-

tes Vaterland sein, das sich in Geschichtsbüchern als unumstößliche Wahrheit darstellt und in politischen Krisen mitunter zur Pflicht ruft. Für den Bodenforscher ist deutscher Boden vor allem Folgendes: Er ist Lebensraum und Subsistenzgebiet derjenigen Menschen, die diese Erdgegend bevölkert haben und die in kommenden Tagen beabsichtigen – in hoffentlich maßvoller Weise –, von den Gaben des Landes zu leben. Gleichfalls ist er Lebensraum und Existenzgebiet einer Vielzahl tierischer und pflanzlicher Spezies und Individuen, denen ebenso zu Rechte steht, auf oder in besagtem Erdreich zu wandeln, zu wühlen oder zu wurzeln, um genau dort ihren Energiebedarf zu decken. Wie er es auch drehen und wenden mag, kommt Consdorf letztlich nicht umhin, in besagtem Land mit seinem Boden in erster Linie eines überaus deutlich zu erkennen: Mutterboden – schlichtweg deutschen Mutterboden.

Diesem Mutterboden sieht Consdorf sein Denken und Handeln in besonderer Weise verpflichtet. Nach seiner Lesart ist ihm vergleichbare Wertschätzung und Zuneigung zu schenken, wie sie der eigenen familiären Verwurzelung zusteht. Die Liebe zu seinem Land und den dortigen Böden ist ihm zwingende Herzensangelegenheit, die direkt hinter Frau, Kind und Kegel steht!

Sehen sich Consdorf und Stephan nicht als Anhänger von allzu großem Pathos, erscheint es ihnen gleichfalls fremd, mit zusammengeschlagenen Hacken „Deutschlandlieder" zu singen. Andererseits kommen sie nicht umhin, in geselliger Runde ein Loblied auf den deutschen Wein, auf die Deftigkeit der heimischen Küche wie vor allem auch auf die Einzigartigkeit der deutschen Landschaft anzustimmen.

In diesem Sinne tauchen vor Consdorfs Augen mitunter Stephan und er wie zwei an einer langen Leine geführte Marionettenpuppen auf. Sie stehen regungslos auf einer Almwiese am bayerischen Alpenrand und starren unisono in nördliche Richtung.

Vor ihnen, auf einer scheinbar endlos weiten Bühne, warten mehr als 300 000 Quadratkilometer Landfläche, die gerne an der einen oder anderen Stelle in Augenschein genommen würden. Wenig später besteigen die beiden Gestalten – wie von fremder Hand geführt – ihr Dienstfahrzeug, lassen das alpine Gebirge dem Gefälle folgend hinter sich und nehmen ihre Fahrt durch die wellige Moränenlandschaft des Alpenvorlandes auf. Jetzt durchfahren sie ein Gebiet, in dem die Vorlandgletscher des Eiszeitalters ihren mitgeführten Gesteinsschutt weitgehend unsortiert hinterlassen haben. Selbstverständlich verstehen sie es, die landschaftlichen Reize des Voralpengebietes mit der nötigen Aufmerksamkeit auf sich einwirken zu lassen. Schließlich zollen sie diesen eine gemütliche Pause im Kloster Andechs am Ammersee. Danach wird die Fahrt zwischen Lech und Iller in westlicher Richtung fortgesetzt. In kurzen Auf-und-Ab-Intervallen durchqueren sie hier die von mehreren kleinen Nebenflüssen der Donau zu Riedeln und schmalen Talsenken stark zergliederten Schotterplatten, bis sie, östlich von Ulm, nach einem deutlichen Nordschwenk die Donau überqueren.

Nachdem sie das schöne Flusstal hinter sich gelassen haben, steigen sie wieder. Ob sie ihre Fahrt nun in nordwestlicher Richtung auf der A 8 oder in nördlicher Richtung auf der A 7 fortsetzen, bei beiden Varianten muss das Fahrzeug auf einer Länge von über 40 Kilometern einen steigungsreichen Abschnitt abarbeiten, ehe es den deutlich aufragenden Nordrand der Schwäbischen Alb erreicht und anschließend in tiefer liegendes Gebiet vorstoßen kann.

In dem weitläufigen, nordwärts des Stufenrandes liegenden Vorland fühlen sich die beiden Puppengestalten alles andere als heimisch. Sie sehen sich hier eher als Getriebene denn als Handelnde. Bislang konnten sie dieser Erdgegend keinerlei Trittspuren anvertrauen, geschweige denn tiefer gehende Erkenntnisse ausgraben. Für sie hat dieser süddeutsche Landschaftsraum den Status der „Terra incognita". Und als unbeschriebenes Blatt wird dieses Land vermutlich auch künftig – ein für alle Mal – in der Versenkung verschwinden, sofern nicht irgendwann in der Zukunft besondere Anstrengungen ins Auge gefasst und anschließend in die Tat umgesetzt werden. Entsprechend diesen unsicheren Erwartungen wird ihre Geschwindigkeit im Folgenden verhältnismäßig hoch ausfallen und vergleichsweise gering auch die Dichte ihrer Beobachtungen sein. Hier wird es einfach nur gelten, Kilometer zu fressen.

Da sie diesen Landschaftsraum bereits mehrfach auf beiden Routen gequert haben, ist ihnen das charakteristische Nebeneinander von weitläufigen, wenig geneigten Flächen und lang gezogenen, steil gestellten Längsstrukturen, die Erstere stufenartig voneinander absetzen, nicht verborgen geblieben. Insofern wissen sie sich an die Studierjahre zurückerinnert, als sie dort im Rahmen eines Morphologieseminars mit einem wissenschaftlichen Paperback konfrontiert wurden, das den denkwürdigen Titel trug: „Die Probleme der Schichtstufenlandschaft". Sollten sie in Kürze tatsächlich in ein derart problembehaftetes Gebiet einfahren? Oder hatte der Autor des Werkes den außergewöhnlich blumigen Titel nur ungeschickt ausgewählt?

Consdorf und Stephan – beide im Marionettenoutfit verharrend – kommen überein, die vermeintlich rein fachliche Angelegenheit bis auf Weiteres auf sich beruhen zu lassen. Stattdessen entscheiden sie sich kurzerhand für die weniger frequentierte Nordroute durchs Stufenland. Sie steuern auf der A 7 das rund 100 Kilometer entfernt liegende Würzburg an, bewältigen diese Distanz anteillos, aber routiniert und wechseln anschließend östlich der Stadt auf die A 3 über. Das Fahrzeug schwenkt nun in nordwestliche Richtung und wird vor allem hinter Würzburg, an den Steigungen des Spessarts, nochmals merklich gefordert. Bevor sie knapp 100 Streckenkilometer hinter Würzburg, westlich von Aschaffenburg, in das Rhein-Main-Tiefland einfahren, das Süddeutsche Schichtstufenland somit endgültig verlassen, mussten sie bereits vier Mainquerungen vornehmen. Der in Ost-West-Richtung angelegte, in weiten Bögen fließende Flusslauf lässt es sich allerdings nicht nehmen, sich den beiden ein weiteres Mal in den Weg zu stellen. Nachdem sie die stark befahrene A 3 im Großraum Frankfurt abgearbeitet haben und sich anschicken, das Rhein-Main-Tiefland zu verlassen, steht besagte letzte Mainquerung an. Diese entlässt die beiden schließlich mit Blick auf die nahen Höhen des Südtaunus in den Landschaftsraum der Deutschen Mittelgebirgsschwelle, der hier nördlich des Mains von den Gebirgs- und Hügelländern des Rheinischen Schiefergebirges aufgebaut wird.

Von hier aus bis zum rheinischen Zielort Köln verbleibt nunmehr eine Distanz von etwa 150 Kilometern. Die Fahrt führt sie nun über die Mittelgebirgsregionen des Taunus und des Westerwaldes hinweg, beinhaltet eine schnelle Durchfahrt durchs Limburger Becken und streift gegen Ende die Ostflanke des Siebengebirges. Was Consdorf und Stephan auf dieser Strecke besonders auffällt, ist die Tatsache, dass ihnen die Landschaft hier beinahe fortwährend eine ausgesprochene Weitsicht bietet. Zwar durchfahren sie verschiedene Teilräume eines Mittelgebirges, insgesamt gesehen fühlen sie sich allerdings eher auf weit gespannten, kaum enden wollenden Hochflächen unterwegs. Die verschiedenen Teilflächen der übergeordneten Hochflächen erscheinen durch sanfte, unterschiedlich ausgerichtete Hangneigungen und wenig entwickelte Wellungen derart voneinander abgesetzt, dass dem Autofahrer nur selten die Fernsicht verstellt bleibt. Schließlich zeigen sich im Westerwaldabschnitt der A 3 am fernen östlichen Horizont verschiedene Vulkankuppen, deren rheinische Verwandtschaft, das Siebengebirge, gegen Ende der Fahrt westseitig nahe greifbar an die Autobahntrasse heranrückt.

Die beiden sind sich sicher, dass manches, was auf dieser Mittelgebirgsstrecke flüchtig an ihnen vorbeigerauscht ist, auch künftig ihr Handeln und Denken flankieren wird. Selbst wenn sie in Zukunft im nahen Rheinland tiefe Wurzeln geschlagen haben sollten, so werden sie im Zuge ihres erdlastigen Geschäfts mit Sicherheit nicht umhinkommen, die eine oder andere Bohrung auch im Gebiet des Schiefergebirges niederzubringen.

Wenig später fahren Consdorf und Stephan unweit von Siegburg in das Tiefland der Köln-Bonner Bucht ein. Mit einer einzigen Fahrt haben sie in weniger als einem halben Tag ein starkes Stück deutscher Landschaft durchquert und sind schließlich im südlichsten Zipfel des Norddeutschen Tieflandes gelandet.

5. In die Tiefe – Erkundungen im Tiefland

Unvermeidbare Abwärtsfahrten.
Raum und Zeit neu
begründend, tritt die
Wahrheit aus dem
Schatten der Wirklichkeit
hervor.

In die Tiefe/In der Tiefe

Unsere Vorstellungen und Erkenntnisse verdanken wir in hohem Maße visuellen Beobachtungen. Erblickt der Bodenforscher in der Landschaft einen spitzen Gipfel, einen gerundeten Hügel, einen schwach geneigten Hang oder ein eingekerbtes Tal mit einem flachen Talboden, so hat er einen konkreten Anhaltspunkt, verschiedenartige Spekulationen über das vorangegangene geologische Geschehen und die hieran anknüpfende Bodenentwicklung anzustellen. Ein Bodenmann aus dem Bergland tut sich im Flachland hingegen zunächst schwer, da er dort überhaupt nicht weiß, welche Fragen er sich stellen soll.

Genau dieser augenscheinlich schwierigen Wirklichkeit standen Nikolaus Consdorf und Stephan schulterzuckend gegenüber, als sie anfangs im Tiefland unter eigener Regie zu tun hatten und dort Bohrpunkte festlegen wollten. Was sollten die beiden von einer Erdgegend halten, in der bei ackerbaulicher Nutzung die Horizontlinie das markanteste Landschaftsmoment darstellt? Sollte es etwa so sein, dass sie in derart reliefarmen Landen all ihre Aufmerksamkeit auf äußerst flache Wellen und Dellen sowie auf kaum entwickelte Geländekanten richten müssten? Oder wären sie hier nicht besser beraten, sich von Anfang an von den Flurnamen topographischer Karten leiten zu lassen? „Am Hagelkreuz", „Armes Elend", „Im Pechfeld", „Schwundacker" oder „Am Galgenberg", sind das nicht genau jene Orte, die zweifelsfrei Unheil verkünden und somit im Vorhinein tunlichst gemieden werden sollten?

Die beiden kamen nach kurzer Zeit jedoch dahinter, dass es für ihr Schaffen in Tiefländern unabdingbar ist, mit schwererem, vor allem aber längerem Bohrgerät ans Werk zu gehen, um in größere

Tiefen vordringen zu können und um genau dort unten jene Verschiedenartigkeiten und Besonderheiten aufzuspüren, die der Oberflächencharakter der Landschaft nicht zu erkennen gibt. Im Tiefland lagern derart häufig zahllose, mehr oder weniger mächtige Schichtpakete unterschiedlicher Lockergesteine übereinander gestapelt. Diese waren in der Vorzeit von Flüssen oder Schmelzwässern als Gesteinszersatz aufgenommen worden, hatten als Geschiebe oder Schwebstoff im Wasser einen Abtransport erfahren und waren schließlich als Sedimente abgelagert worden. Nicht selten wurden sie später von feinkörnigen Windablagerungen – zum Beispiel von einem Löss oder einem Flugsand – zugedeckt.

Indem die beiden im Flachland ihre Sondierungen bis hinab in Tiefen von mehreren Metern niederbringen, bohren sie zielsicher in die Vergangenheit hinein und verschaffen sich nach Kräften – im wörtlichen wie auch im übertragenen Sinn – einen tiefen Einblick in die Entwicklungsgeschichte und Wesensart der Landschaft. Mitunter stellen sie hierbei fest, dass die heutige Oberflächengestalt nur wenig mit der Morphologie in weit zurückliegenden Tagen zu tun hat. Dass Letzterer somit eine andersartige, im Verborgenen und in der Vorzeit ruhende Wirklichkeit zukommt, dass die Urlandschaft nicht selten ein vollkommen anderes Gesicht besaß.

Ein tiefgründiges Bohrprofil aus dem südlichen Niederrheingebiet, das sie unlängst mit Schlagbohrtechnik und mehreren Erdsonden ans Tageslicht gefördert haben, erzählt ihnen folgende Geschichte: Es berichtet, dass die zuunterst lagernden kiesig-sandigen Terrassenablagerungen des Rheins, die aus einer der älteren Kaltzeiten stammen, nachfolgend unter warmem Klimaeinfluss gestanden hatten und somit einer starken Verwitterung ausgesetzt waren. Sie zeigen deshalb eine intensive, rostrote Färbung und sind außerdem teilweise verklebt. Nach der Ablagerung der grobkörnigen Terrassensedimente und jener anschließenden geologischen Epoche mit warmzeitlicher Verwitterung hatten kaltzeitliche Winde feinkörnige Sedimente in mehreren Metern Mächtigkeit auf die Flussablagerungen aufgeblasen. Hierbei handelt es sich um den schon einige Male herausgestellten Löss. In diesen wurden zudem mehrere Lagen feinkörniger Flugsande eingearbeitet. In der anschließenden jetzigen Warmzeit, dem „Holozän", das seit rund 12 000 Jahren andauert, hat schließlich der das Land bewirtschaftende Mensch maßgeblich die weitere Bodenentwicklung beeinflusst. Er hat

Waldflächen gerodet, um Acker- und Weideland zu gewinnen, und mit diesem Eingriff das organisch geprägte Oberbodenmaterial dem an den Hängen abfließenden Regenwasser – sprich den Erosionskräften – ausgesetzt. Auch dieses durch Oberflächenabfluss umgelagerte, humose Bodenmaterial findet sich nun in dem von Consdorf und Stephan erbohrten Bodenprofil, denn ihr Bohrpunkt liegt an einem gefällearmen unteren Hangabschnitt. An einer tiefer liegenden Geländeposition wie dieser ist deshalb unmittelbar unter dem durchpflügten Ackerboden häufig bis in einer Tiefe von gut einem Meter graubraunes, humoses Umlagerungsmaterial anzutreffen.

Bei ihren Erkundungen im Tiefland ist Consdorf und Stephan im Laufe der Jahre mitunter Folgendes aufgefallen. Es gibt Gebiete, in denen bereits wenige, über die Fläche verteilte Bohrprofile ein klares Bild über die geologische Situation, über das Werden der Landschaft wie auch über das in der Jetztzeit ablaufende Gefüge zwischen verschiedenen Hangbereichen vermitteln. Demgegenüber gibt es Flächen, bei denen sich selbst auf Grundlage zahlreicher Bohrungen kein eindeutiges Bild nachzeichnen lässt. Unter Umständen vermitteln hier nur wenige Meter voneinander entfernte Bohrpunkte ein vollkommen anderes Bild. Dieses kann beispielsweise dann der Fall sein, wenn auf ein Gebiet tektonische Kräfte eingewirkt haben, die einerseits eine Zerstückelung der Gesamtheit bewirkt und andererseits die einzelnen Teile unterschiedlich stark angehoben oder abgesenkt haben.

Ihre „tiefländischen Bohrerfahrungen" im Rücken sehen sie sich genötigt, sich einige prinzipielle Fragen im Hinblick auf ihr weiteres Schaffen zu stellen: Wie gründlich muss ein Erdausschnitt eigentlich erkundet werden, um ein klares Bild von ihm zeichnen zu können? Macht es überhaupt einen Sinn, eine Fläche nur flüchtig zu erkunden, indem man nur sehr wenige Bohrungen niederbringt? Vermag man der komplexen Wesensart einer Landschaft derart hinlänglich gerecht zu werden?

Mit Blick auf diese schwierige Sachlage hatte Stephan seinen Kollegen mit folgender Frage gestichelt: „Liegt in einer zerstückelten Landschaft eigentlich eine endgültig zerschlagene Vergangenheit vor, die sich wie ein gedanklich nicht rekonstruierbarer Scherbenhaufen darstellt, oder kann ich ein derartiges Gebilde über ein systematisches Bohren mosaikartig zu einem Gesamtbild zusammensetzen?" Consdorf war darauf nichts sonderlich Passendes eingefallen. Sinngemäß antwortete er leicht schmunzelnd: „Da ist vermutlich genau die gleiche Arbeitsweise gefordert wie bei einem Seelenklempner. Wenn der herausfinden soll, was in der Tiefe deiner Seele los ist, dann kommst du nicht umhin, dich mehrfach bei ihm auf die Couch zu legen."

„Mir ist andererseits ohnehin nicht mehr ganz klar, ob wir denn immer dem heutigen sichtbaren Nebeneinander in der Landschaft zwingend und in jedem Fall als zeitlichem Nacheinander in den Erdschichten nachspüren müssen", meinte Stephan. Worauf Consdorf ihm beipflichtete: „Da hast du vermutlich recht! Vergangenheit ist in jedem Fall Geschichte – also Schnee von gestern –, und nur der Boden, den wir noch nicht unter unseren Füßen verloren haben, der kann Zukunft sein. Und ökologisch handeln, das heißt dann doch wohl, von ganz genau diesem Punkt auszugehen!"

Der zeitliche Aspekt dessen, was mittels ihrer Erdsonden zutage tritt, regt die beiden gleichfalls im Alltäglichen zum Nachdenken an. Eine sieben bis acht Meter tiefe Bohrung ist schnell niedergebracht. Mit einem Bagger ist es ebenfalls ein Leichtes, bis in diese Tiefe vorzudringen. Demgegenüber hatte es weit mehr als 100 000 Jahre gedauert, bis das geologische Substrat, mit dem sie es hier zu tun haben, herangeschafft war. Zwar hatten sich in diesem langen Zeitraum die klimatischen und die ökologischen Verhältnisse mehrfach einschneidend geändert, es lagen aber durchgehend Bedingungen vor, die in dieser Erdgegend Leben ermöglichten. Heute jedoch kann mit einem einzigen menschlichen Schlag der Boden und der diesen unterlagernde Untergrund – also all das, was der Planet in Jahrtausenden angeliefert hat – innerhalb weniger Stunden und Tage unwiederbringlich abgegraben und vernichtet werden.

Derartige Gedankengänge bildhaft vor Augen bleibt für Consdorf und Stephan festzuhalten: Je gewaltiger ein Loch ist, in das man hineinblicken kann, desto größer mag zwar die Erkenntnis über die Vorzeit sein, desto geringer ist allerdings auch der Wert, den die geschändete Landschaft für die Zukunft besitzt. Das geologische Wissen über ein Loch kann deshalb kaum mehr sein als eine blasse Erinnerung an eine verloren gegangene Zeit.

Nach wie vor und hin und wieder tauchen vor Consdorfs Augen einige der Löcher auf, mit denen er es in der Vergangenheit zu tun hatte. In dieser Hinsicht ließe sich ohnehin behaupten, seine Vorzeit sehe aus wie ein durchlöcherter Schweizer Käse. Bei seinen Arbeiten im Tiefland sieht er sich gelegentlich in die frühe Kindheit zurückversetzt und kniet dort staunend vor einem seiner Sandkastenlöcher. Oder er hockt ein weiteres Mal als uniformierter junger Mann in der molligen Enge eines Russenlochs. Als gereifter Bodenforscher balanciert er dann und wann messerscharf am Rande einer Baugrube entlang und fragt sich, ob er sich als zeitgenössischer Bodenmensch, der mitunter auch im Kontext von Bauvorhaben tätig ist, nicht einer gewissen Mittäterschaft – quasi in Totengräber-Manier – schuldig mache. Sieht er doch die Bauflächen der Stadtränder seit Jahr und Tag ungebremst und scheinbar unaufhaltsam auf das angrenzende Kulturland vorrücken.

Bei passender Gelegenheit, wie etwa während einer Dienstfahrt, schaut Consdorf an den Schultern seines Kollegen vorbei, um einen flüchtigen Blick in eines jener gigantischen, mehrere hundert Meter tiefen Tagebaulöcher des rheinischen Braunkohlereviers zu erhaschen. Genau letztere Löcher sind es dann auch, die ihn in besonderer Weise nachdenklich stimmen. Denn was liegt mit diesen gewaltigen Löchern tatsächlich abgegraben vor? Ist es die Vergangenheit, ist es eine nicht vorhandene Gegenwart oder eine für alle Zeit verspielte Zukunft – oder handelt es sich hierbei möglicherweise viel eher um ein absolut raum- und zeitloses Gebilde, das irgendwie abgrundtief in der Luft hängt?

Ein aufgegrabenes Erdloch stellt aus bodenforschender Perspektive etwas zweifelsfrei Bodenloses dar; eine Hohlform, die wegen dieser Bodenlosigkeit geradezu danach schreit, erneut verfüllt zu werden. In diesem Sinne ist ein Erdloch einerseits ein Ort, in den man hineinschauen, hinabsteigen wie auch wieder hinaussteigen kann, andererseits jedoch handelt es sich hierbei um eine jener Stätten, in der man gewisse Dinge eingraben und verschwinden lassen kann. Dinge, von denen mancher Zeitgenosse dann glauben mag, sie seien endgültig aus der Welt. In dieser Hinsicht ist ein verschüttetes Erdloch gleichfalls ein Ort des Vergessens: ein Ort, an dem die Erinnerung zu verblassen droht, eine Lokalität, an der mitunter jedoch bösartige Gerüchte und Spekulationen beinahe zeitlos die merkwürdigsten Blüten treiben.

Zwischen Theorie und Praxis – Glück im Unglück

Glauben Consdorf und Stephan mit ihren tiefschürfenden Erkundungen erkenntnistheoretisch dem richtigen Pfad zu folgen, so wartet der Alltag des Bodenforschers bisweilen mit unangenehmen Überraschungen auf, die anzeigen, dass auch zwischen Theorie und Praxis eine große Lücke, wenn nicht gar ein gewaltiges Loch, klaffen kann.

Da die Feldarbeiten mit schwerem Bohrgerät gelegentlich Kraftanstrengungen erfordern, die bei fortgeschrittenem Alter als unangenehmes, leider aber auch unvermeidbares Übel anzusehen sind, suchen sie diese nach Möglichkeit auf einem niedrigen Level zu halten. In Situationen, in denen die Arme durch schwerwiegendes Tragen buchstäblich länger werden könnten als jene unvermeidbaren Wege, bemühen sie sich nach Kräften, vor allem aber auch mit angespornter Fantasie, für das treue Dienstfahrzeug Feldwege aufzuspüren, die möglichst nahe an ihre Arbeitspunkte heranführen. Doch gerade diese scheinbar komfortablen Pfade sind es dann gelegentlich, die mit Blick auf ein zügiges Vorankommen geradewegs ins Verderben führen.

Ein derartiger, nun bereits mehrere Jahre zurückliegender Zwischenfall vermochte den beiden eine in dieser Hinsicht lebhafte Erinnerung anzuvertrauen: In einem weitläufig eingezäunten Weideareal hatten sie verschiedene Bohrungen niederzubringen und setzten sich mit ihrem Dienstwagen zwischen Hecken und Weidezäunen auf einem schmalen, grasbewachsenen Feldweg in Bewegung. Die letzten Meter bis zu dem anvisierten Bohrpunkt legte Consdorf zu Fuß als Pfadfinder zurück und gab seinem Kollegen mit ruhigen Handzeichen zu verstehen, er solle ihm vorsichtig mit dem Fahrzeug folgen. Zwar hatte er bei der gesamten Aktion von Anfang an ein etwas mulmiges Gefühl, aber dem beladenen Wagen schien das gleichförmige, langsam vorwärtstastende Befahren des leicht aufgeweichten Feldweges keinerlei Probleme zu bereiten. Diese ließen nach verrichteter Arbeit allerdings nicht allzu lange auf sich warten.

Nachdem die beiden ihre Arbeiten auf der Weide erfolgreich beendet hatten, sie im Anschluss das Dienstfahrzeug erneut mit ihren Gerätschaften beladen hatten und auch der Motor wenig später ungeduldig zur Abfahrt aufheulte – sodann der Rückwärtsgang eingelegt worden war –, zeigte sich ohne Vorwarnung, dass die Vorderreifen in dem weichen Oberboden keinen Halt finden wollten. Umgehend drehten sie durch und arbeiteten sich langsam – Zentimeter für Zentimeter – in die schlammige Tiefe vor. Anstatt sofort den Gang herauszunehmen, den Motor abzuschalten und das feststeckende Fahrzeug anschließend mit vereinten Kräften aus dem „selbst gegrabenen" Schlammtopf herauszuschieben, gab Consdorf nochmals richtig Gas. Diese Vorgehensweise war jedoch keineswegs von Erfolg gekrönt. Stattdessen arbeitete sich einer der Vorderreifen zusehends weiter in den feuchten Boden vor. Auch als der Kollege das Fahrzeug von vorne unterstützend anschob, war kein Fortkommen zu erreichen. Zudem wurde er beim Durchdrehen der Reifen von den Füßen an aufwärts bis ins Gesicht mit braunem Erdschlamm bespritzt und bekleckert und sah damit aus wie ein Kleinkind, das eine breiige Mahlzeit unsachgemäß ausgelöffelt hatte. Was nun, sie steckten zweifelsfrei fest?

Die beiden hatten sich seit Jahren gnadenlos auf Gedeih und Verderb dem Thema Boden verschrieben, nun machte auch der brave Wagen Anstalten, sich ohne Wenn und Aber dem Substrat seiner Gebieter hinzugeben. Zunächst lag eine bleischwere Sprachlosigkeit in der Luft. „Ich glaube, ich habe eine Idee", sagte der Kollege nach einer ganzen Weile, nahm seine Beine unter die Arme, entfernte sich fluchtartig vom Tatort und lief über den Feldweg auf die winkelig angrenzende Zufahrtsstraße zu, die von der Position des festgefahrenen Dienstwagens aus hundert Meter weiter nach rechts hinter einem langgezogenen Wohnblock verschwand. Hinter genau diesem Gebäude sah Consdorf Sekunden später den fliehenden Kollegen entschwinden.

Nachdem Consdorf etwa zehn Minuten lang betreten neben einem mit Schlamm bespritzten Fahrzeug gewartet hatte, kündigte ein kräftiges, von der Zufahrtsstraße herüberraunendes Dröhnen das Herannahen eines schweren Fahrzeugs an. Und sodann offenbarte sich ihm eine eindrucksvolle Szene: Der Kollege tauchte in beherztem Laufschritt auf der Straße auf. Seine Arme, seine Beine und seine geöffnete Arbeitsweste wirbelten hastig durch die Luft; nur sein Kopf, der von einer blauen Baseballkappe bedeckt war, schien sich nicht zu bewegen. Dann zeigte sich etwa zwanzig Meter hinter ihm ein mindestens drei Meter hoher, gelb-schwarz lackierter Radlader, dessen ansehnliche, nach vorne heruntergekippte Schaufel mehrere Dezimeter über der Fahrbahnoberfläche zu schweben schien.

Sollte ein unbeteiligter Außenstehender diese Szene beobachtet haben, so wäre dieser mindestens zu der Folgerung gelangt, der anrollende Radlader wolle den fliehenden Läufer auf die Schippe nehmen. Das Geschehen auf der Zufahrtsstraße sah darüber hinaus beinahe so aus, als mache der Bagger Jagd auf einen fahnenflüchtigen Bauarbeiter. Wie ein brüllendes Ungetüm mit einem großen, bezahnten Unterkiefer schickte sich dieser an, die sich abstrampelnde Beute einzuholen, zu packen und zu verschlingen. Derart hätte man annehmen können, den hier dargebotenen Bewegungsabläufen läge eine natürliche, klar definierte Beziehung zwischen Jäger und Gejagtem zugrunde. Aber, wie sich wenig später zeigen sollte, war genau das Gegenteil der Fall.

Nachdem Stephan und der Radlader den Anfang des Feldweges erreicht hatten, geleitete er das Fahrzeug im Schritttempo zu dem „Unglücksort". Dort angekommen, entstieg der Baumaschine – bei laut laufendem Motor – ein kleiner, freundlicher Mann mit einem Kinnbärtchen und einer roten Skimütze. Dieser gab ihnen umgehend und ungefragt zu verstehen: „Ich freue mich, jemanden, der sich festgefahren hat, aus dem Sumpf zu ziehen! Zumal wenn er aus eigenen Kräften absolut nicht in der Lage ist, sich aus dieser misslichen Lage zu befreien." Dann setzte der kleine Mann allerdings neugierig nach: „Aber was haben Sie denn auch auf der Weide zu suchen gehabt?"
„Wir sind Bodenkundler und hatten auf der eingezäunten Fläche eine Bohrung niederzubringen", antwortete Stephan.
„Dann hätten Sie ja eigentlich wissen müssen, dass Sie mit Ihrem Wagen nicht auf eingeweichten Feldwegen fahren können!", gab der kleine Mann den beiden daraufhin mit einem schelmisch-freundlichen Lächeln zu verstehen. Consdorf versuchte krampfhaft zu schmunzeln, versank allerdings – wegen der feldbodenkundlich unhaltbar peinlichen Sachlage – zentimetertief in dem aufgeweichten Erdreich. Der Kollege hingegen schwieg und legte fast im Verborgenen sein ihm eigenes Grinsen an.

Anschließend wurde mit wenigen Handgriffen ein Abschleppseil zwischen dem Dienstwagen und der Schaufel angebracht, und der Radlader zog das feststeckende Fahrzeug ohne Mühe und Aufwand aus dem schlammigen Substrat. Danach bedankten sich

Consdorf und Stephan herzlich und fragten: „Können wir uns in irgendeiner Weise erkenntlich zeigen?" Der kleine, freundliche Mann winkte jedoch mit einer weiten Armbewegung ab. „Solange Leute nur der Arbeit wegen versumpfen, ziehe ich sie gerne aus dem Schlamm", gab er den beiden mit Nachdruck mit auf den Weg. Und fügte dann beinahe beiläufig hinzu: „Ja, ja … die eigene Erfahrung kann sich manches Mal auch als trügerische Sicherheit erweisen. Hauptsache jedoch, man ist in seinem Denken nicht allzu sehr festgefahren!" Danach kletterte er gelenkig in sein Führerhäuschen, ließ den Motor kräftig aufheulen, fuhr los und verschwand wenig später mit seinem dröhnenden Gefährt auf der Zufahrtsstraße. Diese führte ihn auf direktem Wege zu jener Baustelle, wo ihn der Kollege etwa eine viertel Stunde zuvor abgeholt hatte.

Auf die Spitze getrieben

Dann nahm eines Tages etwas ganz Spezielles seinen Lauf. Etwas, was schon lange Zeit irgendwo unaufhaltsam und nicht greifbar, vergleichbar einer großen Staubwolke, in der Luft geschwebt hatte und was deshalb unweigerlich auch auf die beiden im Tiefland agierenden Bodenforscher niedergehen musste.

Wieder einmal waren Nikolaus Consdorf und Stephan damit beschäftigt, eine bis mehrere Meter tief hinabreichende Bohrung niederzubringen. Bereits der oberste gesichtete Meter ließ erahnen, sie hatten es hier mit einem erstklassigen, unverwitterten Löss zu tun. Auch die weiteren zutage geförderten Tiefenmeter offenbarten, sie hatten hier unverkennbar einen der seltenen Glücksfälle aufgespürt, in denen der gelbe mineralische Flugstaub souverän mit all seinen hervorragenden Eigenschaften aufspielen konnte: Das Feinsediment war ausgesprochen locker gelagert, ließ sich zwischen den Fingerkuppen samt-mehlig aufreiben und verriet beim Beträufeln mit zehnprozentiger Salzsäure, dass es in der Tat über genau jenen Kalkgehalt verfügt, der zweifelsfrei eine hohe Fruchtbarkeit nach sich zieht. Indem Consdorf spaßeshalber eine dosierte Prise dieses Materials zum Mund führte und dort dem auf der Zunge angesammelten Speichel anvertraute, verteilte sich der Löss umgehend schaumartig in der gesamten Mundhöhle – fast so wie in frühen Kindestagen, wenn er dort eine vergleichbar große Portion Brausepulver positioniert hatte. Zwischen den Zähnen angekommen, meldete sich der Löss allerdings umgehend mit einem unangenehmen Knirschen zu Wort, welches den Gesteinscharakter des Feinsediments unmissverständlich anmahnte.

Nachdem im Zuge eines tief greifenden Staunens auf den Stirnpartien beider Männer ausgeprägte Faltenstrukturen zum Vorschein kamen, fragten sie sich übereinstimmend, ob denn in puncto Löss sowie „lössartiger Glücksgefühle" die Palette des sinnlich Fassbaren für sie bereits vollends ausgeschöpft sei. Ob denn fernab sich aufstellender Nackenhaare und einem sich zwangsläufig einstellenden steinig-harten Zahnknirschen nicht irgendwo weitere fühlbare Erfahrungen auf sie warten würden, die ihnen bislang verborgen geblieben seien. Klar war in diesem Zusammenhang allerdings auch, keiner der beiden würde das wundersame Kunststück aufführen können, sich in ein dunkles Bohrloch von 60 Millimetern

Durchmesser in die Tiefe zu zwängen, um dort in innigen Kontakt mit dem schluffigen Substrat treten zu können. Die Möglichkeit, sich vergleichbar einem „Lösskindel" in die sanft-mehlige Obhut des Löss-Mutterschoßes zu begeben, bestand in keiner Weise. Um dieser unumstößlichen Wahrheit Rechnung zu tragen und darüber hinaus die seltene Gelegenheit, an einen Löss erster Güte gekommen zu sein, nicht verspielt zu sehen, kamen Consdorf und Stephan umgehend überein, entsprechendes Untergrundmaterial aus einer Tiefe von drei bis fünf Metern sicherzustellen. Diesen Entschluss kommentierte Stephan kurzerhand mit einem eindeutigen und resoluten: „Ab in den Eimer damit und Deckel drauf!"

Und so fristete denn besagter Eimer mit ebenso besagtem Löss über mehrere Monate hinweg ein verborgenes Schattendasein in einem hinteren Winkel des Materiallagers. Er wartete dort so lange unwissend auf seine angedachte Bestimmung, bis Consdorf ihn an einem schönen, warmen Sommertag kurz entschlossen an die Hand nahm und zielsicher auf den Dachboden seines Wohngebäudes abtransportierte. Dort hatte er am Abend zuvor für das anstehende Vorhaben bereits einige wesentliche Vorbereitungen getroffen: Die staubigen Dielen waren nun sorgfältig mit einer mehrere Quadratmeter großen blauen Kunststoffplane ausgelegt, in deren Mitte eine alte, flach heruntergeklappte Sonnenliege positioniert war. Daneben stand eine große, wassergefüllte Blechgießkanne bereit, aus deren Einfüllöffnung der Handgriff einer schlichten metallenen Suppenkelle ragte.

Da die Außentemperaturen an diesem Sommertag bereits gegen Mittag nur unwesentlich unterhalb von 30 Grad Celsius lagen, dürften die Temperaturen auf dem Dachboden bereits oberhalb dieser hochsommerlichen Marke gelegen haben. Das waren denn auch genau die Bedingungen, die für das Gelingen des consdorfschen Erkundungsvorhabens von entscheidender Bedeutung waren. Der Löss in dem zwischenzeitlich geöffneten Eimer war mittels der Kelle schnell mit dem zugefügten Kannenwasser zu einer graubraunen, breiigen Masse angerührt und stand derart für die in Kürze anstehende Prozedur bereit.

Schnell hatte sich Consdorf der temperaturbedingt ohnehin überflüssigen Kleidung entledigt und nahm sodann entspannt in horizontaler Ausrichtung auf der Liege Platz. Mit seinem rechten Arm zog er noch vorsichtig den Eimer ein kleines Stück näher heran –

wobei die Plane beiläufig zu einem kleinen, blauen Faltenwurf angeregt wurde – und schickte sich nunmehr an, dem angehimmelten Substrat sinnbildlich auf den Leib zu rücken. – Nein, besser gesagt, der gewässerte Flugstaub schickte sich an, ihm an die Wäsche zu gehen! Im Handumdrehen waren mehrere Kellen Lössbrei aus dem Eimer abgeschöpft, die jetzt in Form mehrerer nasser Häufchen im Brust- und Bauchbereich zwischenlagerten. Nachdem er die Kelle vorsichtig aus seiner Hand gelegt hatte, begann er, die kühlen, erfrischenden Häufchen gleichmäßig auf der Haut zu verteilen. Hier war nun freilich Feinarbeit und keineswegs Grobmotorik angesagt. Allzu hektische Bewegungen waren tunlichst zu vermeiden, um ein Abgleiten der teils instabil auf dem Körper lagernden Lössportionen zu verhindern. Sodann wurde die graubraune, breiige Erdmasse beidhändig und gleichmäßig, von den angewinkelten Oberschenkeln an aufwärts bis hinauf zur hoch aufragenden Stirn, mehrere Millimeter dick auf die Haut verteilt. Als Consdorf diesen Arbeitsschritt erfolgreich beendet hatte, legte er eine kurze Verschnaufpause ein. Bis er nach zwei bis drei Minuten – inzwischen körperlich deutlich entspannter – ein weiteres Mal langsam und vorsichtig mit dem rechten Unterarm nach der Suppenkelle tastete. Diese bekam er tatsächlich erneut in dem Eimer zu packen. Abschließend legte der Bodenforscher mit wenigen zielsicheren Handgriffen einen kräftigen, zähflüssigen Nachschlag aus dem Tiefsten des Eimers nach. Diesen positionierte er zum einen unmittelbar seitlich seines Oberkörpers, links und rechts auf der Liege, und vertraute ihn andererseits, „um das Bild durch einen krönenden Abschluss vollends abzurunden", ein weiteres Mal seiner Brustpartie an. Nach diesen letzten Verrichtungen glitt die Kelle endgültig in den Eimer zurück, und spätestens genau jetzt war der Zeitpunkt gekommen, die Dinge in sich ruhen zu lassen. Nun galt es, sich mit voller Hingabe und Konzentration dem Heil der einwirkenden Lösserde und dem Fluss der Zeit anzuvertrauen.

Was sich dem derart ruhiggestellten Bodenforscher nun offenbarte, war eine farbige Mischung – ein bunt zusammengesteckter Strauß – aus einzigartigen Sinneseindrücken, aus dazwischengeschalteten, messerscharf gekanteten Gedankensplittern und aus sonstigen beiläufigen Beobachtungen, die sich am Ende der Prozedur zu einem neuartigen, unumstößlichen Bewusstsein zusammenfügen sollten.

Zunächst jedoch musste Consdorf hautnah und tatenlos miterleben, wie der als Letztes brüstlings aufgeworfene Lösshaufen zusehends an Form und Gestalt verlor; wie er langsam in sich zusammensackte, als wolle er sich aus eigenen Kräften auf den Weg machen, um sich unter seitlichem Fluss seines überschüssigen Wassers zu entledigen. Im Zuge dieses im Zeitlupentempo ablaufenden, lateralen Abströmens glitten im Bereich der Rippen allerdings auch kleinere, instabil lagernde Breilagen ab und kamen – den Gravitationskräften gehorchend – seitwärts auf der Sonnenliege zur Ruhe. Im Anschluss an diese spektakulären Vorgänge ging die Verdunstung entsprechend der aufgeheizten Dachbodenatmosphäre gnadenlos und unablässig an die Arbeit. Der nasse Löss auf der Haut gab mehr und mehr seine Feuchtigkeit an die Luft ab und setzte in Folge eine angenehme Abkühlung der Körperoberfläche in Gang. Mit dem verdunstungsbedingten Entweichen der körpereigenen Hitze schlich sich Consdorf gleichsam ein merkwürdiges, beinahe berauschendes Gefühl ein: Es war, als würden einerseits sämtliche negative Energien aus seinem Körper herausgesaugt und über die Verdunstung der Atmosphäre übergeben sowie andererseits – quasi in gegenseitigem Einvernehmen – sämtliche positiven Kräfte der aufgetragenen Feinerde seiner Existenz zugeführt.

Nach gut zehn Minuten veränderte der Löss deutlich spürbar seine Konsistenz und ging allmählich zu einem helleren Braunton über. Gleichfalls schien die eine oder andere Muskelverspannung verschwunden, und es breitete sich mehr und mehr eine wohltuende Erwärmung der tiefer liegenden Gewebeschichten aus. Der Löss trocknete deutlich auf der Haut an. Als Erstes ging er auf den gut durchbluteten Lippen und wenig später an verschiedenen benachbarten Gesichtspartien zur Krustenbildung über. Bereits diese ersten kleineren Krusten setzten ein leichtes, angenehmes Kribbeln in Gang. Dieses wollte sich gleich darauf weiter ausbreiten, als Consdorf unwillkürlich grinsend leichte Lachfalten anlegte, sich dann aber im letzten Moment zurückpfiff, um die schöne Gesichtsmaske nicht schon jetzt unwiderruflich zu beschädigen. Einige Minuten danach stellte sich selbst auf den Fingerkuppen des Bodenforschers jenes vertraute, stumpfe, samt-mehlige Gefühl ein, das er bei diesem eher privaten Erkundungsvorhaben nicht unbedingt erwartet hätte.

Als er diese sinnlichen Eindrücke anschließend wirklich verdaut hatte, musste er von ganzem Herzen lachen – wobei die Gesichtsmaske dieses Mal ernsthaft in Mitleidenschaft gezogen wurde. Sodann erinnerte er sich an bestimmte, deutlich zurückliegende Ereignisse seines Werdegangs: Als postpubertierender Panzergrenadier hatte er sich gezwungenermaßen auf ein plumpes, niveauloses Herumferkeln einlassen müssen. Hier, unter dem Dach nun, auf einer bequemen Sonnenliege, durfte er sich als alter Knacker aus freien Stücken in eine Suhle begeben, in der er auf höchstem Niveau ohne Pflicht und Zwang die Sau rauslassen konnte.

Abseits dieser faktischen und biographischen Zuordnungen war sich ein glücklich gestimmter Bodenforscher absolut darüber im Klaren, dass er es hier eindeutig mit Erfahrungen fernab der gewöhnlichen Wirklichkeit zu tun hatte. Bereits seit Jahren hatte er beabsichtigt, zu gegebener Zeit eine tiefe sinnliche Annäherung an seinen hoch verehrten Löss vorzunehmen. Er hatte die Tuchfühlung zu dem mineralischen Flugstaub förmlich herbeigesehnt. Nun schien es ihm im übertragenen Sinne gelungen, in die Tiefe seiner eigenen Bohrlöcher abgetaucht zu sein – er hatte ein bedeutsames Stück Annäherung an die Wirklichkeit seines Heimatraumes wie letztlich auch an die Wirklichkeit des Planeten vorgenommen.

Die körpereigenen Erfahrungen und Glücksgefühle der letzten halben Stunde in überaus lebhaftem Bewusstsein, tauchte in diesem Moment vor seinem inneren Auge urplötzlich die Szenerie eines strengen, kaltzeitlichen Windes auf. Dieser blies die mitgeführten staubigen Lösswolken unablässig den rheinischen Terrassenlandschaften auf – so als wolle er ihnen ein bedeutungsvolles Vermächtnis hinterlassen. Vor dem Hintergrund dieser gedanklichen Kulisse und des anhaltenden Körperkontakts mit einem zwischenzeitlich teils auf der Haut verkrusteten Löss reiften in ihm in den nächsten Sekunden und Minuten einige weitere Erkenntnisse heran: Als Erstes wurde ihm deutlich, dass sich die Bewohner seiner rheinischen Erdgegend in maßgeblichem Umfang von den Feldfrüchten der Lössböden ernähren. Und indem er und sein Kollege in genau diesem Substrat arbeitend und bohrend tätig sind, träfe diese Sachlage für sie im doppelten Sinne zu. Gleichfalls wurde Consdorf in dieser Situation daran erinnert, dass auch er eines Tages möglicherweise in genau diesem samt-mehligen Substrat aufgehen wird; dass er in nicht allzu ferner Zukunft die Mineralien und Spurenelemente, die das Leben seinem Körper anvertraut hat, wird zurückgeben müssen und dass sein Schicksal somit, ob nun in dieser oder jener Weise, aufs engste mit den geologi-

105

schen und erdgeschichtlichen Gegebenheiten seiner Heimat verknüpft ist. Andererseits vergegenwärtigte ihm diese faktische Lage, dass selbst jenes unvermeidbare Schicksal es ihm erlauben werde, an allen möglichen ökologischen Kreisläufen teilzuhaben wie gleichfalls den Bewegungen des Erdplaneten in vollem Umfang treu zu bleiben.

Nach diesen bildhaften Gedankenflügen kehrte Nikolaus Consdorf schließlich in die bizarre Dachbodenatmosphäre seines Wohngebäudes zurück. Die Krustenbildung war zwischenzeitlich abgeschlossen, so dass er nun an seinem ganzen Körper, einschließlich seiner Extremitäten, das überwältigende Gefühl verspürte, von einer schützenden Erdkruste eingepanzert zu sein. Er fühlte sich angenehm eingepackt, umgeben von einer soliden mineralischen Schutzschicht, und konnte sich völlig entspannt dem ruhigen Takt seines Herzschlages hingeben.

Als der Lössbrei letztlich vollständig an seinem Körper getrocknet war, erhob er sich behutsam von der Sonnenliege. Hierbei rieselten bereits unzählige kleinere Lösskrümel wie auch einzelne größere Krustenteile mehr oder weniger geräuschvoll auf die Sonnenliege und die diese unterlagernde blaue Kunststoffplane nieder. Dann stellte er sich breitbeinig auf und rieb und klopfte mit festen Händen Teile des angetrockneten Panzers von seiner Brust. Hierbei produzierte er wie befürchtet eine ansehnliche Staubwolke, die er umgehend – indem er stark hustend die knarrende Dachbodentreppe hinunterhüpfte – hinter sich ließ. Als er Sekunden später in seinem Badezimmer auftauchte und im Vorbeigehen in den mannsgroßen Wandspiegel schaute, stellte er fest, dass er sich zu einem gelbbraunen „Erdmenschen" verwandelt hatte.

EXKURS: Nicht nur in eigener Sache – Das anthropozentrische Weltbild

Die westlichen Konsumkulturen, die auf einem abendländisch-christlichen Fundament gründen, haben sich mit ihren scheinbar grenzenlosen technischen Möglichkeiten und dem ihrerseits angehimmelten Kapital – der biblischen Ethik folgend – die Erde untertan gemacht. Im Mittelpunkt dieser Ethik steht die menschliche Spezies, beiläufig begleitet von einem Erdplaneten, der sich um dieses logistische Zentrum herumzudrehen hat. Die natürlichen globalen Stoffkreisläufe werden seit mehr als zwei Jahrhunderten nachhaltig durch anthropogene Einwirkungen überprägt. Der Glaube an die Allmacht der Technik, an einen technologischen Fortschritt, der als unabwendbar und unaufhaltsam gilt, und an die Potenz des bereits angehäuften wie sich auch künftig ungebremst mehrenden Kapitals ist ungebrochen.

Natürliche Umweltgüter wie saubere Luft, klares Wasser, gesunde Böden und intakte Ökosysteme werden vom westlichen Konsummenschen nicht als begrenzt vorliegende, sondern als unbegrenzt verfügbare, letztlich jederzeit beschaffbare Waren verstanden. Das Gleiche gilt für alle tagtäglich benötigten Lebensmittel und für Rohstoffe jeglicher Art. Der allseitige Warencharakter der Dinge kommt darin zum Ausdruck, dass der Durchschnittskonsument der Ansicht ist, die genannten Güter für immer und ewig, egal in welchen Mengen auch, mit entsprechenden Zahlungsmitteln heranschaffen zu können. Alles ist käuflich, alles hat seinen Preis, alles ist mit Geldmitteln erreichbar. Diesem Denken folgend hat in allen Lebensbereichen eine Ökonomisierung stattgefunden. Auf dieser basieren letztlich auch folgende weitläufig verbreitete Vorstellungs- und Verhaltensmuster: Wird das Wäldchen vor meiner Haustüre, in dem ich bislang gut und gerne spazieren ging, abgeholzt, so setze ich mich in mein Auto und fahre eine andere ortsnahe Waldfläche an. – Ist der Strand meiner Lieblingsinsel in einigen Jahren zugebaut, so wechsele ich auf die Nachbarinsel über, die bekanntlich über noch intakte Strände verfügt. – Ist der Nordatlantik durch den kommerziellen Fischfang leer gefischt, so sind die europäischen Fangflotten an die afrikanischen Küsten zu verlegen, damit sie dort ungestört ihre Netze auswerfen können. – Platzt die Erde eines Tages aus den Nähten, so setzen wir uns in ein Raumschiff und steuern einen anderen bewohnbaren Planeten an.

Denkmuster dieser Qualität liegen dem Handeln des „modernen",
westlich orientierten Menschen zugrunde. In diesem Sinne grast
„Homo consumens" eine Weide nach der anderen ab und reißt
hierbei, vergleichbar einer weidenden Ziege, die Graswurzeln mit
aus dem Boden heraus.

Wie Nikolaus Consdorf in diesem Zusammenhang bemerkt, ist
eine Erkenntnis seines Lebens allerdings die, dass es überhaupt
keinen „modernen Menschen" gibt. Nach wie vor bleibt ihm vollkommen schleierhaft, was „modern" im Kontext eines allzu offensichtlich verschwenderischen und ausbeuterischen Lebensstiles
eigentlich bedeuten soll. „Modern" ist ein abgedroschener, technologischer Begriff, der im Sprachgebrauch allerdings positiv besetzt
ist: Wer sich lautstark „modern" gebärdet, wähnt sich in Siegespo-
se auf der Höhe der Zeit, glaubt, die dunkle Vergangenheit für
immer und ewig abgestreift zu haben, und ist der festen Überzeugung, bereits mit einem Fuß die Türe zur Zukunft spaltbreit aufgedrückt zu haben. Genau diese Pose begleitet die Geschichte allerdings seit weit mehr als zweihundert Jahren und wäre deshalb
besser als „absolut altbacken" denn als „modern" zu bezeichnen.
Viele der Dinge, die als „modern" gelten, verschleiern die Schat-
tenseiten der Konsumkultur, entfremden die Erdbewohner von
ihrem Land und der dort herrschenden ökologischen Vernetzung
wie letztlich auch von dem Erdplaneten als Ganzem.

Der westliche Konsummensch erkennt nicht – und will anscheinend auch nicht erkennen –, welche existenziellen Wirkungen sein
Lebensstil und seine bequemen, ihm lieb gewordenen Gewohnhei-
ten haben. Die hieraus erwachsenen Schädigungen, die eigentlich
ihm und seinem Konsum in Rechnung gestellt werden müssten,
spürt er nicht am eigenen Leib. Sie gehen zumeist auf Kosten
anderer. Es sind andere Menschen – fernab des eigenen Sichtfeldes
und Kulturkreises –, über die in diesem Kontext medial in geeigne-
tem Umfang und vor allem zu bester Sendezeit zu berichten wäre.
Es sind die schwächsten Erdbewohner auf den sonnigen Schatten-
seiten des Planeten: verdurstende und hungernde Afrikaner, die
Bewohner von Bangladesch oder der Malediven, denen in abseh-
barer Zeit das Wasser bis zum Hals stehen wird, oder die in ihrer
Existenz bedrohten Urvölker Südamerikas. Der westliche Otto
Normalverbraucher – und nicht etwa nur seine profitorientierte
Politiker- und Unternehmerkaste – übernimmt diesen Mitmen-
schen gegenüber keine Verantwortung. Lange Zeit hatte sich

Consdorf gefragt, welchem Ungeist diese Verantwortungslosigkeit wohl entspringe.

Die Antwort auf diese Frage mag auf den ersten Blick befremdend wirken, ist auf den zweiten Blick jedoch ziemlich einfach angelegt. Nach diversen Erkundungsjahren stellt sich Consdorf die Lage in etwa folgendermaßen dar: Der westliche Konsummensch lebt in mehrerlei Hinsicht ohne wirklichen Raumbezug. Er lebt nicht bewusst mit dem Land, auf dem sein Haus steht! Er hat mit seinem Lebensraum, mit dem Land im Umfeld des Hauses wie auch mit der Umgebung seines Wohnortes, nur noch wenig zu tun. In der Region, in der er sich niedergelassen hat, hat er keine wirkliche Verwurzelung gefunden. Seine Wahrnehmung, die im Zuge der Evolution primär auf das Erschließen von Nahrungsquellen und auf die Gefahrenabwehr abgestimmt war, findet nicht mehr in einem konkreten geographischen Raum statt! Nur noch in seltenen Fällen bewirtschaftet er ein Stück Land und baut das an, was er zum täglichen Leben benötigt!

Der westliche Mensch bewegt sich in seiner Region auf vorgegebenen Pfaden; zumeist fährt er auf diesen an dem Heimatboden, an den angrenzenden Ackerflächen, den Wiesen, Weiden und Wäldern anteilslos vorbei. Das sich nach wie vor flächenhaft ausbreitende Land, die unbefestigten, nicht versiegelten Flächen zwischen Straßen, Wegen und Schienensträngen, bleiben ihm weitgehend fremd. Durch sein reales Handeln und Wandeln hat er sich von seiner Umgebung entfremdet.

In der Gegenwart stehen die Kulturflächen in keinem bedeutsamen Kontext zu seinem konsumorientierten Lebensstil. In diesem Sinne hat er weder einen körperlichen noch einen emotionalen Bezug zu „seinem Land". Stattdessen verlässt „Homo consumens" in der Urlaubszeit seine städtisch geprägten Wohnareale und reist in ferne Länder. Er ernährt sich über weite Strecken von Lebensmitteln unbekannter, nicht selten fremdländischer Herkunft. Auch die zahllosen Rohstoffe, aus denen seine breit gefächerte Ausrüstung – sein Auto, sein Mobiliar, seine Kleidung und vieles andere mehr – gefertigt ist, werden überwiegend von weit her herangeschafft und entstammen nur selten den Quellen seiner heimatlichen Gefilde.

Die ökologischen Folgen und Schädigungen seines Lebensstils und Handelns finden aus diesem Grunde maßgeblich fernab seines Lebensraumes statt. Deshalb erlebt der westliche Mensch die meisten wie auch schlimmsten Auswirkungen seiner Konsumlust nicht vor seiner Haustüre, nicht vor seinen Augen, nicht in Reichweite seines Erfahrungshorizontes. Zahllose dieser auftretenden Auswirkungen spielen sich fernab in den Hinterhöfen der globalisierten Welt ab.

Ökologische Kosten und ökonomischer Nutzen treten in einer grenzenlos freien Marktwirtschaft mitunter räumlich weit voneinander getrennt auf. Dem Konsummenschen fehlt daher der alles entscheidende Blick darauf, dass ökologische Kreisläufe immer geschlossen sind. Wird ein südamerikanischer Berg zur Rohstoffgewinnung komplett abgetragen, so ist dieses eine Tatsache, die sich fernab seiner sinnlichen Wahrnehmung abspielt. Ebenso hat er keine Vorstellung davon, dass Trinkwasser in Afrika ungenießbar wird, wenn dortiger Boden durch übermäßigen Einsatz von „Pflanzenschutzmitteln" für eine exportorientierte Futtermittelproduktion vergiftet wird. Dem westlichen Konsumenten gehen nach wie vor Verständnis und Einsicht ab, dass jeder Eingriff in das globale System ökologische Ausschläge nach sich zieht.

Wenn ein Trinker im Rheinland beim Wirt seiner Stammkneipe „einen Bierdeckel macht", da er zu wenig Bares in der Tasche trägt, muss er diesen genau dort zu einem späteren Zeitpunkt begleichen. Im Zuge der globalen wirtschaftlichen Vernetzung liegen die Deckel der westlichen Menschen allerdings an den Tresen der Welt herum. Sie fristen dort ein Schattendasein, ohne dass die notorischen Zechpreller ernsthaft zu der Einsicht kämen, einige ihrer offen stehenden Rechnungen noch zu begleichen.

Im Zuge der gegenwärtig medial geführten Klimadebatte, die die hausgemachte Erderwärmung und die globalen Folgen in den Vordergrund rückt, erhält der westliche Konsummensch allerdings eine längst überfällige Lektion. Diesmal bekommt er die Gelegenheit zu erkennen, dass alles mit allem zusammenhängt. Die überfällige Klimalektion vermittelt ihm, dass über das Klima- und Wettergeschehen jeder einzelne Erdort mit allen anderen Punkten in Verbindung steht und dass, diesem Prinzip folgend, alle planetarischen Kreisläufe geschlossen sind.

Der Lebensstil der westlichen Konsumkulturen ist mit an Sicherheit grenzender Wahrscheinlichkeit hauptverantwortlich für den sich abzeichnenden Klimawandel. Vor allem das 200 Jahre lang in Europa und Nordamerika emittierte CO_2 hat das Erdklima aus dem

Gleichgewicht gebracht. In greifbarer Zukunft werden nunmehr auch die privilegiert lebenden Hauptverursacher der Katastrophe die von ihnen in Gang gesetzten Verwüstungen am eigenen Körper zu spüren bekommen.

Und genau mit Blick auf den Klimawandel baut sich vor Consdorfs Augen gelegentlich erneut jener ominöse, überdimensionale Erdhaufen auf, dem er in frühen Kindestagen an Mutters Hand regungslos und staunend gegenübergestanden hatte. Diese Ausgangssituation im Blick, muss er anschließend an das innig geliebte alpine Gebirge denken. Wie er dort zusammen mit Stephan anschaulich beobachten konnte – und wie sie es ja selbst an den eigenen Knochen gespürt hatten –, wird die in Gestalt des Gebirges angehäufte kinetische Energie über die Gesteinsverwitterung und den Geschiebetransport der Wildbäche in Bewegungsenergie überführt. Derartige Bilder und lebhafte Erfahrungen im Hinterkopf fragt sich der Bodenforscher dann schon, in welcher Form und auf welchen Wegen wohl die atmosphärisch „angehäuften" Kohlendioxidmengen in den kommenden Jahren und Jahrzehnten zu Tale gehen werden. Wie diese, physikalisch gesehen, in andere energetische Zustände überführt, wohl ihre verheerenden Wirkungen zeigen werden.

6. Abbitten

Ein erhobener Zeigefinger –
zwei blinzelnde Augen.
Irgendwo dazwischen
möglicherweise ein
weiterer Etappensieg.

Abbitte an eine Strecke

In geradezu unverantwortlicher Weise hat Consdorf einen schwerwiegenden Fehler begangen. In dem Zeitraum der letzten zwanzig Jahre ist er aus familiärem Anlass jährlich mehrfach von seinem Wohnort aus eine ganz bestimmte „Eifelstrecke" rauf und runter gefahren, ohne hinreichend bedacht zu haben, was er alles auf diesem Wege hätte entdecken können und welche Bilder er zwingend hätte einfangen müssen. Bedeutsam ist zudem, dass er während dieser unzähligen Fahrten kaum jemals seinem Gefährt entstiegen ist, ja, die Strecke gewissermaßen kaum eines Schrittes gewürdigt hat. Fest steht demgegenüber allerdings auch, dass er und sein Fahrzeug über die Jahre verteilt auf besagter Route rund 20 000 Fahrkilometer abgearbeitet haben – was immerhin eine Größenordnung darstellt, die annähernd der Hälfte des Äquatorumfangs entspricht.

Seit diese unbestreitbaren Fakten in sein Bewusstsein vorgedrungen waren, hatte er sich an einem verregneten Winterwochenende die Zeit genommen, verschiedene Karten und Bücher zu Rate zu ziehen, um herauszufinden, welche Details ihm auf diesen Kilometern entgangen sind – was er als „Fahrender" eben nicht hatte erfahren können. Da die exakte Beschreibung der Streckenführung den Leser nicht bis ins kleinste Detail hinein interessieren dürfte, hat Consdorf gebeten, diese in Analogie einer Fußnote hintanzustellen („Dort wird sie vermutlich nur derjenige ausgraben, der es auch verdient hat!"). Ob man die Strecke nun selbst gefahren ist, die Beschreibung gelesen hat oder auch nicht, eine Autofahrt durch die sogenannte Nord-Süd-Zone der Eifel vermittelt einen flüchtigen, aber ausdrucksstarken Einblick in die naturräumliche Vielfalt des Eifelgebirges. Die Nord-Süd-Zone zieht sich hierbei in einer Breite von rund 30 Kilometern streifenförmig zwischen Zülpich im Norden und Trier im Süden durch das Gebirge.

Nachdem der Autofahrer das wenig abwechslungsreiche Flachrelief der Köln-Bonner Bucht hinter sich gelassen hat, erlebt er auf der consdorfschen Eifelstrecke, auf einer Länge von rund 60 Kilometern, die Nord-Süd-Zone in einem lebhaften Wechsel zwischen lang gezogenen Geländeanstiegen und -abstiegen. Das Fahrzeug quert hierbei geologische Sättel und Mulden oder folgt diesen Strukturen in ihrem Längsverlauf. Zudem überschreitet es im Bereich des „Schneifel-Gebietes" eine Wasserscheide, bevor es im Tal der oberen Prüm seine Fahrt in Südrichtung fortsetzt. Bei aufmerksamer Betrachtung hätte man somit im Vorbeifahren – quasi aus den Augenwinkeln heraus –verschiedenartige, jeweils charakteristische Landschaftselemente erkennen können. Wenn man denn so will, ist der Fahrer, wie auch sein Fahrzeug, auf einer solchen Tour gezwungen, sich lebhaft der vielfältigen geographischen Raumstruktur zu stellen. Um jedoch bei der vollen Wahrheit zu bleiben: Consdorf hat so manches in der Landschaft nur deshalb gesehen, weil er es – seine Felderfahrungen im Hinterkopf – kennt und deshalb nach unzähligen, wenig nachdenklichen „Vorbeifahrten" quasi erahnen musste. In diesem Sinne weiß er natürlich nur allzu gut, dass man Dinge nur dann „gut sieht" und auch versteht, wenn man sich Zeit zum Innehalten und zum Anhalten nimmt, am besten zu Fuß unterwegs ist, langsam beobachtet und vor allem mit Herz und Verstand bei der Sache ist. Eine Autofahrt mit einer Durchschnittsgeschwindigkeit von zirka 120 Stundenkilometern vermag gerade auch einem Bodenforscher in dieser Hinsicht wenig Neuland zu bieten.

Die unumstößliche Erkenntnis, dass selbst 20 000 Kilometer Autofahrt auf einer bekannten Strecke der Erfahrungsebene nur unbedeutende Spuren anvertrauen, hat Consdorf schließlich veranlasst, für seine Nachlässigkeit angemessen Abbitte zu leisten. Daraufhin hat er sich kurzer Hand entschlossen, seinen Körper nach langen Rastjahren einem anspruchsvollen Fußmarsch zu unterziehen. Da seine Einstellung zum „Kölschen Liedgut" überaus problembehaftet, wenn nicht gar ablehnend ist, hat er es mit Blick auf den Marsch von Anfang an abgelehnt, in Analogie zum Lied: „Ich möcht' zu Fuß nach Kölle jon …" eine Strecke zu wählen, die die Domstadt als Zielpunkt sieht. Vielmehr sah er sich gezwungen, seinem heimatlichen Wohnort wortwörtlich den Rücken zu kehren und zielstrebig in nordnordwestlicher Richtung loszulaufen. Der lokalpatriotische Kölner möge es ihm großmütig verzeihen, aber an dem Morgen eines freundlichen Sommertages hat sich Nikolaus Consdorf freiwillig auf den Fußweg von Köln nach Düsseldorf gemacht.

Im Vorfeld dieses anstehenden Ereignisses hatte er noch zaghaft versucht – ja er wollte nur leise am Lack der Türe kratzen, keineswegs jedoch unsanft mit ihr ins Haus fallen –, den Kollegen im Sinne gemeinsamer Erfahrungen und Verbindlichkeiten zu bewegen, den geplanten Weg als Team anzutreten. Doch dieser hielt ihm genau zwei unmissverständliche Antworten entgegen. Zunächst jedoch machte sich bei diesem in der Mundgegend ein unverschämt dienstfreundliches Grinsen breit, und dann folgten unvermittelt und in ruhigem Ton die Worte: „Wenn du wieder in der Domstadt eingelaufen bist, dann wirst du dringend jemanden mit einem klaren Kopf brauchen! Und glaube mir, der sollte dann besser nicht selbst gelaufen sein!" Mit diesem fragwürdigen, vorauseilenden Altruismus hatte sich Stephan natürlich meisterhaft aus der Affäre gezogen.

Auf seinem Marsch hat der Bodenforscher dann in etwas mehr als sieben Stunden, inklusive einiger kleiner, unvorhersehbarer Umwege und Verschnaufpausen, eine Distanz von zirka 37 Kilometern zurückgelegt. Bei seinem Vorhaben ging es Consdorf von Anfang an nicht darum, einen schönen Weg zu laufen oder gar verborgen geglaubte Reize aufzuspüren, vielmehr wollte er schlichtweg in Erfahrung bringen, wie sich eine derart lange Strecke am eigenen Körper anfühlt. Er wollte wissen, welche Signale der Marsch seinem Körper, seinem Geist und für künftige Erkundungsvorhaben seinem Gedächtnis übermittelt. Die alte Bundesstraße 9 von Köln nach Neuss, die im Übrigen den Verlauf einer alten Römerstraße nachzeichnet, stellte für ihn in dieser Hinsicht eine geradezu ideale Teststrecke dar.

Was allerdings besagtes Anfühlen angeht, so hatte sich Consdorf bei seinem Laufvorhaben von Anfang an einen schweren Fehltritt erlaubt. Er hatte sich im Schuhwerk vergriffen und war dem Asphalt des straßenbegleitenden Fuß-/Radweges mit zu harter Sohle aufgelaufen. Dieses war eine wesentliche Erkenntnis, die sich im Verlauf des Marsches anhand einiger, sich nacheinander einschleichender Wehwehchen wie auch in der Muskulatur selbst mehr und mehr erhärtete. Anfangs wähnte er sich mit gummiartigem Gebein höchster Elastizität und unverwüstlicher Spannkraft ausgestattet – jeder Schritt wurde sanft abgefedert und leitete geschmeidig zum nächsten über –, dann aber nötigten ihm Verschleiß und Müdigkeit eine Gangart auf, die mehr und mehr von Sprödigkeit und Holprigkeit gezeichnet war.

Nach etwa zehn stramm geführten Marschkilometern, östlich des Worringer Bruchs, meldeten sich seine Gesäßbacken vorwitzig zu Wort. Deren Muskulatur sah sich offenbar seit langer Zeit ernsthaft herausgefordert. Fünf Kilometer später, hinter dem Dormagener Industriehafen, nachdem der Bodenforscher bereits drei Stunden auf den Beinen war, stellte sich in beiden Hüftgelenken ein ungutes Gefühl ein. Nach einer weiteren Stunde waren nördlich von Dormagen bereits über 20 Kilometer Strecke abgearbeitet. Nun taten beide Füße anhaltend weh. Nach knapp fünf Stunden Laufzeit, etwa auf Höhe des Zinkhüttenweges am Silbersee, traten während des 24. Marschkilometers Schmerzen am Außenknöchel des rechten Fußes hinzu. Diese veranlassten Consdorf, seine soliden Wanderschuhe gegen die im Rucksack mitgeführten, wesentlich leichteren Laufschuhe einzutauschen. Die Schwachstellen, die der Bewegungsapparat während der bisherigen Aktion aufgezeigt hatte, begleiteten seinen Gebieter fortan auf den restlichen 13 Kilometern. Nach einem sechsstündigen Marsch hatte er gute 31 Kilometer zurückgelegt und betrat um 12.13 Uhr die ihm wohl vertraute Fleher Rheinbrücke. Er setzte seinen Fuß auf genau jenes Bauwerk, das er vor mehr als zwanzig Jahren bei seinen Probenahmen mit seiner schwer beladenen „Gazelle" befahren hatte. Ziemlich genau eine Stunde später, nachdem er die Rheinquerung gut überstanden hatte, saß er fußleidend, aber gut gelaunt im Garten eines Freundes, im rechtsrheinischen Düsseldorf-Wersten. Nach einer halbstündigen Verschnaufpause, die er sitzend, mit hochgelegten Beinen, auf einem wackeligen Klappstuhl verbrachte, trat er von dort aus sein letztes Wegstück in Richtung der elterlichen Wohnung an.

Lässt Consdorf seinen Marsch in Eindrücken und Bildern Revue passieren, so springt ihm ins Auge, dass die rund 37 Streckenkilometer eng mit seiner körperlichen Befindlichkeit verknüpft sind. Für alle Zeiten weiß er nun, was eine Distanz dieser ansehnlichen Länge dem Körper abverlangt. Zudem ist ihm nun klar, dass er mit einer durchschnittlichen Laufgeschwindigkeit von etwa fünf Kilometern pro Stunde vermutlich dem sehr nahe kommt, was auch andere Normalsterbliche in dieser Zeit zu realisieren vermögen. Besonders bemerkenswert und erkenntnisreich erscheint ihm jedoch die Tatsache, dass er während seines Marsches kein zeitliches Problem hatte bzw. eigentlich überhaupt kein Zeitgefühl verspürte. Auch stellte sich ihm weder das Verlangen ein, sich beeilen zu müssen, noch hatte er irgendwelche Bedenken, er würde das ins Auge gefasste Ziel verfehlen. Vielmehr begleitete ihn anhaltend das beruhigende Gefühl, in genau dem richtigen Tempo unterwegs zu sein. Vermutlich ist diese Empfindung maßgeblich seinem fortgeschrittenen Alter zuzuschreiben. Weiß man doch, wenn man mit ziemlicher Sicherheit den Zenit des Lebens überschritten hat – sich mit Blick auf das unvermeidbare Finale bereits auf Schussfahrt befindet –, wie wenig lohnend es ist, sich abzuhetzen, und wie schnell ein Zeitraum in der Größenordnung von sechs bis acht Stunden überbrückt ist.

Als Consdorf wenige Tage später seinem Kollegen von dem „kleinen Ausflug" und den dabei gesammelten Impressionen berichtete, nahm dieser, während er aufmerksam zuhörte, einen Bleistift und ein Stück Papier zur Hand und begann beiläufig auf Letzterem herumzukritzeln. Gegen Ende der consdorfschen Ausführungen hatte er dann einige mathematische Gleichungen auf das Papier gebracht und kommentierte dessen Bericht ausführlich mit folgenden Worten:

„Möglicherweise ist etwas faul an der physikalischen Geschwindigkeitsgleichung! Du erinnerst dich: $v = s/t$!
Wenn du die Gleichung nun nach s – also der Strecke bzw. dem Weg – oder nach t – also der Zeit – auflöst, erhältst du die beiden Gleichungen:
$s = v \times t$ und $t = s/v$!
Und dann überleg noch einmal genau, was du auf deinem Marsch, wie im Übrigen aber auch die zurückliegenden Jahre mit meiner Wenigkeit bei unseren Raumerkundungen, erlebt hast!"

Er deutete mit dem Stift auf die erste umgestellte Gleichung ($s = v \times t$) und fuhr fort: „Für mich stellt sich die Lage folgendermaßen dar: Je größer eine Bewegungsgeschwindigkeit ist, desto schneller kann man zwar große Distanzen überbrücken, desto geringer ist allerdings auch die sinnliche Wahrnehmung! Je geringer eine Bewegungsgeschwindigkeit ist, desto größer ist demgegenüber die sinnliche Wahrnehmung! Wenn du mit einer sehr hohen Geschwindigkeit unterwegs bist, geht deine sinnliche Wahrnehmung in Richtung Null! Man könnte auch sagen, du bist in diesem Fall dabei, dich von einem Teil deiner eigenen Natur zu verabschieden!" Stephan legte eine kleine Denkpause ein, blickte Consdorf mit aufgerissenen Augen und runzeliger Stirn kollegial an und tippte anschließend mit der Bleistiftspitze mehrfach leise auf die zweite Gleichung ($t = s/v$). Dann holte er zu einem weiteren Schlag aus: „Je geringer eine Bewegungsgeschwindigkeit ist, desto langsamer und vor allem auch angenehmer vergeht die Zeit! Je größer eine Bewegungsgeschwindigkeit ist, desto mehr erscheint es mir, als würde die Zeit selbst niedergemacht! So wie die Geschwindigkeit scheinbar den Raum klein macht, so macht sie in jedem Fall auch die gefühlte Zeit kaputt!"

Mit Blick auf den vor ihm breit sitzenden Kollegen sagte Consdorf dann: „Wobei, wenn du dich gar nicht mehr bewegst – quasi nur noch hinter deinem Schreibtisch in ‚Käfighaltung' hockst –, scheint die Zeit wie in einem schwarzen Loch zu verschwinden."

„Das stimmt! Rein mathematisch betrachtet habe ich mit meinen Gleichungen jedenfalls dann ein Problem, wenn ich durch Null dividieren soll – also, wenn ich bei $t = s/v$ keine Geschwindigkeit habe", ergänzte Stephan.

Was die Raumqualitäten der Marschroute betrifft, ist Consdorf vor allem ein permanentes, lautstarkes und nur selten durch kurze Ruheintervalle unterbrochenes Rauschen und Dröhnen in Erinnerung geblieben. Die Intensität dieser anhaltenden Beschallung überstieg annähernd das, was das Auge an Eindrücken mitnehmen konnte.

Die Wahrnehmung der Landschaft betreffend, bleibt für ihn festzuhalten, dass er von seinem Startpunkt in Köln aus zunächst rund 8,5 Kilometer laufen musste, um einen zarten Hauch des Gefühls zu bekommen, er sei auf dem Lande unterwegs. Erst nachdem er diese ansehnliche Distanz überbrückt hatte, traten beiderseits der Bundesstraße 9, zwischen Fühlingen und Worringen, weiträumig Ackerflächen auf. Erst als sich der Bodenforscher dort unterwegs sah, rief er lautstark aus: „Endlich bin ich draußen, endlich Land in Sicht, Gott sei Dank habe ich den großstädtischen Moloch hinter mir gelassen!" Einige Kilometer später jedoch tauchten neben den Agrarflächen erneut verschiedene Aspekte der rheinischen Industrielandschaft auf, die der viel zu kurzen ästhetischen Verschnaufpause ein jähes Ende setzten. Hier waren es das Bayerwerk in Dormagen mit dem benachbarten Industriehafen und das mächtige Werksgelände der Aluminiumhütte in Neuss-Norf, dem – wie zuvor berichtet – in der consdorfschen Vergangenheit eine zentrale Bedeutung zukommt. Diese industriellen Großanlagen wechselten sich im Verlauf der zweiten Streckenhälfte mit verschiedenartigen größeren und kleineren Gewerbeflächen ab.

Was die Streckenqualität einer Landstraße wie der Bundesstraße 9 angeht, so ist es durchaus bemerkenswert, dass sie abschnittsweise nicht als Wegführung für Fußgänger geeignet ist. Die alte Landstraße bleibt stellenweise dem motorisierten Straßenverkehr vorbehalten. Beginnend am südöstlichen Ortseingang von Dormagen bis nördlich der Ortslage setzt der straßenbegleitende Rad-/Fußweg unvermittelt aus. Für diesen Abschnitt musste Consdorf seinen inneren Kompass anstellen, zunächst im Zickzackkurs eine adäquate Wegeverbindung durch den bebauten Ort aufspüren und im Folgenden ein beträchtliches Stück querfeldein über holprige Feldwege und Äcker laufen, bevor er wieder seinem alten Pfad, der Bundesstraße 9, folgen konnte.

Als Nikolaus Consdorf schließlich gegen Mittag die Fleher Rheinbrücke erreicht hatte, war er zwar noch nicht „per pedes" in Düsseldorf angekommen, hatte aber mental gesehen bereits sein Ziel erreicht. Von der Fleher Rheinbrücke aus, die man ansonsten eher mit dem Pkw auf der Autobahnspur quert, bekommt der Fußgänger einen ausgezeichneten Südblick in die rheinische Auenlandschaft des Üdesheimer Rheinbogens – jenem rheinischen Landschaftstypus, der sich zwischen Köln und Düsseldorf in mehreren eindrucksvollen Rheinbögen zeigt und der für Consdorf und Stephan von Mal zu Mal als „Untersuchungsgebiet" herhält. Und so war sich Consdorf bei diesem Halt auf der Rheinbrücke, nach einem langen Marsch vollkommen sicher, spätestens mit diesem Tage eine starke räumliche Verbindung zwischen zwei höchst gegensätzlichen Polen – zwischen Köln und Düsseldorf – hergestellt zu haben. Seither sieht er sich zu der Einsicht geführt, dass er derart verschiedene zurückliegende Ereignisse und Erinnerungen in geradezu geeigneter Weise miteinander verknüpft hat. Oder sollte diese Bindung etwa intuitiv einer ohnehin angelegten Linie gefolgt sein?

Abbitte an die Zeit

„Wenn wir beide doch angeblich in einem Boot sitzen, dann sollten wir dieses auch wenigstens einmal gemeinsam zu Wasser lassen", hatte Consdorf wenige Wochen nach seinem „Abbitte-Marsch" dem Kollegen gegenüber verlautbart. Diesem Statement fügte er außerdem hinzu: „Sprüche und Metaphern führen uns nicht ans Ziel. Ich denke, wir sollten ein weiteres Mal mit Körper und Sinnen die Erfahrungsebene betreten und zunächst allen möglichen Kopfballast beiseite stellen. Da du dich bei ‚meinem Marsch' geschickt aus der Affäre gezogen hast – ihn somit nicht zu ‚deinem Ding' machen wolltest –, bist du nun allerdings mehr als überfällig, an handfesten Bewegungen und Erkundungen teilzuhaben!"

„Vielleicht hast du ja recht? Zumal sich ein derartiges Vorhaben vermutlich ohne größeren Aufwand als kleinerer Betriebsausflug auslegen und tarnen ließe. Ein, zwei Tage auf einem kleineren Flüsschen zu paddeln, das wäre schon eine abwechslungsvolle Angelegenheit – halt mal etwas ganz anderes als unser landläufiges Bodengeschäft", meinte Stephan. „Und um nochmals auf ‚deinen Abbitte-Marsch' zurückzukommen: Ein Paddeltourchen böte sicherlich die passende Gelegenheit, dem Faktor Zeit – was auch immer im Einzelnen damit gemeint sein könnte – eingehender nachzuspüren und möglicherweise ein kleines Stück auf die Schliche zu kommen. – Du erinnerst dich? Bei unseren Überlegungen und Folgerungen zu der Geschwindigkeitsgleichung ($v = s/t$) hab' ich natürlich keinerlei Probleme damit gehabt, mir etwas Räumliches oder gar eine Strecke vorzustellen, denn die räumliche Dimension fühle ich ja buchstäblich tagtäglich unter meinen Füßen; auch sind mir verschiedene Geschwindigkeiten mehr als vertraut. Bei diversen Erkundungen bin ich entweder gegangen oder gelaufen, bin Fahrrad gefahren oder habe mich von einem schnelleren Fahrzeug durch die Landschaft tragen lassen. Aber bei dem, was ‚Zeit' eigentlich ist oder vielleicht sein soll, muss ich ehrlich gesagt passen! So richtig will mir nicht in den Sinn, was Zeit ist; ich wüsste jedenfalls auch nicht, in welchen. Und je länger ich über die Zeit nachdenke, desto größer wird einerseits meine Verwirrung und desto weniger bedeutsam andererseits das, was bislang für mich als sichere Erkenntnis galt."

„Ich bin mir sicher, eine Kanutour oder auch ein Segeltörn könnte uns bei der Klärung der Zeit-Phänomene weiterhelfen", sagte Consdorf und ergänzte nach einer Weile mit ernstvollem Gesichtsausdruck: „Wir müssen uns eben einem Medium anvertrauen, in dem wir uns treiben lassen können – was uns aufnimmt und von einem Punkt A nach B trägt. Theoretisch käme auch ein Gleitschirmflug oder das gleiche Manöver mit einem Flugdrachen in Frage; aber ich glaube, so hoch hinaus sollten wir zunächst gar nicht abheben. Das Element Wasser, irgendwo lieblich fließend in eine ruhige Mittelgebirgslandschaft eingebettet, das wäre für den Anfang genau das Richtige."

Mehrere Monate später gelang es beiden tatsächlich, besagten Schritt anzutreten und die verbalen Trockenübungen in die nasse Phase zu verlegen.

An einem diesigen Augusttag mieteten sie sich ein Kanu und vertrauten dieses unweit von Wetzlar dem Wasser der Lahn an. Etwa eine Minute später, nachdem sie ihre gealterten Knochen ungeschickt und wankend in das Boot hineingehievt hatten, saßen sie auch schon auf den quer montierten Sitzbrettern und stocherten mit jeweils einem Holzpaddel bewaffnet wild in dem halbtrüben Flusswasser herum. Nach rund einhundert Metern Strecke fanden sie einen passablen Rhythmus und das Kanu nahm im gleichen Zuge eine gleichförmige Bewegung an. Was sie nun während ihrer Bootsfahrt erleben durften, war tatsächlich jene abwechslungsvolle Angelegenheit, die Stephan Monate zuvor kurz und bündig mit „mal etwas ganz anderes" umrissen hatte. Dieses verheißungsvolle andere bestand einerseits in dem, was der Fluss links und rechts seiner Ufer wie auch in und auf dem Wasser selbst zu zeigen hatte, und andererseits in dem, was Consdorf und Stephan mit Blick auf besagte Zeitphänomene am eigenen Körper erfahren durften: Da gab es zunächst den einen oder anderen Graureiher, der in langsamem Flug, mit eingeknicktem Hals, über ihren Köpfen hinweg den Gewässerlauf querte oder aber vom nahen Ufer aus, vor einem Dickicht aus Schilf- und Rohrkolben sowie verschiedenartigen Riedgräsern, mit kräftigem Flügelschlag schwerfällig aufstieg, um dem herannahenden Boot – und der damit vermeintlich aufziehenden Gefahr – im letzten Moment zu entkommen. Da tauchten rudelweise schwimmende Entenfamilien und einzelne Höckerschwäne auf, die sich in sicherer Entfernung unbeeindruckt von dem ziehenden Kanu zeigten.

In einem der seichteren, schmalen Gewässerableitungen, welche in spitzem Winkel vom Hauptstrom des Flusses abzweigen und derart zu einer der zahlreichen Lahnschleusen führen, die demzufolge mit äußerst geringer Fließgeschwindigkeit aufwarten und in ihrem flachen Wasser mit untergetauchten Laichkräutern sowie auf dem Wasser selbst – links und rechts der engen Fahrrinne – teppichartig entwickelte Schwimmblatt-Gesellschaften aus weißen See- und gelben Teichrosen aufweisen, zeigte sich plötzlich jener bemerkenswert freche Haubentaucher. Dieser kleine Geselle tauchte minutenlang, in regelmäßigem Takt, vier bis fünf Meter vor dem Kiel des fahrenden Kanus auf und ab, ohne sich irritieren zu lassen, geschweige denn von seinem Jagdvorhaben abzulassen.

Einen besonders farbenfrohen Akzent setzten in den verengten Lahnabschnitten die dort zahlreichen Eisvögel. Da diese engen und somit stärker durchströmten Gewässerabschnitte an den Ufern vor allem mit dichtem, silbrig glänzendem Weidengebüsch bestockt sind, werden deren überhängende Äste von den Eisvögeln als Ansitzwarte genutzt. Ein ruhig nahendes, ob nun beinahe gleitendes oder auch leicht beschleunigt ziehendes Boot versetzt diese bereits auf einer Dreißig-Meter-Distanz in Unruhe, so dass die Flusspartien den beiden Kanuten vor allem durch ein aufflatterndes, blaues Leuchten in Erinnerung geblieben sind. Zu gerne hätten die beiden wenigstens einmal einen dieser auffallend schönen, orangeblauen Eisvögel aus nächster Nähe betrachtet. Wenn sie jedoch ihre Aufmerksamkeit erneut dem Geschehen im Wasser widmeten, mit ihren Blicken somit irgendwo unweit des ein- oder austauchenden Paddels verharrten, dann bekamen sie natürlich auch den einen oder anderen Fischschwarm zu Gesicht, der offensichtlich anderen Zielvorgaben zu folgen dachte als ihr Kanu.

Doch womit hatten sie es während ihrer Bootsfahrt eigentlich zu tun? Was passierte mit ihnen hier auf dem Gewässer – zumal vor dem Hintergrund ihrer bisherigen, maßgeblich landläufig orientierten Erkundungen? Waren sie ansonsten eher per pedes links und rechts von Flüssen oder Bächen unterwegs – und das in der Regel in deutlicher Entfernung der Ufer –, so hatten sie es hier, an einem Flusslauf wie dem der Lahn, mit besonders struktur- und artenreichen Biotopen zu tun. Vor allem die ungewohnten faunistischen Aspekte konnten hier gar nicht anders, als ihnen lebhaft ins Auge zu springen.

Aber was bedeutete die „Bewegungsform Kanufahrt" mit den ihr eigenen Geschwindigkeiten für sie? Mal hatten sie beide Paddel aus dem Wasser genommen, um sich in aller Ruhe in der Mitte des Flusses von dessen Kraft und Geschwindigkeit treiben zu lassen, das nächste Mal hatten sie genau dort mit ganzem Körpereinsatz wie die Wilden drauflos gepaddelt, um festzustellen, welche Höchstgeschwindigkeit sie zu realisieren im Stande wären. Ein weiterer Erkundungsschritt bestand darin, sich mit deutlicher Mühe und Anstrengung einen flussaufwärts gerichteten Streckenabschnitt zu erkämpfen. Schließlich wollten sie in Erfahrung bringen, welchen Kraftaufwand die Bergfahrt erfordert bzw. ob diese mit einem Zweimannboot bei stellenweise beachtlicher Fließgeschwindigkeit überhaupt noch möglich sei. Daneben gab es die besagten schmalen Ableitungen zu den Schleusen, die in langem Bogen um meterhohe Wehre des Hauptstroms herumführten. Diesen tributären Gewässerabschnitten waren vollkommen andersartige Abfluss- und Geschwindigkeitsverhältnisse eigen. Hier herrschten abschnittsweise Bedingungen vor, die eher an ein stehendes Gewässer denn an einen Flusslauf erinnerten. Hier vermochten sie selbst mit wenigen ruhigen Paddelschlägen Fahrt aufzunehmen.

An der zweiten oder dritten Schleuse passierte das, was Consdorf im Vorfeld des Ausfluges befürchtet hatte. Jenes Unterschwellige, was während der Paddelarbeit tatsächlich als unnötiger Kopfballast ruhiggestellt schien, drängte nun deutlich spürbar danach, sich zu Wort zu melden. Mit Blick auf die anstehende Schleusung waren parallel dazu zunächst einige Aktivitäten und Handgriffe angesagt.

„Der Lotse geht von Bord", sagte Stephan, wies Consdorf mit einer deutenden Armbewegung an, das Boot an dem Eisenring der Anlegestelle festzuhalten, erhob sich langsam von seinem Sitzbrett, nahm für Sekunden eine unbequeme Hockstellung ein und setzte auch schon sein erstes Bein rechtwinklig auf die Betonplatte der Anlegestelle. Dann zog er sein zweites Bein ans Ufer, indem er dem Kanuboden einen Tritt versetzte, seiner Bewegung somit den nötigen Schwung verlieh und den Kollegen derart in einem kurzzeitig auf- und abwankenden Boot zurückließ. Danach machte er sich mit beherztem Schritt auf den Weg zum Schleusenobertor. Er blickte in alle möglichen Richtungen und erschien schließlich auf der Krone der verschlossenen Pforte, welche durch begehbare Stahlplanken und beidseitig montierte Geländer, quasi in Form einer kleinen Brücke, errichtet war. Als „der Lotse" – wie es Stephan selbst gesagt hatte – in etwa die Mitte des verschlossenen Schleusentores erreicht hatte, wandte er sich seinem Kollegen in dem Boot zu, stützte sich leger mit den Unterarmen auf den Handlauf des Geländers und bemühte beiläufig seine spezielle Mimik: „Da haben wir es aber mit feinen Geschwindigkeiten zu tun gehabt", sprach er langsam und lang gezogen von seiner erhöhten Position aus, „mit verschiedenen Geschwindigkeiten, wo jedes Mal auch irgendwie die Zeit tief drinnen steckte."

„Ja genau, mit Bewegungen, Geschwindigkeiten und Beschleunigungen, bei denen jeweils eine ganz besondere Qualität von Zeit Bedeutung hatte. Die hatte gefühlt aber nur wenig mit gemessener Zeit, mit tickenden Weckern und Uhren sowie digital aufleuchtenden Zeitmessern zu tun", antwortete Consdorf. „Bevor meine beiden Ringfinger allerdings unnötig in die Länge gezogen werden, wäre ich dir sehr dankbar, wenn du an deinem Geländer mit den beiden wunderschön glänzenden Metallrädern den Wasserstand in der Schleusenkammer anpassen könntest und danach das Schleusentor öffnen würdest", fügte er hinzu.

„Ist ja schon gut", kam es von oben her zurück, und Stephan setzte sich und die besagten Metallräder nacheinander in Bewegung. Nachdem er dieses bewerkstelligt hatte, verließ er Minuten später das Tor und begab sich zu der windenartigen Drehvorrichtung, die wenige Meter von der Schleusenkammer entfernt auf sicherem Ufer stand. Hier machte er sich sodann mit kräftigem Körpereinsatz an den langen Hebeln der Vorrichtung zu schaffen. Langsam öffnete sich das Schleusenobertor, und gleich darauf manövrierte Consdorf das Kanu vorsichtig in die geöffnete Schleusenkammer hinein. Dort steuerte er eine seitlich befestigte Stahlleiter an und hielt sich mit der Hand an einer der Sprossen fest. Währenddessen war der Kollege damit beschäftigt, das geöffnete Schleusentor wieder zu verschließen.

„Nun werd' ich dir mal den Saft abdrehen", gab Stephan dem erneut festsitzenden Consdorf aus der Distanz zu verstehen, „alles, was sich an Energie, an gespeicherter Arbeit, an Geschwindigkeit und eben auch an Zeit in der Schleusenkammer angesammelt hat, werd' ich ablassen!" Anschließend begab er sich auf den Weg zum Schleusenuntertor. Mit klappernden Schritten betrat er die Planken auf der Kopfseite des Tores und betätigte nacheinander die beiden Metallräder zum Ablassen des Schleusenwassers.

Nun setzte unvermittelt ein deutlich vernehmbares Rauschen, Schlürfen und Plätschern des ablaufenden Schleusenwassers ein, welches für den „Bootshalter" mit einem unruhigen Absinken des Bootes einherging. Dieses erforderte, dass er nacheinander die tiefer angebrachten, unangenehm glitschigen Leitersprossen ergriff. Bei diesem Senkvorgang in der Schleusenkammer stieg es Consdorf langsam in den Kopf, dass eine Schleuse mitunter auch als „Abstiegsbauwerk" bezeichnet wird.

Nachdem Stephan ihn beinahe auf Grund gesetzt hatte, schickte er sich nun an, ein weiteres Mal seinen Arbeitsplatz zu wechseln. Auf dem Wege zur Drehwinde für das Schleusenuntertor legte er einen Umweg ein, ging mehrere Meter am Rande der Schleusenkammer entlang und machte auf Höhe des „abgetauchten Kollegen" halt. Dort nahm er eine Hockstellung ein und richtete mit Blick nach unten folgende Worte an Nikolaus Consdorf: „Na, da hockst du jetzt unten wie eine Maus in der Falle. Keine Bewegung, keine Geschwindigkeit und auch keine Zeit – also alles irgendwie zeitlos! Das, was in dem Schleusenbecken an Zeit aufgestaut war, habe ich ablaufen lassen! Wie fühlt man sich denn in diesem außergewöhnlichen Zustand?"
„Das ist wohl eine recht schwierige Frage", antwortete Consdorf. „Ich kann dir jedenfalls nicht genau sagen, ob ich mich jetzt zeitlos fühle oder ob ich vielmehr das Gefühl habe, die Zeit würde nur vorübergehend stillstehen. In den Tschernobyl-Tagen von 1986, da glaubte ich allerdings felsenfest daran, die Zeit würde für Tage eine Auszeit nehmen. Aber vielleicht hat es ja bei allem, was es mit der Zeit zu tun hat, genau mit diesen Tagen eine besondere Bewandtnis?"
„Wie soll ich denn das verstehen?", fragte Stephan.
Nun sah sich Consdorf doch genötigt, weitere Minuten krampfhaft in seiner abgesenkten Sitzposition auszuharren und mit gehobenem Haupt verbal weiter auszuholen. Er wechselte an den Leitersprossen nochmals von einer Hand zur anderen und sagte dann: „Im Prinzip kannst du an der Erdoberfläche bestimmte ‚Erdzeiten' feststellen. Die Drehung der Erde um die Sonne im Zusammenspiel mit der Schiefe der Erdrotationsachse lässt in unseren Breiten die Jahreszeiten entstehen. Die Drehung der Erde um ihre eigene Achse lässt parallel dazu die Tage entstehen. Diese beiden ‚Erdzeiten' sind unbestreitbare Tatsachen. Und vergleichbar diesen weitläufig bekannten, naturgegebenen Bewegungen und Zeitfor-

men haben wir es bei unserer Bootstour gleichermaßen mit einer natürlichen Bewegung und einer ihr eigenen Zeitform zu tun. Indem wir uns in der Mitte der Lahn ohne zu paddeln von dem Flusswasser tragen lassen, geben wir uns bedingungslos diesem zeitlichen Bezugssystem hin. Dann sind wir vollkommen ‚in der Zeit des Flusses' oder, wie du in diesem Fall vermutlich sagen würdest, wir seien ‚absolutely in time'! Ähnlich erginge es uns, wenn wir auf einem Gleitschirmflug unterwegs wären und uns vom Wind und der Thermik tragen ließen. Ich meine jedenfalls, dieses ‚absolutely-in time-Gefühl' sei die höchste Form jeglichen zeitlichen Genusses und deshalb in jedem Falle unbedingt erstrebenswert."

„Aber bei diesen Erddrehungen haben wir es nachweislich mit Kreisbewegungen zu tun, während die Bewegung eines Fließgewässers doch eher eine lineare Angelegenheit ist – oder etwa nicht?", fragte Stephan, wobei er einen Fächer runzeliger Stirnfalten anlegte.

„Dann überleg doch mal genauer", meinte Consdorf. „Ein Fluss wie die Lahn mag zwar auf den ersten Blick einen rein linearen Charakter aufweisen, wenn man an die Quelle, die durchflossene Fließstrecke und die Mündung denkt; in Wirklichkeit funktioniert das Flusssystem jedoch nur deshalb, weil der hydrologische Kreislauf die Dinge fortwährend in Bewegung hält. Im Einzugsgebiet des Flusses müssen dicke Regenwolken aufziehen, die zu Niederschlägen führen und die nachfolgend auf den Landoberflächen unterschiedliche Formen von Abfluss annehmen. Und dieser landet schließlich auf verschiedenartigen Wegen und Umwegen in dem Fließgewässer selbst. Glaub es mir, Kollege, die Lahn fließt immer, sie ist kein ‚Perpetuum mobile', und sie wird ausschließlich vom Wasserkreislauf und von den Gefälleverhältnissen in ihrem Gewässerbett angetrieben."

Hierzu ergänzte Stephan: „Du meinst also, weil wir es hier mit einem erdgebundenen Kreislaufsystem zu tun haben, würde in diesem wiederum besagte ‚Erdzeit' drinstecken. Die eben auch im Falle eines Flusses keinen linearen Charakter haben kann, sondern aufgrund der zyklischen, meinetwegen auch jahreszeitlichen Wiederkehr bestimmter Abflussereignisse eher eine kreisförmige Gestalt bzw. eine Kreislaufform besitzt."

„Richtig!", antwortete Consdorf, und dieses eine Wort hallte laut vernehmbar in der entleerten Schleusenkammer nach. „Auf der Erdoberfläche wie auch in dem Erdkörper selbst steckt die

‚Erdzeit' in allen möglichen Bewegungsvorgängen – und diese laufen immer in Kreisform oder aber in Form eines Kreislaufes ab. Denk doch mal an die Meeresströmungen, an die Regulationsmechanismen und Rückkopplungen in diversen Ökosystemen oder an den geologischen Kreislauf der Gesteine. Die in unserer Zeit omnipotente Linearität funktioniert nur dort, wo vom Raum abstrahiert wird, und dieses findet ausschließlich in den Köpfen der Menschen statt. In einem globalen System, das auf allen möglichen Ebenen nach dem Kreislaufschema abläuft, kann man bestimmten Fragestellungen und Problemen eben nicht mit linearem Denken oder linearen Zeitvorgaben begegnen!"

„Dann lass uns doch bitte unsere Bootsfahrt fortsetzen und damit wie gehabt eine Abbitte an die Zeit leisten!", sagte Stephan. „Wir werden uns dabei auch weiterhin von keinen äußeren Uhren drängen und hetzen lassen, sondern vielmehr auf unsere eigene innere Uhr hören. Und genau Letzteres hast du vermutlich gerade vergessen zu erwähnen: Auch unser menschlicher Körper trägt diese ‚Erdzeit' in sich. Da gibt es alle möglichen Kreisläufe und Regulationsmechanismen, die den Körper, den Geist und die Psyche in Bewegung halten, und da steckt jedes Mal auch eine ganz spezifische Form von Zeit drinnen; auch wenn diese mit dem Tode einerseits in andere erdgebundene Stoffkreisläufe übergeht und andererseits in den Kindern und Kindeskindern weiterlebt."

Nach diesen Worten ging Stephan aus der Hocke hoch und nahm seinen Weg in Richtung der Winde wieder auf. Als sich das Schleusenuntertor langsam öffnete und schließlich spaltbreit einen Blick auf das Unterwasser freigab, stellte Consdorf fest, dass der Kollege den Wasserstand in der Schleusenkammer bereits ein gutes Stück auf das Niveau des Unterwassers eingestellt hatte. Umgehend strömte weiteres Wasser aus der Schleuse nach vorne, was nach wenigen Sekunden einen Abbau des Wasserspiegelgefälles nach sich zog. Nachdem Stephan das Schleusentor weit genug geöffnet hatte, konnte Consdorf endlich seine Hand von der glitschigen Leitersprosse nehmen. Er ergriff sein Paddel und setzte das Kanu mit wenigen kurzen Schlägen in Richtung der Toröffnung in Bewegung. Als er ruhig an dem Kollegen vorbeifuhr, sagte er zu diesem: „Erledige deinen Job als Schließer, komme meinetwegen wieder als Lotse an Bord und dann lass uns nochmals über die ‚In-time-out-of-time-Phänomene' sprechen!"

Nachdem Consdorf das geöffnete Schleusentor passiert hatte, paddelte er etwa fünfzehn Meter weiter und legte am linken Ufer an der kleinen Anlegestelle an. Hier galt es ein weiteres Mal, das Boot mit einem schnellen, zielsicheren Griff in Richtung eines jener Metallringe „festzumachen". Da dieser Handgriff blitzschnell erledigt war, konnte er umgehend einen Rückblick zum Schleusentor riskieren. Dieses zeigte sich ihm soeben noch spaltbreit geöffnet, bevor es sich endgültig zu einer mannshohen Wand verschloss. Bereits wenig später tauchte auch Stephan an der Anlegestelle auf. Gleich darauf gab es in und an dem Kanu nochmals mehrere holprige Fuß- und Armbewegungen, bis der Kollege schließlich auf seinem Sitzbrett zur Ruhe kam. Endlich hatten beide Männer wieder ein Paddel in der Hand, und die Fahrt konnte erneut aufgenommen werden.

Nach etwa einem ruhigen Streckenkilometer fragte Stephan: „Was wolltest du mir denn noch über jene ‚In-time-out-of-time-Phänomene' erklären?"
„Ich wollte dir eigentlich nur nochmals zu verstehen geben, dass wir die Zeit in uns selbst suchen und finden sollten. Du weißt schon, du hast eben doch von der inneren Uhr und der ‚Erdzeit' in unserem menschlichen Körper gesprochen", sagte Nikolaus Consdorf und ergänzte nach einer Pause von wenigen Paddelschlägen: „Ich meine, wir sollten bei allen möglichen Bewegungen nicht nach Schnelligkeit trachten, sondern vielmehr nach dem ‚richtigen Tempo' suchen. Hiermit meine ich das richtige Tempo beim Gehen, Laufen, Fahrradfahren und eben auch beim Paddeln!"
„Aber woher willst du denn wissen, was richtig und was falsch ist – was das richtige und was das falsche Tempo ist?", hielt ihm Stephan entgegen.

Hierauf antwortete Consdorf: „Da bist du vermutlich genau auf der richtigen Fährte – Herr Kollege. Das, was richtiges oder falsches Tempo ist, muss jedermann für sich selbst ausmachen. Jeder sollte irgendwann wissen, wie seine innere Uhr tickt. Für mich stellt sich die Situation in etwa folgendermaßen dar: Das, was sich in meinem Körper als ‚Erdzeit' manifestiert hat, ist meine spezifische ‚Körperzeit'. Wenn wir uns, wie schon gesagt, auf der Lahn einfach nur treiben lassen, dann sind wir ‚absolutely in time' mit der ‚Erdzeit' des Flusses wie aber auch mit unserer eigenen ‚Körperzeit'. Wenn wir demgegenüber mit gleichmäßigen Paddelschlägen, die in Einklang mit unseren körperlichen Möglichkeiten stehen, unser Fahrtempo erhöhen, dann sind wir mit Blick auf unsere gefühlte ‚Körperzeit‘ immer noch ‚in time‘. Sollten wir allerdings wie die Blöden drauflos paddeln, ohne Rücksicht auf unsere konditionelle Verfassung zu nehmen, so sind wir ‚out of time‘. Das Worst-case-Szenario – die Kategorie ‚absolutely out of time‘ – sähe schließlich so aus, dass wir versuchten, gegen den Strom zu fahren, wie die Irren zu paddeln, aber keinen einzigen Meter Fahrt über Grund machten."

Nach diesen überaus wortreichen Paddelschlägen tauchten die beiden nochmals tief in die Wesensart des Flusses ein. Wieder stellten sie alles Intellektuelle irgendwo beiseite und gaben sich mit Leib und Seele dem strömenden Wasser hin. An den Ufern zeigten sich nochmals die vertrauten Vegetationsstrukturen, und auch der ein oder andere flugfähige Zweibeiner sah sich erneut genötigt, dem talwärts ziehenden Boot ein kleines Stück vorauszueilen. Das eine Mal gab sich das Flusswasser in einem breiter angelegten Gewässerabschnitt annähernd laminar fließend, das nächste Mal trat es turbulent strömend in einem enger gefassten Abschnitt auf. Derart war offensichtlich, dass auch der Fluss bemüht war, seine Fließgeschwindigkeit – sein Bewegungstempo – an die vorgegebenen, räumlich variierenden Strukturen anzupassen. Und in dieser Weise besaß er gegenüber den Insassen des Kanus zweifelsohne einen entscheidenden Vorteil: Er wusste haargenau, wie er das Verhältnis zwischen Raum, Zeit und Geschwindigkeit zu gestalten hatte. Ihm war vollkommen klar, in welcher Form er die Abfolge seiner Fließbewegungen zu verändern hatte. Bei konstantem Abfluss wusste er jedenfalls umgehend seine Fließgeschwindigkeit zu erhöhen, sofern sich ihm das Gewässerbett unvermittelt in einem verengten Profil entgegenstellte. Und mehr noch: Welcher Art er auch an den Stellschrauben von „Zeit" und „Geschwindigkeit" drehte, jedes Mal wähnte er sich „absolutely in time".

Dass Consdorf und Stephan in dieser Hinsicht noch nicht die Höhe ihres Könnens erreicht hatten, tat schließlich das unsanfte Ende ihrer Bootsfahrt kund. Zwar hatten sie durchaus beabsichtigt, ihre Tour an genau jener Anlegestelle zu unterbrechen, wohl aber hatten sie sich im Vorfeld keineswegs dazu veranlasst gesehen, darüber nachzudenken, dass man ein derartiges Manöver sowohl mit lorbeergekröntem Haupt als auch mit hängenden Fahnen zur Ausführung bringen kann. Besagte Anlegestelle lag jedenfalls in einem stark verengten Prallhangbereich, der durch wildwasserähnliche Verhältnisse gekennzeichnet war. Kein Wunder, dass es den beiden Landratten dort gar nicht gelingen wollte, das Kanu spitzwinklig – gegen die Strömung gerichtet – an dem Steg des linken Flussufers anzulegen. Als Consdorf laut und hektisch ausrief: „Jetzt links rüber!", kam das Boot derart in Unruhe und Schieflage, dass es blitzschnell volllief und umgehend kenterte. Beiden blieb es deshalb nicht erspart, Hals über Kopf, für den Bruchteil einer Sekunde, in das Flusswasser der Lahn abzutauchen. Als schließlich beide nassen Köpfe erneut über dem Wasser zum Vorschein kamen, presste Stephan unvermittelt den Satz heraus: „Anscheinend ist mit deinen ‚In-time-out-of-time-Phänomenen' noch nicht so alles im Lot!"

7. Das weitere Umland

Zu Hause, doch
keineswegs am Ziel.
Details, Feinabstimmung
und Einklang suchend.
Zu neuen Ufern
breche ich auf.

Deutsches Mittelgebirge

Ein Berg im Hochgebirge, dessen Gipfel die Form eines stumpfen Winkels beschreibt, wirkt auf Nikolaus Consdorf ausgesprochen beruhigend. Dieses ist zweifelsfrei ein subjektiver Eindruck, aber für ihn lagert in einer üppigen Breite immer auch eine gehörige Portion innerer Ruhe. Weiß er im alpinen Gelände ein derartiges Gebilde in seiner Nähe, so blickt er gerne zu ihm auf und atmet die machtvolle Kraft seiner imposanten Gestalt tief in sich ein. Noch größere Ruhepotenziale lagern allerdings in den zahllosen deutschen Mittelgebirgen, die gerade auch in dieser Hinsicht seiner Reiselust keineswegs verborgen geblieben sind.

Gegenüber dem mitunter unruhigen, vertikal aufragenden Steilrelief der Alpen herrschen in den Mittelgebirgen gerundete, vornehmlich breit angelegte und überwiegend konvex gewölbte Berg- und Flachformen vor. Während die bizarren Gipfelfluren und der krasse Gegensatz zwischen Berg- und Talformen bei einem Hochgebirge wie den Alpen auf dessen relativ geringes Alter hinweisen, zeigen sich in den deutschen Mittelgebirgen die vormals vorhandenen größten Formgegensätze bereits seit Langem aufgelöst. In diesem Sinne handelt es sich bei dem Typus Mittelgebirge um eine ältere, umgestaltete Gebirgsform, an der sich die Zeit augenscheinlich abgearbeitet hat. Im Laufe einer langen Entwicklung wurden die Formen von den Erosionskräften maßgeblich umgestaltet und erhielten ihre ausgeglichene Gestalt.

In den Mittelgebirgen steht nicht die Höhe, sondern die Weite im Vordergrund. Da die Höhenunterschiede zwischen benachbarten Bergrücken und Höhenzügen in der Regel wenig ausgeprägt erscheinen, fehlt dem Landschaftsbild zumeist der markante, alles überragende Hintergrund. Zudem bleibt man in stark bewaldeten Gegenden mitunter erfolglos auf der Suche nach einem Weitsicht verheißenden Aussichtspunkt. In solchen Situationen, in denen sinnbildlich vor lauter Bäumen kein Wald erkennbar ist, kann von einem „Landschaftsbild" mitunter überhaupt keine Rede sein. Hat der Wanderer jedoch mit Mühe einen nicht bewaldeten, leicht aufragenden Gipfel erklommen, so kommt er dort über den Fernblick in den erhabenen Genuss, die Weite der steinernen Wogen einatmen zu dürfen.

Während die Gipfelschau im Hochgebirge das Auge von einem Highlight zum nächsten leitet, bietet das Mittelgebirge die Möglichkeit, sich bewusst auf die sinnliche Qualität „Weite" einzulassen. Hier tauchen im näheren Hintergrund keine spektakulären Gipfelformen und in der ferneren Distanz keine imposanten Gebirgsstöcke mit ruhmreichen Namen auf, die der Betrachter meint nacheinander aus der Gebirgslandschaft herauslesen zu müssen. Hier ist einfach alles viel weniger spektakulär neben- und hintereinander aufgestellt. Ein rundum angelegter Fernblick im Mittelgebirge sagt dem Ausschauhaltenden schlichtweg: „Hier bin ich in der Eifel, hier bewege ich mich im Bayerischen Wald, oder hier stehe ich mitten im Thüringer Wald." Das Panorama vermittelt ihm hier den ganzheitlichen Charakter eines größeren Gebietes und führt ihm darüber hinaus vor Augen, dass der viel gerühmte „Deutsche Wald" auch zu Beginn dieses Jahrtausends eine nicht überkommene Realität darstellt. Darüber hinaus legt ihm die Weite, die wenig Halt an faktischen Details bietet, die Besinnung auf die eigene Person nahe. In diesem Sinne mag der Fernblick zunächst einer Sicht ins Leere gleichen. Bei genauerer Betrachtung jedoch entpuppt er sich als Spiegelschau, als genau der Blick, mit dem Seele und Geist das Weite suchen – das unergründlich Weite in der Landschaft und der eigenen Person, die Tiefen und Untiefen in einer alles umfassenden Ganzheit.

Waren die Alpen in der letzten Kaltzeit vergletschert und hatte das Eis in dieser Zeit maßgeblich die Gestalt des Gebirges geformt, so befanden sich die deutschen Mittelgebirge an der Peripherie des Vereisungsgebietes – in einem sogenannten Periglazialgebiet. Deshalb wurden sie nicht von glazialen, sondern von periglazialen Prozessen überprägt. Durch den in Periglazialgebieten stattfindenden, jahreszeitlich bedingten Wechsel zwischen vorherrschendem Bodenfrost in einem langen Winter und Auftaubedingungen in einem kurzen Sommer, kommen – beginnend mit dem Frühsommer – bei bereits geringen Hangneigungen das an der Oberfläche durch den Frost aufgelockerte Gestein und die auflagernden Böden ins Fließen. Im Anschluss werden sie an tiefer liegenden, weniger stark geneigten Positionen wieder abgelagert. In dieser Weise hatten sich während der letzten Kaltzeit in den Mittelgebirgen, auf den Festgesteinen, Fließerden ausgebildet. Diese umhüllen, häufig unter Wald versteckt, auch heute noch die festen Gesteine des Gebirges.

Für den im Mittelgebirge arbeitenden Bodenforscher kommt diesen merkwürdigen Erden eine besondere sinnliche Bedeutung zu. Denn sie erinnern ihn eindrucksvoll daran, dass die heutige Landschaft eine bedeutsame, im Verborgenen liegende Geschichte besitzt, die augenscheinlich nicht zu fassen ist und in dieser Hinsicht eher an die bescheidenen Tieflandbereiche als an das spektakuläre Hochgebirge erinnert.

Die Fließerden setzen sich aus einem Mischmasch von gröberem Schutt, kleineren Steinen und Feinerde zusammen und sind häufig durch an ihrer Basis parallel eingeregelte Steine gekennzeichnet. Durch das hangparallele Fließen während der Kaltzeit hat diese steinreiche Basislage zudem eine deutliche Verdichtung und Einregelung erfahren. Mit Blick auf den tatsächlichen Gesteinscharakter dieser Erden ist für den Bodenforscher bedeutsam, dass dieser vorrangig von den vor Ort vorkommenden Gesteinen geprägt ist. Dieses können Sandsteine, Schiefer, Granite oder Basalte wie auch andere Gesteine aus der näheren Umgebung sein. Nicht selten treten zudem, in die Erden eingemischt, beachtliche Lössmengen auf.

Ob denn ein weiteres Mal Löss mit im Spiel ist oder auch nicht, für Nikolaus Consdorf und Stephan sind die Fließerden von besonderer Bedeutung. Ihre unvergleichbar spröde Sinnlichkeit erschließt sich allerdings nur dem, der tatsächlich einmal im Gebirge mit dem Bodenwerkzeug gearbeitet hat: Denn beim gewaltsamen Einschlagen des Bohrers mit dem Polyamidhammer fällt urplötzlich auf, dass sich der Boden ab einer Tiefe von rund fünfzig Zentimetern vehement gegen ein weiteres Eindringen des Stahlbohrers wehrt. An diesem Punkt vermögen zusätzliche Hammerschläge nur noch äußerst dürftige Bohrfortschritte zu bewirken. Der erfahrene Bodenmann wirft in dieser prekären Situation allerdings nicht gleich das Handtuch, sondern sieht sich gezwungen – sein Berufs-ethos hochhaltend – weiterhin erbarmungslos auf das Gerät einzu-dreschen. Er schlägt weiter, auch wenn der Hammer auf dem Schlagkopf des Pürckhauers zu tanzen beginnt, und er schlägt gleichfalls weiter, nachdem der bohrende Schmerz in Schulter-, Arm- und Handgelenken bereits einen festen Platz gefunden hat und dort knurrend lärmt, wie tanzende Würfel in einem ledernen Knobelbecher. Erst wenn der Hammerstiel Anstalten macht, ruck-artig aus den Händen zu springen, gibt er einsichtig nach. Jetzt geht wirklich nichts mehr! An diesem Punkt besitzt er allerdings auch die Gewissheit, die sperrige, steinreiche und stark verdichtete „Basislage" der Fließerde deutlich angeschlagen zu haben. Er weiß, dass er sein Bestes gegeben hat, und ist sich vollkommen sicher, es dem verdammten Drecksszeugs ganz schön gezeigt zu haben.

Sind Consdorf und Stephan hingegen mit benzinbetriebenem Gerät zu Gange und dringen mit Sonden bis in größere Tiefen vor, so stellen sich ihnen mit Blick auf Härte und Sperrigkeit zumeist keine Probleme in den Weg, die Panzerung zu durchschlagen. Wenig später gibt das geförderte Bohrgut sodann zu erkennen, welche Gesteinsrealität seit Jahrtausenden im Verborgenen liegt.

Für Nikolaus Consdorf kommt einem manuellen, schweißtreiben-den und mitunter auch schmerzhaften Einschlagen des Bohrers in eine verfestigte Erde eine vergleichbare Bedeutung zu wie einem geologischen Erkenntnisgewinn, der maßgeblich in einer effekti-ven, kraftstoffbetriebenen Erkundungstechnik begründet ist. Denn im ersten Fall ist es die eigene psychische und körperliche Behar-lichkeit, die seinen Schlagabtausch antreibt, und nicht eine fremd-bestimmte, technisch begründete Omnipotenz. Es handelt sich um genau jene persönliche Beharrlichkeit, die den Dingen und der ihnen innewohnenden Wahrheit bedingungslos auf den Grund zu gehen hofft, die dieser Vorgabe folgend gewisse Etappensiege zu verbuchen weiß, gelegentlich allerdings auch zum kläglichen Scheitern verurteilt ist.

Bei dienstlichen wie auch privaten Gebirgsbesuchen treibt Cons-dorf die Gewissheit an, dass in der Tiefe der dortigen Wälder wie auch in ihrem Untergrund – versteckt unter besagter harter Kruste – so manches Geheimnis ruht. Derartige Schätze ans Tageslicht zu fördern, ist für ihn eine zwingende Herzensangelegenheit.

Obwohl das Mittelgebirge eine Form darstellt, die auf den ersten Blick eher unspektakulär und bescheiden daherkommt, ist es für ihn zur unumstößlichen Wahrheit geworden, gerade diese Landschaft habe es faustdick hinter den Ohren: In den Mittelgebirgen und den angrenzenden Tiefländern hatten sich nach der letzten Kaltzeit auf deren geologischer Hinterlassenschaft sukzessive geschlossene Laub- und Mischwälder entwickelt. Diese zeigten sich schließlich durch eine ausgeprägte strukturelle Vielfalt und einen angemessenen Artenreichtum gekennzeichnet. Entsprechend nachkaltzeitlich schwankendem Klima wechselten sich im Laufe der Jahrtausende unterschiedliche Vegetationstypen mit einem jeweils charakteristischen Arteninventar und bestimmten dominierenden Hauptbaumarten nacheinander ab. Tauchten am Anfang, vor etwa 12 000 Jahren, vor allem Birken und Kiefern als Pionierbaumarten auf, so setzten sich gegen Ende der Waldentwicklung – bis in die historische Zeit hinein – in erster Linie die Baumarten Buche und Eiche als Bestandbildner durch. Gehölzarten wie Linde, Ahorn und Tanne sowie Haselnuss und Holunder kamen als Beimischung zum Zuge. In den urtümlichen, stellenweise auch aufgelockerten Waldbeständen, die sich aus mehreren Baumschichten, einer Strauchschicht und einer Krautschicht aufbauten und zudem über einen bedeutenden Anteil an „Totholz" verfügten, hatten sich zahlreiche Pflanzengemeinschaften entwickelt. Diese wiederum waren Inventar des Lebensraumes verschiedener tierischer Waldbewohner, die der Vegetationsbesiedlung folgend nach und nach das Waldland in Besitz genommen hatten.

Der Mensch hatte über Jahrtausende in unmittelbarer Nachbarschaft des Waldes – wenn nicht gar in dem Wald selbst – gelebt. Seine menschliche Natur, sein artspezifisches Verhalten, war aufs Engste mit der Natur der Waldwesen und des von diesen besiedelten Raumes verknüpft. Der Mensch, die Tiere und die Pflanzen waren Teil ein und desselben Ökosystems.

Waren Consdorf und Stephan in einem ausgedehnten Mittelgebirgswald mit der nötigen Zeit und Gelassenheit unterwegs und konnten somit das Gefühl ausleben, sich behutsam der Wesensart dieses Lebensraumes anzunähern, dann tauchten gelegentlich auch verschiedene Waldbewohner auf, die hier die Vorzeit offenbar unbeschadet überlebt hatten. Mal zeigten sie sich in einem Rudel von Hirschkühen, die in greifbarer Entfernung unaufgeregt einen Forstweg kreuzten, mal in einzelnen aufgeschreckten Wildschweinen, welche pfeilschnell irgendwo aus dem Dickicht gespritzt kamen und ihnen beinahe über die Füße gelaufen wären.

In einem überaus eindrucksvollen Fall tauchte besagte Vorzeit in Gestalt eines würdevoll stolzierenden Auerhahns auf. Mit gehobenem Haupt, lang gemachtem Hals und fächerartig aufgestellten Schwanzfedern trat das Tier gleichförmig – beinahe schwebend – aus einem dunstverhangenen Fichtenbestand hervor und steuerte geradewegs und scheinbar unbeirrt auf die beiden Bodenforscher zu. Erst im letzten Moment besann es sich, vollzog eine langsame, elegante Halbdrehung und entschwand in gleichem Tempo, die würdevolle Pose bewahrend, genau dorthin, von wo es wie aus dem Nichts aufgetaucht war. Fast schien es so, als wollte es mit seiner tänzelnden Eleganz die beiden staunenden Männer hinter den nebeligen Vorhang locken.

Szenische Ereignisse dieser ganz speziellen Art wie auch fast zur Gewohnheit gewordene Blickkontakte zwischen Rehwild und Bodenforschern, die manches Mal minutenlang über größere Distanz gepflegt wurden, ließen bei Consdorf immer häufiger das Gefühl aufkommen, in dem Tier und dem gebirgigen Wald schaue ihm seine eigene Natur entgegen. Hier könne er das Äußere mit seinem Inneren in Berührung bringen. Im Laufe der Jahre – wie es sich seinerzeit bereits in den oberbayerischen Gebirgswäldern angedeutet hatte – sah er mehr und mehr die Gewissheit aufkeimen, er sei mit diesen Waldwesen wie auch mit der Landschaft als Ganzem aufs Innigste verwachsen: Wie die Tiere zu dem Wald gehören und dieser wiederum ein ökologischer Bestandteil des Erdplaneten sei, so gehöre auch er unmissverständlich zu den Tieren und deren Lebensraum – unabhängig davon, ob er nun direkt am Waldrand lebe oder aber in einem fernen städtischen Habitat einquartiert sei. Die Natur, die ihm im Wald entgegentrete, könne er nur deshalb zweifelsfrei spüren, weil sie nach wie vor fest und sicher auf seiner DNS angelegt sei.

Diese Botschaft ist seit jenen Tagen in sein Bewusstsein aufgestiegen – fast so, als hätte jemand von außen her in seinen Mund und durch seinen Schlund in sein tiefstes Inneres gegriffen, dort mit fester Faust zugepackt und schließlich etwas ans Tageslicht gefördert, was ihm nun nachhaltig den Weg leuchtet. Seither ist für Consdorf das bewaldete Mittelgebirge genau jene Landschaft, in der er sich aufgefordert sieht, seiner eigenen Natur nachzuspüren.

Hier vermag er in ruhigen Stunden in seine eigene Tiefe abzutauchen. Hier ist er sich sicher, auch schon zu Urzeiten, ob als fellbekleideter Urmensch oder gar als tierisches Wesen, irgendwo in der Landschaft seine Trittspuren hinterlassen zu haben.

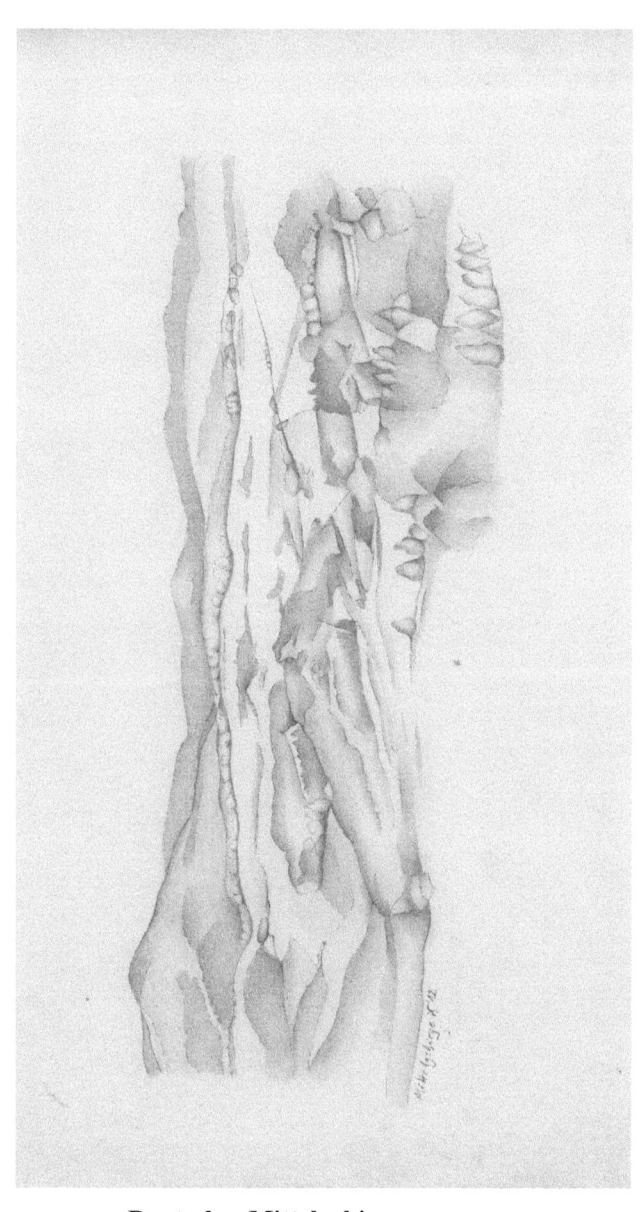

Deutsches Mittelgebirge

Das Exkursionsgebiet – Der 100-km-Radius

Der consdorfsche 100-km-Radius deutet in Analogie zu besagtem 50-km-Radius eine räumliche Dimension an. Demnach stellt dieses gedankliche Gebilde nicht zwingend ein in Kreisform gegossenes Maß dar. Hat Nikolaus Consdorf eine Fläche dieser Größenordnung vor Augen, so mag es sich durchaus um ein unregelmäßig geformtes Gebiet mit einem „Äquivalentdurchmesser" von rund 200 Kilometern handeln.

Eine Entfernung von 100 Kilometern ist eine Distanz, an der sich ein Wanderer mit guter Kondition und hinlänglicher Motivation in drei bis vier Tagen abarbeiten kann. Hat dieser wenigstens einmal eine derartige Strecke gemeistert, so besitzt er für alle Zeiten klare Vorstellungen über deren Dimension. Nach drei oder vier anstrengenden Tagesetappen sitzt ihm die Strecke dermaßen tief in den Knochen, dass er nun sehr genau weiß, wann und wo was während seines Marsches auf ihn eingewirkt hat. Seine körperliche Befindlichkeit beim Zieleinlauf und die auf dem Wege dorthin gesammelten Hochgefühle und Qualen zeichnen ihm ein detailliertes Bild davon, wie weit er sich von dem Startpunkt aus entfernt hat. Zudem ist ihm nun vertraut, welche Raumqualitäten der Landschaft auf 100 Kilometern Länge innewohnen.

Zwar ist Consdorf bislang keineswegs eine Strecke dieses Maßes abgelaufen, was als Konsequenz auf seinen rheinischen „Abbitte-Marsch" durchaus Hand und vor allem auch Fuß hätte, seine Erfahrung legt ihm jedoch nahe, dass der Zusammenhang zwischen Raum und Zeit letztlich auch bei einem Vorhaben dieser Reichweite nur über die Schaltstelle der körperlichen und geistigen Verfassung hergestellt werden kann. Deshalb hat er sich fest vorgenommen, in greifbarer Zukunft – bei passender Gelegenheit –, wenigstens ein einziges Mal eine etwa 100-Kilometer-Fußstrecke in Angriff zu nehmen.

„Nicht beim Abmarschieren der Strecke, wohl aber beim Aufspüren jener ‚passenden Gelegenheit', könnte ich dir tatkräftig zur Seite stehen!", hatte Stephan diesem Punkt Tribut zahlend neckisch angemerkt.

„Was anderes habe ich von dir auch nicht erwartet", antwortete Consdorf und fügte dem hinzu: „Nach meiner Rückkehr wirst du dann allerdings erneut einiges zu hören bekommen!"

Daraufhin meinte Stephan: „Glaubst du denn, in einem Gebiet, das von einem Kreis mit 200 Kilometern Durchmesser umschlossen wird, könne man alles das veranstalten, was irgendwie mit Urlaub und Erholung zu tun hat?"

„Gewiss nicht alles, vermutlich aber doch einiges", bemerkte Consdorf. „Wenn du so willst, so halt ich es durchaus für angebracht, sich ein Gebiet dieser Dimension sinnlich zu erschließen. Und für einen anstehenden Erkenntniszuwachs sollte einem auch die ein oder andere Urlaubswoche nicht zu schade sein!"

„D'accord", meinte Stephan, „dann haben wir zwar fußläufig nicht denselben Weg, wohl aber aus der Distanz betrachtet das gleiche Ziel."

Führt sich Consdorf einen 100-km-Radius auf einer deutschen oder westeuropäischen Landkarte vor Augen und trägt diesen mit einem Zirkel in das Kartenblatt ein, so zeigt sich, dass die Größe der eingekreisten Fläche in etwa dem entspricht, was Bundesländer wie Nordrhein-Westfalen oder Baden-Württemberg an Territorium aufweisen. Riskiert er einen Blick über die Bundesgrenzen hinweg, so stellt er fest, dass es sich um Größenverhältnisse handelt, mit denen in etwa die Nachbarstaaten Niederlande, Belgien, Dänemark und Schweiz aufwarten. In diesem Sinne beschreibt der consdorfsche 100-km-Radius eine Raumdimension, die für die kleineren europäischen Staaten typisch ist.

Schließlich hat Consdorf auf einem Kartenblatt besagten Radius in Geometrie-Manier um seinen Wohnort herum angelegt. Seiner Erfahrung treu bleibend, in dem 50-km-Radius den heimatlichen Lebensraum gefunden zu haben, erkennt er außerhalb dieses Kerngebietes jenes Land, welches ihm vielerorts durch Urlaubsreisen in Kindheit und Jugend wie auch durch zahlreiche sonstige Kurzaufenthalte der letzten Jahrzehnte vertraut geworden ist. Dieses jenseitige Land ist keineswegs das Gebiet, in dem sich sein Alltag abspielt. Vielmehr entspricht es jenem ausgedehnten Ergänzungsraum – demnach „klassischen Hinterland" –, das der typische Großstadtbewohner ab und an am Wochenende oder zu sonstigen Besuchen aufsucht, um dem urbanen Trubel kurzerhand zu entfliehen.

Für Nikolaus Consdorf ist der 100-km-Radius" sein Exkursionsgebiet par excellence! Hier weiß er sich in sanfte Obhut ausgedehnter Wälder gebettet, hier ist er sich sicher, unter seinen Füßen die ein oder andere harte Fließerde zu spüren. In jedem Fall aber überrascht dieses Gebiet mit jeder Menge unentdecktem Neuland und lädt freundlich dazu ein, liebgewonnene Orte ein weiteres Mal aufzusuchen. Einer alten Familientradition folgend, möchte er dieses „Jenseitsland" so oft wie möglich betreten und sinnlich erfassen.

In Consdorfs Exkursionsgebiet befinden sich das pittoreske Siebengebirge, das imposante Mittelrheintal, die besonders schönen Täler der Mosel und der Ahr sowie das weiträumige, teils derb anmutende Eifelgebiet mit unterschiedlichen, zum Teil eigenartigen Landschaften. In diesen Erdräumen sind es Gegenden, die Consdorf ziemlich gut kennt, wie auch solche, die ihm zumindest vom Ansatz her vertraut sind. Ob denn als Bodenforscher oder Privatmann, hier fühlt er sich nicht als Fremder, sondern vielmehr als guter Bekannter unterwegs!

An der Erschließung seines Hinterlandes arbeitet er – entsprechend knapp bemessenem Zeitbudget – mit verhaltenem Nachdruck. Ja, man darf ohnehin behaupten, es handele sich hier von Anfang an eher um ein auf lange Sicht angelegtes Vorhaben, denn um ein kurzzeitiges Intermezzo. Im Hinblick auf künftige Vorhaben hat er sich vorgenommen, sich weder zu sehr von der Zeit antreiben zu lassen noch einer Strategie nachzugehen, die sich maßgeblich der Geometrie der Kreisform verschrieben hat.

Letztlich kann Nikolaus Consdorf – seine Zielkoordinaten deutlich im Blick – jedoch ohnehin anstellen, was er will: Nicht selten kommt er nach einer verhältnismäßig kurzen Fahrt im tieferen Bergischen Land an; irgendwie landet er allerdings auch immer wieder an einem entfernten Punkt im Eifelgebirge. Wobei Letzteres nicht wirklich verwunderlich erscheint. Die äußerst vielfältigen Eifellandschaften üben auf ihn eine besonders starke Anziehungskraft aus. Da seine familiären Wurzeln bis tief in die Eifelerde hinabreichen, mag es auf der Hand liegen, diesbezüglich eine gewisse genetische Disposition zu unterstellen.

Um an diesem familiär geknüpften Geflecht weiterhin festzuhalten, hat sich Consdorf auferlegt, das Netz seiner bisherigen Erkundungspunkte dort durch künftige Kurzreisen zu verdichten. Seinem Harmoniestreben folgend, hat er außerdem gelobt – gerade wegen jener unbestreitbaren „Eifellastigkeit" –, bei seinen Vorhaben die rechtsrheinische Mittelgebirgsregion, das nahe Bergische Land und auch das entfernte Sauerland, nicht länger links liegen zu lassen.

Ein Kurzurlaub in Schalkenmehren

Ein Maar ist eine trichterförmige Hohlform, die durch eine vulkanische Explosion ohne nennenswerte Förderung von Lava oder Lockergestein entstanden ist. Am Rand eines Maars treten flache Materialanhäufungen auf, die zumeist aus Tuffen (mehr oder weniger verfestigte vulkanische Auswurfprodukte) bestehen. Ein Maar kann, muss aber keineswegs, wassergefüllt sein.

Unmittelbar bei Schalkenmehren – in der Vulkaneifel, südöstlich von Daun – befindet sich ein Doppelmaar, das ein Alter von zirka 10 000 Jahren aufweist. Während das ältere östliche Maar heute nur noch stellenweise versumpft ist, beherbergt das jüngere westliche Maar einen schönen rundlichen Maarsee von etwa 550 Metern Durchmesser. Das Doppelmaar ist bis auf seinen südlichen Randbereich, in dem sich das schmucke Örtchen Schalkenmehren mit sanfter Hangneigung an den Maarboden annähert, rund 80 bis 100 Meter tief in die ländlich geprägte Eifellandschaft eingebettet.

Besonders erwähnenswert sind die drei örtlichen Wanderwege, die, annähernd konzentrisch angelegt, in unterschiedlichem Höhenniveau um das Doppelmaar herum führen. Diese drei beschaulichen Wanderwege haben es in besonderer Weise in sich: Sie bieten dem Kurzurlauber die Gelegenheit, sich das rund einen Quadratkilometer große Doppelmaargebiet in angemessenem Zeitrahmen sinnlich zu erschließen. Betritt man diese Wege ein oder zwei Tage lang, so lernt man das Schalkenmehrener Maar wie auch das unmittelbare und mittelbare Umland aus zahlreichen Perspektiven kennen. Das Abschreiten der Wanderwege eröffnet die Möglichkeit, sich einen starken, bleibenden Eindruck von der Schönheit dieses kleinen, klar umgrenzten und landschaftlich äußerst vielfältigen Gebietes zu verschaffen. Diese Schönheit erwächst aus dem perfekten Zusammenspiel zwischen der Wasserfläche des Maarsees, den diese umsäumenden Wiesen und Weiden wie auch einzelnen hier eingestreuten Ackerflächen, sowie den höher gelegenen Waldflächen, die sich nach unten hin über wegparallele, heckenartig angeordnete Gehölzstrukturen nach und nach zum Maarufer auflösen.

Seine weitläufigen Begehungen rückschauend im Blick, ist Nikolaus Consdorf bei einem familiären Kurzurlaub am Schalkenmehrener Maar nochmals mehr als deutlich geworden, dass immer nur das, was er sich mit Zeit und kleinen Schritten behutsam erwandert, unwiderruflich feste Verankerung in seinem Herzen finden will.

Nachdem er das überschaubare Doppelmaargebiet zwei Tage lang auf unterschiedlichen Höhen erwandert hatte, hatte er nicht nur eine Landschaft en miniature kennengelernt, sondern war vielmehr auch an die Grenzen seiner eigenen räumlichen Wahrnehmung gestoßen. Seit jenen Tagen ist er zu der festen Überzeugung gelangt, eine wesentlich größere Fläche könne sich die Spezies Homo sapiens in vergleichbar kurzer Zeit nicht wirklich sinnlich erschließen! Vor diesem Hintergrund bietet ihm – wie letztlich jedem Zeitgenossen – ein Aufenthalt am Schalkenmehrener Maar das einzigartige Lehrstück, sich über das ganzheitliche Erfassen einer Erdgegend klar zu werden. An diesem Maar kann sich jedermann für künftig anstehende Urlaubsreisen selbst eichen; genau hier ist einer jener magischen Orte, an denen übermütige Ferienmenschen eine Lektion in Sachen räumlicher Wahrnehmung erhalten können. Diese Lektion lautet in einem kurzen Satz: „Mehr geht in wenigen Tagen nun wirklich nicht!"

In diesem Sinne wäre gerade auch jenen Fernreisesüchtigen, die eine fremde Welt innerhalb von Tagen zu erobern trachten, eine mehrtägige Eichung am Schalkenmehrener Maar angeraten. Nach einem Kurzurlaub an dem schönen Doppelmaar in der Vulkaneifel und einer anschließenden längeren Reise zu einem herkömmlichen Fernziel mögen diese dann selbst urteilen, welches Maß an wahrer Raumerfahrung ihnen welche ihrer Reisen mit nach Hause zu bringen erlaubt.

Da Consdorf in Schalkenmehren Quartier bezogen hatte, durfte er es selbstverständlich nicht versäumen, auch die beiden benachbarten Maare, das Weinfelder Maar – landläufig auch „Totenmaar" genannt – und das Gemündener Maar zu besuchen. Diese warteten ebenso mit unvergleichbaren Impressionen auf, die in dieser Qualität und Dichte an kaum einer anderen Stelle der Erde anzutreffen sein dürften. Bei diesen beiden Gebilden widerfuhr ihm schließlich dasselbe, was auch das Schalkenmehrener Doppelmaar für ihn bereitet hatte: Je mehr Zeit und Muße er einbrachte und je häufiger er sich anschickte, die Kreisform um die Maare zu vollenden, desto mehr hatte er das Gefühl, als suche etwas Zugang zu seinem Inneren.

In der Prümer Kalkmulde

Eine der Nikolaus Consdorf besonders ans Herz gewachsenen Eifellandschaften ist die der Prümer Kalkmulde. Die Prümer Kalkmulde ist in der Welt seines Faches „berühmt-berüchtigt", weil die Herren L. Happel und H. Th. Reuling in den Jahren 1928 bis 1930 für diesen Bereich eine beachtliche geologische Kartierung zustande gebracht haben, die auch heute noch in wesentlichen Zügen als zeitgemäß angesehen wird. Die Geologie der Prümer Kalkmulde, so wie sie in der Karte und den zugehörigen Erläuterungen beschrieben ist, kommt zudem in dem Roman „Winterspelt" von Alfred Andersch aus dem Jahre 1974 nochmals zu besonderen Ehren. In diesem literarischen Werk werden allerdings die Geologie der Kalkmulde samt einiger Landschafts- und Ortselemente aus ihrem Gebiet in die Umgebung von Winterspelt verlagert, rund 15 Kilometer westlich von Prüm, unweit der belgisch-deutschen Grenze, wo sie als Raumkulisse für fiktive Geschehnisse im Rahmen der Ardennen-Offensive der Jahre 1944 bis 1945 herangezogen werden. Wie Consdorf diesbezüglich bemerkt, scheinen die Grenzen zwischen der Wahrheit und der Wirklichkeit auf Papier mitunter sehr unscharf gezogen zu sein – deutlich weniger scharf als auf der Erdoberfläche selbst.

Nicht unerwähnt bleiben darf an diesem Punkt die für Consdorf bedeutsame Tatsache, dass auch sein Vater in den Nachkriegsjahren 1946 und 1947 bei einem Bauern im Unterdorf von Rommersheim verweilte – sich demnach mitten in der Prümer Kalkmulde aufhielt. In jener Zeit besuchte dieser das Gymnasium in Prüm und war in der schulfreien Zeit, d. h. nachmittags oder aber in den Ferien, um das Dorf herum auf Acker- und Weideflächen mit den üblichen Feldarbeiten betraut. Wie sich zeigt, hat der Vater hier möglicherweise genau jenen Acker bestellt, auf dem Nikolaus Consdorf heute im Rahmen seiner Erkundungen wandelt. Sollte dieser etwa in puncto „Boden" genau jene Vorarbeiten geleistet haben, in deren Kontinuität Consdorf sein hiesiges Schaffen gestellt sehen darf? Wie dem auch sei: Der Vater dürfte sich damals allerdings kaum bewusst gewesen sein, dass er sich mitten in einer devonischen Kalkmulde befand. Auch war sein damaliges Schaffen eher von Zwang und Pflicht, denn von naturverbundener Neugierde und forschendem Vergnügen geprägt.

Die Prümer Kalkmulde tritt als südlichste der mitteldevonischen Kalkmulden in der Nord-Süd-Zone der Eifel hervor. Sie zeigt eine beckenförmige Gestalt, hat eine Ausdehnung von rund neunzehn Kilometern Länge und sieben Kilometern Breite und ist bis etwa 100 Meter tief in das angrenzende höhere Bergland eingebettet. In ihrem zentralen Teil besitzt sie einen Südwest-Nordost gerichteten Rücken aus widerständigem Dolomitgestein. Dieses sperrige Rückgrat aus „Schönecker Dolomit" ist von wenig verwitterungsresistenten, bereits stark abgetragenen Mergelschichten tonreicher Gesteine umgeben, die randlich der Mulde zu flachen Wannen ausgeformt sind. Im Verbreitungsgebiet des Schönecker Dolomits ruhen Trockentäler, zwischen denen sich höher liegende Verebnungsflächen erhalten haben. Während im zentralen Muldenteil größere Waldflächen das Nutzungsbild bestimmen, herrschen in dem wannenförmigen Muldenring Getreide- und Grünlandfluren mit wenigen Waldinseln und verschiedenen kleineren Feldgehölzen vor, die das Landschaftsbild der offenen Kulturlandschaft entscheidend akzentuieren.

Die Gesteinswelt des Mitteldevons einschließlich in der Prümer Mulde untergeordnet auftretender Schichten des Oberdevons ist bis vor zirka 350 Millionen entstanden. Abgelagert wurden sie auf dem älteren unterdevonischen Grundgebirge, als sich hier in einem damaligen Flachmeer ein küstennahes Saumriff mit mächtigen Korallenbauten und Lagunen befand. Dieses tropische Saumriff war Teil eines ausgedehnten Riffgürtels, der sich von der Eifel im Westen bis hinüber ins rechtsrheinische Schiefergebirge erstreckte.

Im Zuge der anschließenden variskischen Gebirgsauffaltung, die nach der Devonzeit – im Karbon – stattfand, wurden die Kalksteine entweder in tiefer gelegene Muldenpositionen oder aber in höher gelegene Sattelpositionen gepresst. Da die Abtragung unmittelbar mit der aufwärts gerichteten Gebirgsbildung einsetzte, wurden nachfolgend bevorzugt die höher positionierten, somit stärker der Erosion ausgesetzten Sättel abgetragen. Nur die in den Mulden eingefalteten, dort gewissermaßen versteckten Korallenbauten lagerten über geologische Zeiträume hinweg erosionsgeschützt und konnten sich bis in die Gegenwart hinein behaupten. Die Restvorkommen dieser einstmals weit verbreiteten Saumriffablagerungen treten deshalb heute im Gebiet der Nord-Süd-Zone der Eifel als Kalkmulden hervor.

Man kann seine Erkenntnis nur dann erweitern, wenn man seine Wahrnehmung zuvor in gewisse Schranken gewiesen und dort ein solides Fundament gegründet hat. Nicht eine wahllos ausufernde, oberflächliche Betrachtung, die zwangsläufig der Reizüberflutung zum Opfer fällt, sondern eine zielgerichtete Detailansicht vermag neue Einsichten zu vermitteln. Einem Faltengebirge wie der Eifel wird man deshalb nicht gerecht, wenn man nur die erhöht liegenden Sattelpositionen besteigt und von diesen aus einen weitschweifenden Blick anlegt, sondern es vielmehr auch auf die tieferen, weniger spektakulär entwickelten Muldenpositionen absieht und derart der Seele der Gebirgslandschaft nachgräbt. Was dort tief im Verborgenen an Lebensspuren lagert, ist mitunter besonders geeignet, für die Verhältnisse an der Oberfläche zu einem klareren Verständnis zu kommen.

Da sich Consdorf seit Jahr und Tag den Bodenbildungen auf Carbonatgesteinen verschrieben hat, weiß er in dem vom Dolomit besetzten Kernbereich der Prümer Mulde wie auch in der angrenzenden Mergellandschaft ein interessantes Exkursionsgebiet aufgespürt zu haben. Hier greift er deshalb jede sich bietende Gelegenheit beim Schopf, Klappspaten und Bodenbohrstock zum unverhofften Einsatz bringen zu dürfen. Hier durchkämmt er sodann die Schönecker Schweiz und ihre Umrahmung. Er stöbert von Waldpflanzen überwucherte, graue oder gelblich gefärbte Felsausragungen auf oder bewundert von lichten Pausenplätzen aus offene, südexponierte Halbtrockenrasen, auf denen sich Gebüschinseln und einzelne Wacholdersträucher zeigen. Während seiner Erkundungen grübelt er dann und wann nachdenklich darüber, auf welchen unterirdischen Bahnen wohl das einsickernde Niederschlagswasser in dem verwitterten Untergrund seinen Weg findet.

Teile der Prümer Kalkmulde sind als Karstlandschaft entwickelt. In dieser nimmt das einsickernde Regenwasser über die Bodenpassage Kohlendioxid auf, bildet hieraus Kohlensäure und löst mit dieser das unterlagernde Carbonatgestein – so auch den Schönecker Dolomit – in Form von Hydrogencarbonaten auf. Im Ergebnis hinterlässt dieses Geschehen nach Jahrtausenden einen Untergrund mit einem weit verzweigten Netz von Lösungsklüften und größeren Hohlräumen. Im Gesteinsverband bereits vorgezeichnete Risse und Klüfte werden somit durch chemische Lösungsvorgänge bis hinab in große Tiefen aufgeweitet. In diesen findet nachfolgend der überwiegende Teil des einsickernden Regenwassers seinen Weg und schließlich weiter unten sein Speichergestein. Als Folge dieses tiefgreifenden Sickergeschehens führen die meisten Bäche im Gebiet des Dolomitgesteins im jahreszeitlichen Verlauf kein Wasser. Nur nach extremen Niederschlagsereignissen – wenn das weitverzweigte Röhren- und Hohlraumsystem quasi von unten her überläuft – ist in den Gewässerbetten Abfluss zu beobachten.

Die Karstlandschaft der Prümer Mulde scheint sich beinahe so wie ein lebendiger Organismus zu geben. In verborgenen Adern und Höhlungen, auf unterirdischen Bahnen, die sich der direkten Beobachtung entziehen, fließt genau jener Saft, der das ökologische und hydrologische Geschehen am Laufen hält: Wasser, Wasser, Wasser!!! Irgendwo in der Tiefe müssen die versteinerten Korallenbauten derart intensiv durchlöchert und zerstückelt sein, dass sie zusammenhängend vom aufgestauten „Blut der Landschaft" durchflossen werden. Beinahe drängt sich in einer Landschaft wie dieser der Verdacht auf, die Vorzeit wolle im hiesigen Untergrund ein Leben im Verborgenen fortführen.

Bei seinen Bohrerkundungen auf den höheren Verebenungsflächen der Schönecker Schweiz glaubte Consdorf vor wenigen Jahren schließlich so etwas wie eine Höhle aufgespürt zu haben. Zwar hatte er es sich ohnehin seit Längerem zur Gewohnheit gemacht, in einer Landschaft wie dieser gelegentlich in die Knie zu gehen, seinen Oberkörper weit nach vorne zu beugen und seine Unterarme dem Boden aufzulegen, um sodann sein rechtes Ohr der Erdoberfläche aufzudrücken. Nie aber hatte die Anwendung dieser Horchmethode irgendwelche Geräusche zutage gefördert. Nicht ein einziges Mal war ihm etwas Verdächtiges zu Ohren gekommen: Da hatte es keinen unterirdischen Bach gegeben, der wie in einem Schlund gegurgelt hätte, und da waren auch keine auffrischenden Winde, die sich in engen Ritzen und Spalten düsenartig zu einem deutlichen Zischen verdichten wollten. Auch wenn er ab und an auf Feldwegen fest mit den Hacken auf den Boden gestampft hatte, dem Untergrund waren derart keinerlei Schwingungen zu entlocken. In besagtem Falle aber hatte der Boden beim Einschlagen des Bohrstocks deutlich vibriert. Auch das Klangbild beim Aufprall des Polyamidhammers auf den stählernen Schlagkopf des Bohrwerkzeuges wies einen fremden und verheißungsvollen Charakter auf.

Sollte es sich hierbei etwa um eine jener mysteriösen Stellen handeln, wo Consdorf unbedingt beizeiten graben müsste? Wo es unverzeihlich wäre, hier nicht wenigstens einmal sorgsam den Boden aufgedeckt zu haben, um anschließend mit bloßer Hand zu scharren? Wo er sodann allerdings ohne Fragen solange den verwitterten Untergrund durchwühlen würde, bis er unter faserigem Filz kräftiges Wurzelwerk zu fühlen und zu packen bekäme. Consdorf ist sich an diesem Punkt inzwischen sicher: Hielte er schließlich einen jener starken, nach unten führenden Wurzelarme fest in seinen Händen, so würde er diesen umgehend wie ein Zugseil unter Spannung setzen. Zunächst würde er zaghaft, mit wenigen leichten Ruckbewegungen, dann aber beherzt und gleichförmig, mit erhöhter Kraft und voller Konzentration, an dem Strang ziehen. Und eine derartige Anspannung aufbauend, würde es ihm schließlich gelingen, gedanklich entlang der Wurzelbahn – dem Verlauf eines Spaltes oder einer geweiteten, mit dunklem Humus gefüllten Kluft folgend – in die Tiefe einer mutmaßlichen Höhlung hinabzusteigen.

Doch was wäre für Consdorf mit einem solchen Tiefengang gewonnen? Welche Sinnhaltigkeit hätte ein derart gedanklicher Höhlenbesuch? Eines steht für ihn fest: Keineswegs läge diesem Abstieg die Vorgabe zugrunde, zu dem fernen Zauber einer türkisfarbenen Korallenzeit zurückkehren zu wollen. Die geologische Vorzeit der Saumriffe und Lagunen ist für ihn seit Langem unwiderruflich vorbei und bedarf deshalb auch keiner Belebung. Doch wie ist es demgegenüber um seine persönliche Vorzeit bestellt? So wie diese zweifelsfrei in tieferen Schichten seiner Seele genetisch verankert ist, so scheint sie ihm beinahe in der hiesigen Landschaft selbst – wenn nicht gar in deren steinernen Tiefen – angelegt zu sein! Vermag dieses handfeste Vergangenheitsbündel nicht genau jenen treffenden Anlass zu liefern, der einem Erkundungsgang dieser Art vorausleuchten sollte?

Für Nikolaus Consdorf ist die Eifel das Land seiner Väter und Vorväter. Hier haben diese jahrhundertelang gelebt und gewirkt und in vielfältiger Weise der Landschaft ihren Stempel aufgedrückt. Ob als Kolonist mit sicherem Schwung die Axt zum Stamme führend, als Bauer mit festem Griff den Pflug haltend und dem Tritt eines Tieres folgend oder aber als Steinebrecher, der mit langer Stange einen schweren Block aus dem geologischen Verband löst, seine Ahnen lebten hier von und mit dem Land.

Und wie sieht es mit seinem Vater im Konkreten aus? Auch dieser hatte doch nachweislich den Boden der Kalkmulde beackert, bevor er wenig später das heimatliche Gebirge in Richtung Rheinland verlassen musste. Vor Jahren hatte er dann seinem Sohn bei einem denkwürdigen Besuch am Rhein – gelehnt an einen starken Baum – einige merkwürdige Sätze über „Heimat", „Halt" und „Verwurzelung" mit auf den Weg gegeben. Hat es Consdorf an hiesiger Position der Schönecker Schweiz – mit mutmaßlichem Zugang in die Erde – nicht gerade auch mit jenem faserigen Wurzelwerk zu tun, welches der Vater gezwungenermaßen kappen musste, als er dem Kalkgebiet vor Jahrzehnten den Rücken kehrte? Liegt für ihn an einem Ort wie diesem nicht geradezu die Verpflichtung im Raum, mit Herzblut in die Tiefe eines Hohlraumes hinabzusteigen, um dort die geschädigte familiäre Verwurzelung wieder instand zu setzen? Für ihn ginge es demnach genau darum – in einem beinahe rituellen Akt – die Bindung an die Heimaterde des Vaters neu zu begründen, um damit einen Zugriff auf die dort ruhende Vorzeit zu haben.

Fernab derart tiefenökologischer Mutmaßungen hat Consdorf an diesem Ort möglicherweise auch nur einen jener anziehenden Plätze entdeckt, an denen er sich zu gegebener Zeit für ein bis zwei Stunden zurückziehen sollte: Einerseits, um eine ohnehin längst überfällige Besinnungspause einzulegen, andererseits, um ernsthaft über seinen weiteren Werdegang, vor allem aber auch über den Sinn künftig noch ausstehender Bohr- und Grabvorhaben sinnieren zu können.

Um bei gedanklichen Kapriolen dieser Art nicht allzu lange in körperlicher Starre zu verharren, muss er sich gelegentlich wachrütteln, mahnt doch sein Erkundungsdrang geradezu nach Vollendung. An intuitiv angesteuerten Hangpositionen schlägt wieder und wieder die bekannte „feldbodenkundliche Symptomatik" voll durch: Diese mag im stark geneigten Gelände mit einem zögerlichen, flüchtig ausgeführten Klappspaten-Kratzen beginnen. Sie steigert sich an exponierter Stelle zu einem zielgerichteten, mehrere Dezimeter tiefen Graben und wächst sich letztlich zu den aufreibenden Roll- und Knetbewegungen der Fingerprobe aus. Im Bereich der flachen Wiesentäler wird demgegenüber nicht lange gezögert: Hier steht ein zügiges Angehen des Bohrpunktes an, dem ein unspektakulärer, aber dennoch brachialer Schlagabtausch zwischen Bohrstock und Hammer bedingungslos Folge leistet.

Im Exkursionsgebiet seiner Kalkmulde freut sich Nikolaus Consdorf wie ein kleines Kind, wenn er endlich wieder das ein oder andere Tröpfchen Salzsäure zur Kalkbestimmung auf freigeschaufeltes oder aber per Bohrstock gefördertes Bodenmaterial träufeln darf. Die hör- und sichtbare, mitunter auch hefeteigartige Bläschenbildung, die die Salzsäure dem verwitterten Carbonat-gestein entlockt, erinnert ihn an die eine oder andere bemerkenswerte Prüfung, der er vor Jahren in kooperativer Eintracht mit dem Kollegen entgegentreten durfte.

Doch wo steckt dieser eigentlich? Ist er etwa abhandengekommen? Legt dieser seine Erdverbundenheit zum Wochenende hin ab wie ein schmutziges Gewand und folgt einem anderen Stern? Weit gefehlt! Von Consdorfs Seite kann an diesem Punkt ohne Wenn und Aber Entwarnung gegeben werden. Weder ist der Kollege von seinem festen Glauben abgefallen, noch hat er sich einer unbekannten, fragwürdigen Ideologie zugewendet. Des Rätsels Lösung steckt vielmehr in einem einzigen logistischen Begriff, und dieser lautet: „Arbeitsteilung". Stephan und Consdorf sehen sich vergleichbarem Terrain verpflichtet. Beide sind in puncto Freizeit in einem annähernd kongruenten Gebiet unterwegs; derart beackern sie in etwa das gleiche Hinterland. Es mag Tage geben, an denen Consdorf entspannt seinen Böden in der Prümer Mulde nachgeht und Stephan parallel dazu, in nur 20 bis 30 Kilometern Entfernung, in einer der nördlichen Kalkmulden verweilt. Dort könnte er beispielsweise – gleichfalls in überwiegend gebeugter, erdnaher Körperhaltung – mit sicherem Instinkt eines agilen Suchhundes abgeerntete Ackerflächen nach Fossilien absuchen oder aber, aufrecht wie ein Späher stehend, die flache Hand im Winkel an die Stirn gelegt, auf einem sonnigen Halbtrockenrasen aufmerksam nach seltenen Orchideen Ausschau halten.

Moselimpressionen

Das Moseltal ist in seiner Art das schönste Tal, das Nikolaus Consdorf bislang kennengelernt hat. Hat er die Mittelgebirgsland-schaften der Eifel und des Hunsrücks vor Augen, so mag er es kaum glauben, dass zwischen beiden mitunter derben Großland-schaften ein Tal von solcher Lieblichkeit und Anmut liegt. Das Mittelrheintal ist zwar eine imposantere Erscheinung, ihm fehlt allerdings die angenehme Leichtigkeit, wie sie maßgeblich von einem langsam und geschwungen dahinfließenden Gewässer ver-mittelt wird. Beim Anblick des überwältigenden Mittelrheintales mag manch einem Betrachter klar sein, dass sich der Fluss hier brachial in das Schiefergebirge eingeschnitten hat. Beim Moseltal hingegen wird sich kaum jemand fragen, wie es denn der sanfte Fluss wohl angestellt haben mag, das harte Gestein zu zersägen.

Im Bereich der Mittelmosel – zwischen Schweich und Müden – stellt sich das kurven- und windungsreiche Tal als tiefer, enghän-giger Reliefeinschnitt zwischen der Eifel im Norden und dem Hunsrück im Süden dar. Wie sich in diesem Streckenabschnitt anhand unmittelbar benachbarter, weit geschwungener Mäander-bögen allerdings auch zeigt, liegt die Eifel hier abschnittweise südlicher als der Hunsrück. Mit anderen Worten: Im Bereich ihrer Mäandertalstrecke ändert die Mosel vielfach ihre Fließrichtung.

Die mittlere Flussbreite der Mosel beträgt in dem gesamten Ab-schnitt 100 bis 150 Meter, die Talbreite – so sie zwischen den Hangoberkanten beider Talseiten gemessen wird – liegt demge-genüber häufig zwischen 400 und 500 Metern. Die Hänge sind meist als zirka 150 Meter, stellenweise auch mehr als 250 Meter hohe Steilhänge ausgebildet. In einem Höhenniveau von 230 bis 250 Metern ist häufig ein scharfer Hangknick zu beobachten, der oberhalb des Engtales zu einem mehrere Kilometer breiten, fluss-begleitenden Flachrelief überleitet.

Blickt man von erhöhtem Posten aus hinein in die offene Talland-schaft, so zeigt sich, dass das Landschaftsbild maßgeblich von dem „Prallhang-Gleithang-System" des Flusses bestimmt wird. Dieses ist durch den kontrastreichen Gegensatz zwischen senkrecht aufra-genden Felswänden auf der einen Seite und langsam ansteigenden, flach geböschten Gleithängen auf der gegenüberliegenden anderen Seite gekennzeichnet. Da das gesamte Moseltal ein klimatischer

Gunstraum ist und über die Vielgestaltigkeit der Hänge ein räumlich stark differenziertes Lokalklima vorliegt – mit warmen und trockenen Südhängen sowie kühleren und feuchteren Nordhängen –, weist auch die Nutzung der Taleinhänge ein variierendes Muster auf: Die steilen, südexponierten Hänge und die flachen Talböden werden als Weinberge bzw. Weinbauflächen genutzt, die nordexponierten Lagen sind demgegenüber mit Laubwald bestanden. Die alten Moselorte befinden sich unten in den Tälern in direkter Anlehnung an den Fluss und haben sich von dort ausgehend hinein in die höheren Hangareale ausgedehnt.

Neben diesen Grobstrukturen fallen weitere Details auf, die zu einer deutlichen Akzentuierung der Landschaft beitragen. In erster Linie sind dieses verschiedenartige Felsausragungen im devonischen Schiefergestein, die entweder in den geordneten, grünen Weinbergen oder aber in den ungeordneten, vielfarbigen ehemaligen Rebbergen auftauchen. Gerade diese aufgegebenen Areale, auf denen sich zwischen Felsen im Zuge der natürlichen Verbuschung verschiedenartiges Strauchwerk breitgemacht hat, vermitteln einem die relative Trockenheit dieser Standorte. Sie führen dem Betrachter vor Augen, dass an den steilen, südexponierten Hängen Strahlungsverhältnisse vorherrschen, die ansonsten eher in Norditalien anzutreffen sind. Abseits der Felsen runden die vielerorts oberhalb der steilen Weinberge stockenden Laubwaldreste das Bild der südlichen Hänge entscheidend ab.

Obwohl sich Bodenforscher wie Nikolaus Consdorf im Allgemeinen an naturnahen, wenig überprägten Landschaften erfreuen und folglich auch mit gewissen Auswüchsen in der Kulturlandschaft nichts zu tun haben wollen, kommen sie beim Anblick der hinter dem Flussufer ansteigenden Weinbergterrassen und der hoch über dem Tal thronenden Burgen durchaus ins Schwärmen. Da gerät mitunter selbst in Vergessenheit, dass im Kofferraum des Kraftwagens ein Klappspaten und ein Bohrstock „kaltgestellt" sind, die theoretisch gerne zum Einsatz kämen.

Es ist das Verhältnis zwischen den Weinbau-, Wald- und Siedlungsflächen – gleichfalls zwischen steilem und flachem Gelände –, welches durch die Gegenwart einer ruhigen Gewässerfläche dem Talraum eine anmutige Ausgewogenheit verleiht. Wenn man denn so will, spiegelt sich diese auch in dem submediterranen Flair der schönen Moselorte wider. Gerade dieser fehlt den angrenzenden Mittelgebirgslandschaften von Eifel und Hunsrück vollends.

Ein besonders beeindruckendes Moselbild zeigte sich Consdorf während einer mehrtägigen Herbstexkursion, deren Verlauf durch schönstes Hochdruckwetter gekennzeichnet war. Nachdem sich an jenem Tag der anfangs tief und schwer im Tale liegende Nebel am späten Vormittag allmählich über dem Wasser aufgelöst hatte, kam mit einem Male ein Himmelsblau zum Vorschein, das ansonsten eher am Mittelmeer zu Hause ist. Am Morgen dieser eingangs düsteren Inszenierung hatte er zunächst befürchtet, der Tag würde hoffnungslos im tristen, dunklen Grau versinken. Hieran schloss sich eine Übergangsphase an, in der ihm nicht klar war, was er von dem wechselhaften Schauspiel zu halten habe: Mal schien der Nebel in Auflösung begriffen – ließ stellenweise hinter dünnem Schleier etwas Graublau erahnen –, mal verdichtete er sich erneut ins Düstere. Schließlich jedoch, nach dem Abzug mittelgroßer und letzter kleinerer Schwaden, freute er sich, die einmalige Vereinigung des lichten Himmelsblaus mit dem frischen Grünblau des Flusses erleben zu dürfen.

Fast hatte er dabei den Eindruck, als wäre der Tag ein zweites Mal erschaffen worden und würde nun eine neue Sicht auf die Dinge freigeben. Es kam ihm so vor, als wäre in dem Flusswasser selbst etwas lang und langsam gekocht worden – ein Gebräu, das dampfend aufsteigen musste und dann, nach Auflösung letzter Dunst- und Dampfschwaden, einen geklärten Blick auf das ziehende Moselwasser erlaubte.

Nachdem Consdorf Eindrücke dieser sinnlichen Dichte und Anmut mehrere Tage lang in sich aufgenommen hatte, entschied er sich, auch das oberhalb des Taleinschnitts liegende Flachrelief zu einer ausgiebigen Ruhepause aufzusuchen. Dieses flussbegleitende Flachrelief erreichte er über einen der lang gezogenen Wanderwege, die von dem engen Tal aus über lichte Weinberge und durch hallenartigen Hangwald hindurch bequem nach oben führen. In der Höhe angekommen, suchte er sich auf einer weiten, weichen Wiese ein ruhiges Plätzchen und genoss, den Talraum überblickend, die schöne Fernsicht. Hatte er die Tage zuvor die Vielfalt des engen Tals auf sich einwirken lassen, so bot sich ihm hier oben ein weiteres Mal die Gelegenheit, beinahe grenzenlos in die Weite der Landschaft blicken zu können. Auf der anderen, scheinbar in

Greifweite liegenden Flussseite, die durch leichten Dunst über dem Gewässer verschleiert war, zeigte sich ihm gleichfalls flaches Gelände, das dem Charakter nach der diesseitigen Fläche bis aufs Haar glich. Erst hinter dieser flachen Höhenterrasse tauchten im Hintergrund deutlich aufragende, bewaldete Höhenzüge auf. Obwohl ihm der Fernblick einiges zeigte, wurde er sich unwillkürlich darüber klar, dass er das Entscheidende, das Tage zuvor verinnerlichte Moseltal, hier nicht zu Gesicht bekam.

An besagter Position, die sich in rund 270 Metern Höhe auf der Hunsrückseite oberhalb des Ortes Treis befindet, richtete Consdorf seinen Blick in Nord-Nordwest-Richtung. Er zielte demnach ziemlich genau dorthin, wo sich in rund 100 Kilometern Entfernung sein rheinisches Habitat befindet. Unvermittelt erinnerte er sich daran, dass er bereits vor Jahren einen vergleichbaren Blick in die Ferne riskiert hatte. Damals war es eine Rast am nördlichen Alpenrand, die ihn veranlasste, eindringlich nach Norden zu schauen, um dabei gewissermaßen die Zukunft in Augenschein nehmen zu können.

Mit hiesigem, in die Ferne greifenden Blick versuchte er nun, gedanklich seine zurückliegenden Jahre mit seinem Moselaufenthalt in Einklang zu bringen. Konkret fragte er sich, ob es möglicherweise tief in der Vergangenheit wurzelnde Kräfte gebe, die sich für seine Vorliebe für das Moseltal verantwortlich zeigten und ihn derart in Bewegung gesetzt hätten, genau dieses Ziel anzusteuern. Um die Dinge vorab beim Namen zu nennen: Bislang ist es Consdorf nicht gelungen, auf diese Frage eine schlüssige Antwort zu finden.

Fest steht für ihn jedoch Folgendes: Am Anfang war in weit zurückliegender Zeit die Plattentektonik am Werk gewesen. Sie hatte bewirkt, dass der Alpenkörper in Form eines mächtigen Deckengebirges aufgetürmt wurde. In Folge dieses tektonischen Großereignisses wurden schließlich auch die weiter nördlich liegenden Mittelgebirgslandschaften – so auch die Eifel und der Hunsrück – angehoben. Mit einer starken, dort vor rund 700 000 Jahren einsetzenden Gebirgshebung sah sich der Moselfluss gezwungen, in das felsige Schiefergebirge einzuschneiden. Dass dieser Hebungsvorgang in ihrem Gebiet besonders intensiv war und gleichfalls in der Gegenwart anhält, wissen einige aus Eifel und Hunsrück kommende, steil dem Moseltal zulaufende Gebirgsbäche eindrucksvoll zu dokumentieren. Diese können sich nur mit Mühe auf das Tiefenniveau der Mosel einstellen. Einen besonders starken Eindruck dieser Hebungstendenzen und der ihr entgegenarbeitenden Bacherosion vermittelt eine Wanderung durch die Ehrbachklamm oberhalb der Ehrenburg bei Brodenbach. Wer wie Consdorf verschiedene Klammen im Alpengebiet durchwandert und bewundert hat, kommt nicht umhin, auch derartige Moselklammen als echte Klammen zu bezeichnen.

Die tektonische und geologische Historie bildhaft vor Augen, zeigte sich Consdorf an diesem Punkt beinahe geneigt, auch mit Blick auf seine Person ein verborgenes Band zwischen weit zurück liegenden Ereignissen und seiner hiesigen Rast auf der Moseltal-Hochfläche anzunehmen. Vor dem Hintergrund derartiger, nebulös aufsteigender Mutmaßungen drängte sich ihm mit Nachdruck ins Bewusstsein, dass seine Exkursionen in der Prümer Kalkmulde wie auch andere Eifelerkundungen nachweislich den Spuren seiner Vorväter folgen. Sollte diese Ahnenlinie etwa gleichfalls für das Moselgebiet zuständig sein? Oder müsste er in diesem konkreten Fall dann doch eher auf jenen Vorvater – einen Großvater mütterlicherseits – zugreifen, der vor einhundert Jahren von der Mittelmosel aus ins Rheinland abgewandert war?

„Ich weiß ja nicht, was mir die Gene so alles auf die Festplatte geschrieben haben!", hatte Consdorf schließlich vor dieser Gesamtkulisse mit schmunzelnder Miene ausgerufen und dem in ruhigem Ton hinzugefügt: „Aber vielleicht hat mich ja jener Consdorf-Urvater auf mysteriösen Wegen an die Mosel geleitet – einfach nur deshalb, um mir den schönen Blick zu zeigen, den auch er in jungen Jahren tief ins Herz geschlossen hatte."

Consdorf ist zur unumstößlichen Gewissheit gelangt, dass er hier an der Mosel in etwa die südliche Grenze seines Exkursionsgebietes erreicht hat; weitere südwärts gerichtete Erkundungen scheinen ihm nicht zwingend erforderlich. Gleichfalls ist er sich ziemlich sicher, mit seiner Ankunft an dem Fluss ein persönliches Zwischenziel erreicht zu haben – so als hätte er eine Kreisform vollendet. Unverrückbar gilt für ihn, dass sein Land – das Land, das er angetreten ist, mit Leib und Seele zu erkunden – sich hier an der Mosel ganz besonders gut anfühlt. Für ihn ist das Moselgebiet schlichtweg die „Côte d'Azur des Rheinlandes".

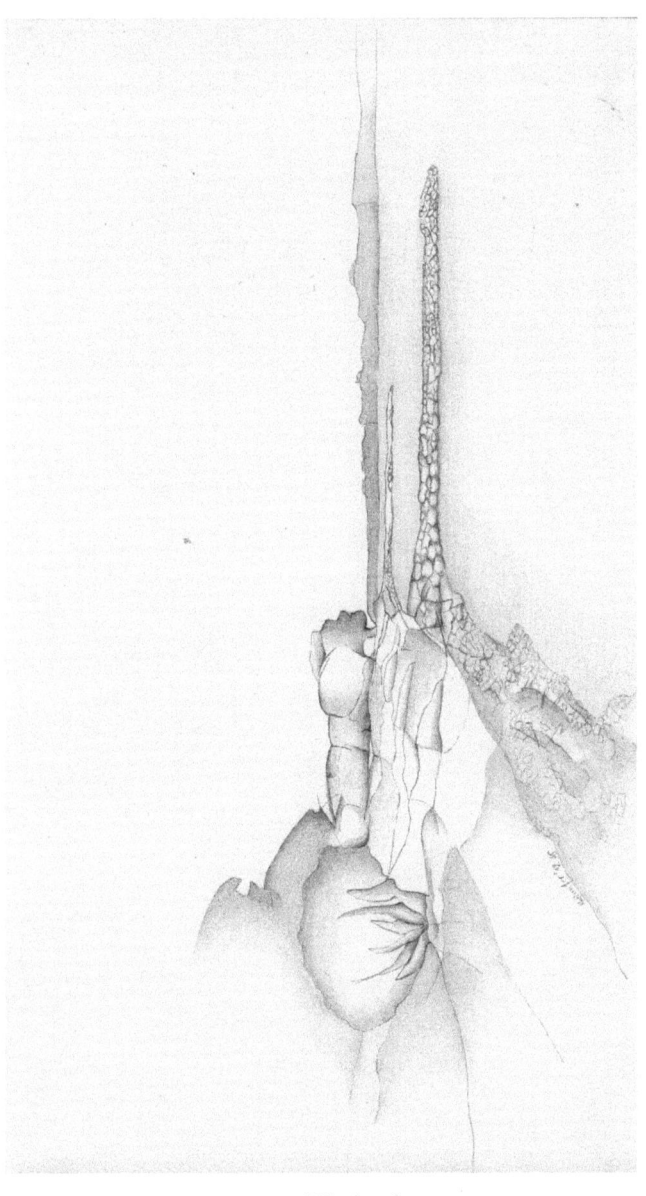

Rheinufer

Besinnungsflucht am Rhein

Da Consdorf in Bindung an sein städtisches Quartier viel zu selten Zeit und Gelegenheit findet, einen Gebirgsgipfel – geschweige denn einen ansehnlicher Gestalt und Höhe – aufzusuchen, um dort vom Himmel herab seine Befindlichkeit zu beleuchten und in Gedanken die Balance zwischen verschiedenen ihm zugeneigten Landschaften herstellen zu können, versteht er es inzwischen meisterlich, sich eines gewissen Tricks zu bedienen. Hierzu steuert er, wenn ihm ein bis zwei Stunden zur Verfügung stehen, bevorzugt eines der ruhigen Plätzchen im Auenbereich des stadtnahen Rheinufers an – jenen Auenflächen, die durch flächenhafte Wiesenvegetation, einzelne hoch aufragende Pappeln und eingestreute Gruppen aus Weidengebüsch gezeichnet sind.

Dort angekommen, lässt er sich in der trockenen Jahreszeit im hohen, weichen Gras nieder oder steuert in den ungemütlichen Monaten eine steinerne Sitzgelegenheit in der teils gemauerten, teils geschütteten Uferbefestigung an. Letztere besteht aus einer schönen, geometrisch geformten Basaltsäule oder aus einem ungleichmäßig gebrochenen Felsblock.

Hat Consdorf derart Posten bezogen, sieht er sich mit dem gekräuselten, flach ziehenden Rheinwasser alleine. Dieses brandet entweder leise im Seichten oder meldet sich gurgelnd wie spritzend in den winkligen Hohlräumen der Uferbefestigung zu Wort. Für einen abseitsstehenden Beobachter mag es an diesem Punkt durchaus scheinen, als würde er dumpf und anteilslos auf das nordwärts strömende Wasser starren. Diese Vorstellung ist jedoch mehr als trügerisch. Denn mit einem lang anhaltenden Blick auf das Gewässer versucht er mit den Landschaften seines Umlandes Kontakt aufzunehmen. Es sind dieses jene Gegenden, die er Jahre zuvor besucht und durchwandert hat und die seit jenen Tagen in ihm einen festen Platz gefunden haben:

Bei einem Besuch am Fluss sieht Consdorf derart, wie die Mosel am Deutschen Eck bei Koblenz unablässig dem Rhein ihr Wasser anvertraut. Und genau dieses Moselwasser ist es, welches nun – als bedeutsamer Teil des Rheinwassers – geruhsam seinen Pausenplatz passiert. Als Nächstes taucht vor seinen Augen das liebenswert windungsreiche Moseltal auf. Er erinnert sich an verschiene Episoden zurückliegender Tage, und mühelos gelingt es ihm, einige markante Bildsequenzen abzurufen.

Nach diesem geistigen Talbesuch wandert Consdorf, die Mündungsbereiche in die Mosel in Augenschein nehmend, einen der Nebenbäche hinauf und glaubt nun förmlich daran teilzuhaben, wie auch dieser Kleinzulauf der „Moselmutter" sein Wasser übergibt. Mit Blick auf den ruhig ziehenden Rheinstrom will er erkennen, dass auch dieses Bachwasser unablässig an seinem Posten vorbeifließt. Auch diese Flüssigkeit entlockt seinem Gedächtnis lebhafte Erinnerungen: Mit einem Male findet er sich auf einer schönen bachbegleitenden Hunsrück-Wanderung in der Ehrbachklamm wieder. Ein anderes Mal taucht er auf der Eifelseite bei Kyllburg auf – ufernah an dem dortigen Umlaufberg des Flusses, an dem er schon als Kind über Stunden rote Sandsteine eingesammelt hatte. Oder er radelt in maßvollem Tempo das windungsreiche Tal der Our an der deutsch-luxemburgischen Grenze entlang. Ab und an sieht er sich gleichfalls nördlich von Schönecken – auf vertrautem Terrain der Prümer Kalkmulde – am Rande der Nims stehen und dort vorsichtig mit dem Klappspaten an der Uferböschung des Gewässers kratzen. Dort fragt er sich dann, ob der dortige Bodenaufbau nicht doch irgendwelche markanten Rostflecken oder Bleichungen zu erkennen gibt.

Wenn es Nikolaus Consdorf während einer dieser ufergelehnten Besinnungsfluchten im Detail weitertreibt, glaubt er es möglicherweise am eigenen Körper mitzuerleben, wie gegenwärtig in einem entlegenen Gebiet des Schiefergebirges ein Starkregen niedergeht; wie dieser dort an den Hängen beachtliche Fluten nach sich zieht und schließlich in den Poren der Erde verschwindet. Er hat nun lebhaft vor Augen, wie dieses Gemisch aus Oberflächenwasser und Sickerwasser im Gefolge die kleinsten Gerinne und Bäche anschwellen lässt und wenig später zu gleichfalls erhöhten Abflüssen in den größeren, namhaften Bächen führt.

Seine Vorstellung mag ihn anschließend vollends in eine seiner wohlvertrauten Gebirgsgegenden absetzen: Nun taucht er, mit einem gelben Regencape behangen und in hohe Gummistiefel gesteckt, entweder auf einer ausgedehnten Wiese auf – weithin sichtbar dort unter einer alten Buche stehend – oder aber ist tief in einem dichten Fichtenforst versteckt, wo er in hockender Stellung abwartet. In einer derart bewegungsarmen Situation zu langem

Ausharren verdonnert, spürt er sodann, dass er ohne Wenn und Aber festen Fußes in dem Boden dieser Landschaft verwurzelt ist, dass er sich hier und jetzt genau am richtigen Platz befindet. Sodann vernimmt er das zart und leise auf seine Schultern prasselnde Regenwasser; er beobachtet, wie dieses in dünnen Fäden zu fließen beginnt, unablässig von seinem Cape tropft und schließlich unbeirrt den Weg in die humose Erde sucht.

Wenn er diese starken Gedankenbilder anschließend für einen kurzen Moment beiseiteschiebt und den Blick erneut mit ganzer Kraft dem gleichförmig fließenden Strom schenkt, dann wird ihm plötzlich merkwürdig warm ums Herz: Er fühlt nun förmlich auf der Haut – so, als würde ihn eine liebe Hand streicheln –, dass Teile des hier fließenden Rheinwassers auf den Böden seiner geliebten Gebirgslandschaften abgeflossen sind oder aber das Glück hatten, den Porenraum der dortigen Erde durchdringen zu dürfen.

EXKURS: Reise ins Périgord – Streit mit Stephan?

Consdorf und Stephan sehen sich so manches Mal in beinahe magischer Weise vom Glück geführt; von einem Glück, das die angenehme Dienstpflicht, suchen zu dürfen, bereithält, und von einem Glück, das gleichermaßen gelegentlich den einen oder anderen besonders schönen Fund ans Tageslicht zu fördern erlaubt.

Diese glückliche Führung – man mag sie auch Fügung nennen – tritt ihnen ab und an, beinahe schicksalhaft, in einer ganz bestimmten Person entgegen. Seit vielen Jahren dürfen die beiden eine gewisse Frau als gemeinsame Freundin und Kollegin betrachten. Diese liebe Frau ist wie sie seit Jahrzehnten in verschiedenen deutschen Gegenden unterwegs, um dort gleichfalls auf wenig ausgetretenen Pfaden jenen Geheimnissen der Landschaft nachzuspüren, die vermutlich nur dem im Felde arbeitenden Bodenforscher bzw. in diesem konkreten Falle der im Felde arbeitenden Bodenforscherin vorbehalten sind. Die befreundete Bodenfrau hat mehrere Namen: Sie trägt einen nicht ungewöhnlichen Vornamen, einen deutlich verkürzten Rufnamen wie auch einen im Freundeskreis weitverbreiteten Spitznamen. Bei einigen besonderen Geländeeinsätzen, die Consdorf und Stephan in zurückliegenden Tagen gemeinsam mit ihr bestehen durften, hatte sie sich bald jedoch jenen besonderen „Erdnomen" verdient, der bis heute in ihrem Schaffen unumstößlich verankert ist, der fest wie ein Fels in der Brandung steht und der vor allem ihrem beruflichen Auftreten und Wirken in mancherlei Hinsicht vorauseilt: „Soily" – „Soily" ist ihr Name! Nomen est omen – mit all den Verpflichtungen und Verbindlichkeiten des Terminus technicus:

Soily ist eine Fachkollegin, wie sie in keinem Buche steht. Soily schöpft bei ihrer Arbeit aus einem tiefen, schier unergründlichen Fundus. Sie wartet mit all dem auf, was die Feldarbeit zwingend erfordert, und darf darüber hinaus einige äußerst bemerkenswerte Fähigkeiten ihr Eigen nennen, die sie in geradezu angenehmer Weise von der spröden Oberflächlichkeit des rein Akademischen abhebt. Denn Soily besitzt nachweislich jenes Organ, mit dem sich nur die wenigsten Naturwissenschaftler trauen dürften, in dienstlicher Hinsicht aufzuwarten: Sie hat eine besondere Nase – eine Nase, die in jedem Falle ihresgleichen sucht. Man mag es kaum glauben. Mit diesem außergewöhnlich „feinen Riechorgan" gelingt es ihr in bestimmten Lagen genau das zu riechen, was Consdorf und Stephan erst mit tatkräftigem Körpereinsatz und zielgerichtetem Bodenbohren ans Tageslicht zu fördern imstande sind.

Auch Consdorf und Stephan sind in puncto weiblicher Intuition und Weitsicht gewiss schon einige Male angestoßen worden und mit den hinlänglich bekannten Statements konfrontiert worden: „Frauen haben die bessere Nase!", „Frauen wissen in der Regel, wo es langgeht!" oder „Frauen haben Weitsicht!", das waren auch für sie lange Zeit ausgehöhlte Allgemeinplätze – wenn nicht gar hohle Gassenhauer –, die nicht nur einmal mit einem gelangweilten „Ja, ja, ja!" kopfschüttelnd freundlich belächelt und umgehend emotionslos abgehakt wurden.

Als Soily sie jedoch Mitte der 90er-Jahre in eines ihrer waldreichen Gebiete mitnahm, da sahen sie sich plötzlich mit wissenschaftlich nicht geläufigen, zuvor für unmöglich gehaltenen Arbeitsmodi konfrontiert. Dort wurden sie in eine Kunst eingewiesen, die vermutlich nur wenige Fachkollegen beherrschen; da standen sie mit einem Male regungslos und angewurzelt da, so, als würden sie irgendwo neben sich selbst stehen, und mussten mit hängenden Kinnladen und weit aufgerissenen Augen Tatsachen zur Kenntnis nehmen, die ein abnickendes „Ja, ja, ja!" geradezu im Keime ersticken ließen.

Bei jener gemeinsamen Wanderung durch das Gebirge hatte Soily ihre Nase leicht aufgerichtet und damit zielsicher in den Wind gestellt. Offenbar hatte sie umgehend Witterung aufgenommen und ließ sich wenig später zu einigen eigentümlichen Aussagen und weitreichenden Schlussfolgerungen hinreißen: „Hier riecht es deutlich nach Pilzen; ich kann den Boden mit seiner stark sauren Humusauflage und dem darunter lagernden, verarmten Mineralkörper förmlich riechen; mit Sicherheit ist hier irgendwo ein saures, nicht kalkhaltiges Gestein mit im Spiel!" – Consdorf und Stephan blickten sich kurz und wortlos an. Wollte sie hier jemand an der Nase herumführen? An dieser Stelle gaben sie zunächst übereinstimmend vor, nicht richtig hingehört zu haben. Vor allem aber roch es für sie hier keinesfalls nach Pilzen! Wären sie mit einer fremden Person unterwegs gewesen, hätte mindestens einer von ihnen, ob nun annähernd wortlos oder aber ganz sanft und leise, vor sich hin gemurmelt und einen kurzen, unfreundlichen Satz zustande gebracht: „Die Alte hat ja wohl 'n Rad ab!" oder „Der

Typ ist ein absoluter Spinner!", hätte es geheißen. Aber die hiesige Lage war nun einmal eine vollkommen andere. Vielleicht verfügte die liebe Kollegin ja tatsächlich über ein außergewöhnlich empfindliches Riechorgan, und die bislang nicht gesichteten Pilze würden wenige Meter weiter urplötzlich aus der Deckung eines Fichtenforstes treten oder ihnen dort zumindest ins Auge springen?

Was Soily hier zum Besten gegeben hatte, war für die beiden Männer jedoch in anderer Hinsicht überaus erstaunlich, wenn nicht gar fragwürdig. Waren sie hier nicht in einer Landschaft unterwegs, die großräumig von Kalkgesteinen aufgebaut wird – von Kalkgesteinen, auf denen bekanntermaßen keine sauren Bodenbildungen entstehen und auf denen nach landläufiger Meinung wiederum auch keine Pilze zu finden sind? War die mitgeführte geologische Karte nicht äußerst präzise und wies weit und breit keine anderen Gesteinsserien als Kalke auf?

Rund 50 Meter weiter tauchten allerdings, wie aus dem Nichts, einzelne verkümmerte Pilzgestalten auf, die Soily umgehend veranlassten, einen Halt einzulegen. „Hier könnt ihr gerne mal bohren!", ordnete sie freundlich und in ruhigem Ton an. Nachdem die beiden neugierigen Männer eine entsprechende Bohrung niedergebracht hatten und abschließend den Bohrstock aus dem Boden zogen, trat natürlich genau das zutage, was Soily mit klaren Worten prophezeit hatte und was sie zuvor offenbar dank ihrer „feinen Nase" gerochen hatte: Es handelte sich um genau jene Bodenverhältnisse, die sie gewittert hatte. Auch die geologische Situation war vollständig anders als in dem mitgeführten Kartenwerk dargestellt. In den unteren Dezimetern des Bodenbohrers steckte tatsächlich zerschlagenes, nicht kalkhaltiges, silikatisches Ausgangsgestein. Dieser augenscheinlich unumstößliche Befund war es auch, der Consdorf und Stephan beinahe in Schockstarre versetzte und minutenlang eine betretene Sprachlosigkeit auslöste.

Gleichzeitig war Soilys Treffsicherheit von diesem Punkt an der Grund, ihren Ankündigungen künftig größere Aufmerksamkeit zu schenken und in gleichem Zuge dem vermeintlich Unglaublichen mit weniger Skepsis gegenüberzutreten. Und in der Tat, auch später, bei weiteren gemeinsamen Geländeeinsätzen, ließ Soily keine Gelegenheit aus, den Gesteins- und Bodenverhältnissen mit der Nase nachzugehen. Mal roch sie aus beachtlicher Distanz den fruchtigen Duft von Heidelbeeren oder sonstigen Vaccinien und ordnete diesen fehlerfrei jene besagten sauren Substrate zu, mal ließ sie sich von einem würzigen Minzegeruch leiten und kommentierte diesen mit den Worten: „Auch wenn hier nur Bäume zu sehen sind, sollten wir eigentlich bald auf eine größere Lichtung treffen. Dort erwarten uns schwach saure, schlammige Böden mit Stauwassereinfluss!" Wie dem auch sei, Soily lag in der Regel haargenau richtig: Sie roch, sie steuerte zielsicher entsprechende Lokalitäten an und nahm dort die Qualität ihrer eigenen Aussage unmittelbar in Augenschein.

Für Consdorf und Stephan bleibt Soily in dieser Hinsicht zweifelsfrei das Maß aller Dinge – ihren Prophezeiungen mutet beinahe etwas Mystisches an. Vermutlich liegt ihre Kunst für sie allerdings für alle Zeiten in unerreichbarer Ferne. Aber genau diese unbestreitbare Sachlage war es auch, die die beiden Jahre später zu einigen anregenden Überlegungen und einem gewissen kreativen Schlagabtausch antrieb:

„Meine Knochen tun mir schon ziemlich lange weh. Langsam sollte man gewisse Dinge vielleicht auch einmal mit etwas mehr Nase angehen!", sagte Stephan zu Consdorf.
„Meinst du angehen oder suchen?", erwiderte dieser.
„Angehen, suchen, was treiben wir denn anderes seit Jahren?", stellte Stephan nachdrücklich in den Raum. Dann fuhr er fort: „Finden, darum geht es mir! Haben wir denn jemals etwas wirklich Vernünftiges gefunden?"
„Na klar! Kannst du dich denn nicht mehr an den Fünfer-Reichspfennig aus der Führerzeit erinnern – der mit dem stattlichen Adler und jenem merkwürdigen Kreuz, dessen vier Enden winkelig verbogen waren? Der tauchte doch unverhofft bei irgendwelchen Grabarbeiten auf!", antwortete Consdorf.
„Lieber Herr Consdorf, den Pfennig haben wir weder gesucht noch gefunden, der lag da halt einfach unter Bauschutt begraben. Vermutlich weil ihn jemand dringend loswerden wollte. Und außerdem haben wir ihn nicht an uns genommen, da er als Glückspfennig absolut untauglich gewesen wäre, sondern haben ihn zurück in das verdammte Erdloch geworfen, bevor wir dieses anschließend zugeschaufelt haben. Nein, ich meine, wir sollten als Lohn für unsere harte Arbeit durchaus beizeiten einen richtigen Schatz ausgraben dürfen – egal, um was es sich hierbei auch handeln mag!"
„Da geb' ich dir natürlich liebend gerne recht, Herr Kollege! Aber dann müssten wir uns möglicherweise viel ernsthafter von dem

leiten lassen, was wir bei Soily gelernt haben. Mindestens einer von uns beiden bräuchte halt ein wesentlich besseres Riechorgan. Hätten wir ein so ‚feines Näschen' wie die Kollegin, dann könnte man sich in mancherlei Hinsicht treffsicherer vom Instinkt leiten lassen. Dann müsste auch niemand mit Arbeitsanleitungen im Kopf und technischen Regelwerken im Gepäck durch Feld und Flur laufen, dann …"

Und in diesem Moment hielt Consdorf plötzlich inne. Was er hier skizzenhaft in Worten umriss und was in auffallender Weise nur häppchenweise über seine Lippen kommen wollte, das war bereits irgendwo tief in seinem Unterbewusstsein als vollendetes, bunt gestaltetes Gemälde angelegt – als eine großformatige, farbige Leinwand, die quasi auf nacktem Boden vor ihm ausgebreitet lag. Sie ruhte dort und schien von allen Seiten her hell angeleuchtet zu werden. Und er konnte dieses ausdrucksstarke Bild mit einem Male deutlich erkennen. Ob er nun ein erstes, ein zweites oder auch ein weiteres Mal einen kurzen Blick riskierte. Die beiden dort groß abgebildeten Gestalten wie auch die dargestellte Situation als solche waren eindeutig! Es handelte sich um ein kräftiges, vierbeiniges Tier und um einen schlanken Mann, die beide über eine locker hängende Leine miteinander verbunden waren. Consdorf wollte zunächst nicht aussprechen, was er gesehen hatte, die Darstellung war einfach zu absurd. Doch dann brach es aus ihm unter lautem Gelächter einfach nur so hervor:

„Ich lass' dich zum Trüffelschwein ausbilden. Mit dir an der langen Leine geh' ich Trüffel suchen – im Périgord! Dort werden wir dann ganz groß rauskommen!"

„Geh doch selber Trüffel suchen!", kam es umgehend von der anderen Seite zurück. Wobei Stephans beleidigte Miene unglaubwürdig und aufgesetzt wirkte und Sekunden später ungewollt in sein bekanntes Grinsen überlief.

„Suchen und finden, ich führe dich einfach locker an der Nase herum und du holst uns zielsicher, weil du gar nicht anders kannst, die dicksten und teuersten Trüffel aus der Erde", legte Consdorf nach. „Alles, was wir bislang gelernt haben, könnten wir mitnehmen, und mit dem Périgord hätten wir ein neues und wahrhaft schönes Exkursionsgebiet vor Augen. Dort läge absolutes Neuland vor uns."

„Du hast es doch ohnehin im Kreuz, und außerdem ist deine Nase deutlich länger als meine, meinst du nicht, du könntest hier viel besser den Nasenbären geben und im humosen Lehm nach Pilzen wühlen?", entgegnete Stephan.

Langer Rede kurzer Sinn: Der Schlagabtausch war an diesem Punkte keineswegs beendet, die Kette an gegenseitigen Zuweisungen wollte nicht abreißen. Jeder beanspruchte für sich das verheißungsvolle Terrain des Trüffelsuchers, keiner wollte in die Rolle des armen Rüsseltieres schlüpfen, da dieses bei besagter Arbeitsteilung bekanntermaßen jeden schönen Fund wieder abzugeben hätte. Von beiden Seiten wurden alle möglichen Scheinargumente an den Haaren herbeigezogen und mit diesen die Trüffelsau durchs Dorf getrieben. Jeder hielt dem anderen vor, im Fall der Fälle – wenn er dann doch die arme Sau abgeben müsse – aller Voraussicht nach von der Leine gehen zu wollen. Vor allem dann, wenn er einen jener seltenen „schwarzen Périgord-Diamanten" gewittert habe und diesen anschließend wohl parierend ans Herrchen abtreten solle.

Aber besaß denn das Bild mit dem Trüffelschwein samt dem skurrilen Garn, welches nun um beide Akteure rankte, für Consdorf und Stephan nicht eine gewisse perspektivische Sinnhaltigkeit? Hatten sie sich nicht schon lange Zeit danach gesehnt, einmal in einem heimatfernen Gebiet die Erde durchwühlen zu dürfen? Verhieß eine besonders schöne Landschaft wie das Périgord nicht in mancherlei Hinsicht, ihren breit gefächerten Ansprüchen und Neigungen gerecht zu werden?

Dort warteten genau jene mächtigen, flach lagernden Kalksteinpakete auf sie, die als markante Steilufer geruhsam fließende Flüsschen begleiten und zudem nicht selten von einer schönen Burg gekrönt sind! Vor allem in den Talräumen und im Einzugsgebiet der Dordogne, einschließlich ihres Zulaufes der Vézère, reihte sich eine Sehenswürdigkeit an die andere. Hier gab es neben besonders eindrucksvollen Felsbildungen unzählige Burgen, Burgruinen, Schlösser und Kirchen sowie darüber hinaus zahlreiche bedeutende prähistorische Höhlen, die zu besichtigen und zu bewundern gerade auch für sie als Bodenforscher eine besonders lohnende Aufgabe wäre.

Ein feucht-warmes, ozeanisch geprägtes Klima mit langen Sommern versprach zudem jene lauwarmen Abende, an denen man gerne bis tief in die Nacht hinein draußen beisammensitzt und neben köstlichen Speisen ausgiebig die gespeicherte Sonnenergie der Vorjahre in Konsistenz vergorener Traubensäfte genussvoll in sich aufnimmt. „Leben wie Gott in Frankreich – savoir vivre!" – Consdorf und Stephan hatten mit dem Périgord, ob nun mit oder ohne Trüffelschwein, genau jene Landschaft von Anmut und Lieblichkeit vor Augen, in der die natürlichen und kulturellen Eigenarten einzigartig ineinandergreifen und sich stilvoll ergänzen. Wo niemand ernsthaft auf die Idee käme, die Vielgestaltigkeit der Schönheit in irgendeiner Form auseinanderdividieren zu wollen. Sollte es dort nicht auch die Möglichkeit geben, als erdverbundener Glücksritter „Leben und Arbeiten" symbiotisch unter einen Hut zu bringen? Einer sinnvollen Beschäftigung nachgehen zu dürfen, die in Einklang mit Natur und Landschaft steht, die einen redlich nährt und zudem nicht dem eigenen Glück im Wege steht, das wäre nun genau jene Vorgabe, der die beiden bedingungslos folgen würden.

Sollte sich Consdorf und Stephan tatsächlich in Zukunft die einmalige Gelegenheit bieten, eine Reise ins Périgord antreten zu dürfen, so wird für beide zweifelsfrei ein ganz bestimmter Besuch an oberster Stelle stehen. Einen speziellen Gang dürften und wollten sie sich in diesem Fall der Fälle keineswegs entgehen lassen. Es ist dieses der etwa zwanzig Meter tiefe Abstieg in die Höhle von Lascaux.

Die „Grotte de Lascaux" mit ihren weltberühmten prähistorischen Höhlenmalereien liegt zwei Kilometer südlich der Ortschaft Montignac an einem Felssporn im Vézère-Tal. Eine Rekonstruktion der Original-Höhle (Lascaux II), die im Gegensatz zu dem Original für die Öffentlichkeit begehbar ist, befindet sich in 200 Metern Entfernung. Auf diese naturgetreue Abbildung müssten Consdorf und Stephan bei besagtem Abstieg zugreifen, wollten sie der Vorstellung folgen, sie befänden sich tatsächlich in der Lascaux-Grotte. Die beiden sind sich im Übrigen vollkommen einig darüber, gerade sie als Bodenforscher müssten unbedingt an dieser Stelle tief unter die Erde gehen – hier böte sich ihnen nach Jahren endlich die einmalige Gelegenheit, ein „erdiges" Erkundungsvorhaben in ganz großem Stile anzugehen.

„Seit Jahren haben wir versucht, auf allen möglichen Wegen einen Blick in die Tiefe und auf die Vorzeit zu werfen; wenn nicht in dieser Höhle, wo sollten wir es sonst besser können?", hatte Consdorf eindringlich verlautbart und knüpfte hieran an: „Wir müssen unbedingt nachschauen, ob nicht jemand aus der Vorzeit für uns in der Grotte eine wichtige Botschaft hinterlegt hat, ob es dort etwas zu entdecken oder zu erfahren gibt, was wir im Anschluss zurück ans Tageslicht heben können!"

Sollte in der tiefen Abgeschiedenheit der Lascaux-Höhle tatsächlich jener Schatz ruhen, den sich besonders der Kollege eindringlich zu heben herbeigesehnt hatte? Für die beiden steht außer Zweifel, sie würden in dieser Höhle in einen unvergleichbaren Kosmos eintreten: Obwohl an den Wänden und Deckengewölben fest verankert, werden unzählige Wildtiere unter dumpf dröhnenden Hufschlägen auf sie zustürmen und Sekunden später in wildem Tempo an ihnen vorbeijagen: Auerochsen mit langen Hörnern, Pferde, Kühe, Hirsche, Wisente, Steinböcke und weitere Tierarten. Alles wird sich in ungeordneter, aber fließender Bewegung zeigen. Die Wildtiere werden selten einzeln auf sie zukommen, sondern vielmehr in kleineren Gruppen oder Herden heranstürzen. Auerochsen und kleinere Pferde werden in größter Zahl auftreten – nicht selten von Hirschrudeln begleitet. Die Größe der Tiere wird dabei vom Handformat bis hin zur Überlebensgröße variieren. Mit irdenen Farben wurden sie auf die Höhlenwände gemalt. Es sind dieses genau jene Erdfarben und Farbtöne, die Consdorf und Stephan seit Jahren mit ihren Fingerspitzen befühlen und zerreiben: Schwarz, Braun, Rot, Ocker, Gelb und Weiß.

Bemerkenswert ist, dass die Höhlenmaler aufgrund ihrer einzigartigen Beobachtungsgabe in besonderer Weise befähigt waren, die Wesensart der Tiere zu erfassen. In diesem Sinne halten vor allem die flinken Beinbewegungen der zahllosen Pferde das Geschehen in der Grotte in Bewegung – hier haben die Schöpfer der Tierwesen die Kreatur als pulsierendes Lebewesen erkannt und dargestellt. Auch ist es ihnen gelungen, die Natur der Höhle – die Eigenart ihrer Raumstrukturen – mit dem Körper der Wildtiere zu verbinden. An einigen Stellen schmiegen sich die Tierleiber derart an die gewölbten Oberflächen der verkarsteten Höhle an, dass sie zu Skulpturen werden und somit der Unterschied zwischen Fels und Tier wie aufgelöst erscheint.

Die beiden Bodenforscher hoffen innig, für mehrere Stunden vollends in die Welt der Höhle abtauchen zu können. In eine kraftvolle Urnatur, die durch die Wildtiere versinnbildlicht ist. Sie möchten unbedingt in Erfahrung bringen, wie sich die Welt in der Grotte anfühlt: Ob es sich hierbei um eine vergangene, für die Wahrnehmung für alle Zeit verlorene Welt handelt oder aber um einen nach wie vor intakten Kosmos, der ein warmes, inniges Gefühl von Geborgenheit vermittelt – gleich einem irdenen Mutterschoß.

Im weiten Vorfeld ihres geplanten Abstiegs haben sie sich gleichfalls einige wesentliche Fragen gestellt: Wenn die prähistorischen Höhlenmaler doch fähig waren, die Tierwesen ihrer Welt naturgetreu abzubilden, warum haben sie dann nicht auch den Menschen dargestellt? Haben sie sich denn nicht als gleichberechtigten Teil dieser belebten Natur verstanden – wenn nicht gar als Tier selbst? Oder erübrigte sich die Anwesenheit des menschlichen Abbildes schlichtweg deshalb, weil der Mensch als Höhlenbesucher, sobald er in das Höhlenszenario eintrat, ohnehin unweigerlich zu einem integralen Bestandteil des malerisch gestalteten Universalkosmos wurde? Consdorf und Stephan haben sich an diesem Punkt entschieden, derart spekulative Fragen beiseitezuschieben und stattdessen abzuwarten, bis ihnen tatsächlich Eintritt in die Welt der Höhle gewährt wird.

Mit Sicherheit haben die prähistorischen Vorfahren an den Wänden genau das abgebildet, was in ihrem Leben besondere Bedeutung hatte. Ihre Denkweise war voll und ganz von einem Leben als Jäger und Sammler geprägt und brachte demzufolge spezifische Glaubensvorstellungen hervor. In diesen Glaubensvorstellungen nahmen die Wildtiere zwangsläufig die zentrale Rolle ein. Die Wildtiere gaben den Menschen mit ihrem Leben alles, was sie besaßen. Menschliches Leben und Überleben war unter kaltzeitlichen Klimabedingungen ohne die jagdbaren Tiere undenkbar. Genau aus diesem existenziellen Grunde waren sie den Vorfahren heilig und wurden entsprechend bildhaft verehrt.

Die Tierdarstellungen an den Höhlenwänden symbolisieren letztlich das Leben schlechthin. Sie veranschaulichen den jahreszeitlichen Zyklus von Geburt, Leben und Tod und sind derart als eine Überlieferung in die tiefe Einsicht der naturgegebenen Kreisläufe zu deuten. Vermutlich wurden die Tiere aber auch als Ahnen angesehen, und einzelne Tierarten, denen man bestimmte Kräfte zuwies, fungierten als Clan-Wesen.

Höhlenmalereien heute noch existierender Naturvölker wie auch solcher Völker, die diesen Status erst in jüngerer Vergangenheit verloren haben, deuten darauf hin, dass bis in die Gegenwart hinein derartige Denkmuster und Glaubensvorstellungen überlebt haben. Da mag sich der Zeitgenosse selbst ein Urteil bilden, ob er einen Zeitraum von rund 15 000 Jahren – eine Zeitdifferenz, die zwischen den Lascaux-Malereien und der Gegenwart steht – als kurz oder lang erachtet. Mit Blick auf die Menschheitsgeschichte des Homo sapiens, welche immerhin mehr als 160 000 Jahre in die Vergangenheit zurückreicht, ist dieser Zeitraum jedoch eher als kurz denn als lang anzusehen.

Für Consdorf und Stephan bestehen in diesem Kontext keinerlei Zweifel: Hinter den Höhlenmalern der Kaltzeit, den Höhlenmalern in historischer Zeit und all jenen Zeitgenossen, die gegenwärtig keine Höhlenwände mehr bemalen, steckt in letzter Konsequenz ein und derselbe Typus Mensch. Vorhandene Unterschiede zwischen einem älteren und einem jüngeren sind eher rein oberflächlicher Natur und haben vermutlich keine signifikante Bedeutung. Die beiden wollten sich jedenfalls keineswegs anmaßen, die Fähigkeiten, das Denken und die Glaubensvorstellungen der Höhlenmaler gegenüber denen ihrer Zeitgenossen als minderwertig zu bezeichnen.

Müssen sie vermutlich noch lange Zeit ausharren, bis es sie tatsächlich ins Périgord verschlägt, so vermag diese Wartestellung sie nicht zu hindern, gezielte Gedanken anzustellen, in welcher Art und Weise denn sie – Consdorf und Stephan – als zeitgenössische Höhlenmaler eine Grotte wie in Lascaux ausgestalten würden. Wenn es vor wenigen Jahrzehnten doch möglich gewesen war, auf Lascaux I Lascaux II folgen zu lassen, so bestände doch zumindest theoretisch die Möglichkeit, auch eine weitere Grotte zu erschaffen. Eine neuzeitliche Version, die mit aktuellen Malereien zu versehen wäre. Nach Stephans Ansicht wäre dieses „Grotten-Update" dann konsequenterweise als Lascaux*** zu etikettieren. Aber was würden die beiden in dieser Höhle wohl als darstellungswürdig erachten?

„Wenn doch die Vorfahren an Höhlenwänden diejenigen Dinge dargestellt haben, die ihnen heilig waren, so müssten auch wir dort genau das abbilden, was uns heilig ist!", eröffnete Consdorf.
„Das, was uns beiden heilig ist, ist allerdings nicht unbedingt das Gleiche, was auch den meisten unserer Zeitgenossen heilig ist – wenn man den Begriff ,heilig' in diesem Zusammenhang überhaupt heranziehen will!", entgegnete Stephan.

„Uns sollte in jedem Falle das heilig sein, woran wir als ‚praktizierende Bodenforscher' glauben und was für uns als unumstößliche Gewissheit gilt", sagte Consdorf.

„Dann sollte ja klar sein, was wir an die Höhlenwände pinseln dürfen und was eben nicht – was zwingend im Vordergrund stehen muss und was allenfalls verschwommen im Hintergrund anklingen darf", gab der Kollege vorsichtig zu bedenken, starrte Consdorf eindringlich an und legte kurzerhand nach: „Theoretisch könnten wir wohl direkt ans Werk gehen!"

Natürlich redeten beide noch eine ganze Weile lang weiter. Sie tauschten Argumente aus und wogen von Fall zu Fall das Für und Wider gegeneinander ab, bis sich nach längerem Schlagabtausch schließlich ein erster ernsthafter skizzenartiger Entwurf andeutete:

„Eigentlich brauchen wir nicht viel", meinte Consdorf und fügte hinzu: „Wir leben nach wie vor unmittelbar von sauberer Luft, von klarem Wasser und von pflanzlichen sowie tierischen Lebensmitteln. Auch wenn bei letzteren die Kreatur zumeist zu einer leblosen, wenig geachteten Sache verkommen ist, so lässt sich zweifelsfrei festhalten, alles Genießbare wird von Mutter Erde geboren!"

Stephan ergänzte: „Deshalb sollten wir auch nicht allzu lange herumfackeln und umgehend ein ansehnliches Getreidefeld und einen stattlichen Maisacker auf die Höhlenwände projizieren. Im Vordergrund werden natürlich auch zahlreiche Kartoffelpflanzen Spalier stehen. Als Reminiszenz an den rheinischen Hackfruchtanbau dürfen gleichwohl auch einige große Kohlköpfe und Rüben nicht fehlen. Gut würden zudem Stangenbohnen und Weinreben kommen, da weiß der Betrachter in der Regel sofort, was gemeint ist – bei hoch rankenden Hopfenpflanzen jedoch wäre ich mir da nicht so sicher!"

„Und so weiter und so weiter!", ging Consdorf frech dazwischen und begann damit, sich nacheinander beide Hemdsärmel hochzukrempeln: „Zudem sollten wir mit Nachdruck bei unserem eigenen Thema bleiben. Das heißt, irgendwo muss satter Humus mit ins Spiel kommen!"

„Na klar", sagte Stephan, „der sollte sich quasi als roter Faden graubraun und fett durch die Darstellung an den Wänden ziehen. Der ist eben auch hier der Nährboden des Geschehens. Da er sich im Anschnitt präsentiert, wird man zudem verschiedene Pflanzenwurzeln erkennen können, die mitunter in größere Tiefe vordringen – schon aus diesem Grunde dürfen in der Grotte auch ansehnliche Baumwurzeln und zugehörige Baumriesen nicht fehlen."

„Da wir ja nun beide vom Sternzeichen her ausgewiesene Fischköpfe sind – und uns möglicherweise auch deshalb jahrelang an der Ackerscholle abgearbeitet haben –, werden wir wohl nicht umhinkommen, das flüssige Element samt einiger seiner Bewohner in entsprechender Form zu verewigen", gab Consdorf gut gelaunt zu bedenken.

Hierzu meinte Stephan: „Ein kleines stehendes Gewässer, das von einem bescheidenen Wasserfall gespeist wird, wird sich sicherlich einrichten lassen – auch mit zwei oder drei dicken Fischköpfen, die dem Besucher dumpf entgegenblicken. Da sehe ich dann allerdings auch die Gefahr, dass wir allzu sehr ins Kitschige abgleiten."

Im Folgenden wurden nun verschiedenartige Bilder der vergangenen Jahre heraufbeschworen, um hinsichtlich eines visionären Höhlenbildnisses zu einem breiter angelegten Grundgerüst zu gelangen. Da tauchten erneut saftig-grüne Almflächen mit friedlich weidenden Jungrindern auf, da zeigten sich suhlende Schweinekörper, die offenbar ihre Stallungen verlassen hatten, um ihr erdverbundenes Naturell nach voller Lust und Laune auszuleben, und da gab es schließlich jede Menge freilaufender Hühner, die in allen möglichen Positionen – ob nun einzeln oder aber zu Trupps und kleineren Herden formiert – pickend und gackernd unterwegs waren.

Natürlich warf ein „neuzeitliches" Mammutprojekt dieser Dimension und Ausrichtung verschiedene grundsätzliche Fragen auf: Sollte man an den Höhlenwänden tatsächlich alles Relevante nacheinander bzw. nebeneinander abbilden – alle möglichen bedeutsamen Nutzpflanzen und Nutztierarten, darüber hinaus zahllose bekannte heimische Wildtier- und Wildpflanzenarten, oder müsste es in dieser Grotte vielmehr um die Konstitution eines ganzheitlichen Ausdrucks gehen? Dieser wäre dann eine ökologische Gesamtschau, die die funktionalen Beziehungen zwischen den Tierwesen, dem Wald, den Weide- und Ackerflächen, den Böden, der Luft und dem Wasser sowie weiteren in der Landschaft gründenden Faktoren irgendwie zu veranschaulichen hätte. In letzterem Falle könnte man demnach zwar gut und gerne auf Bildmotive der Kategorie „Röhrender Hirsch vor Bergsee" verzichten, müsste sich statt dessen jedoch dem schwierigen Unterfangen unterziehen, dasjenige bildhaft darzustellen, was in der belebten Landschaft an Prozessen und Wechselwirkungen abläuft. Dabei würde es sich allerdings schlichtweg um genau jene Dinge handeln, die den prähistorischen Höhlenmalern von Lascaux I wie sicherlich auch deren Zeitgenossen aus eigener Beobachtung und Erfahrung hinlänglich bekannt waren, die demgegenüber den neuzeitlichen Menschen allenfalls flüchtig – „nach Hören und Sagen" – aus Lehrbüchern, Film- und Fernsehreportagen geläufig sind, nicht jedoch aus ihrer körpereigenen Erfahrung.

Aufgrund der beachtlichen Höhlengröße eines Lascaux***-Projekts sehen sich Consdorf und Stephan in dieser Hinsicht allerdings nicht in die Enge getrieben. Wenn es sich hierbei doch um ein anregendes Gedankenspiel handelt, so stehe ihnen doch alle Zeit und Fantasie zur Verfügung, die Dinge nach und nach an die richtige Position zu rücken und das Gefüge zwischen den Teilen in geeigneter Weise auszubalancieren.

Bedeutsamer erscheint ihnen demgegenüber die Frage, in welcher Art und Weise sie als Maler der Gegenwart mit den technischen Errungenschaften der Zeit umzugehen hätten. Sollten diese etwa in keinerlei Form angesprochen werden und somit vollends aus der Höhle verbannt werden? Heilig sind diese den beiden Bodenforschern nicht unbedingt, im täglichen Gebrauch wohl aber in der einen oder anderen Form nützlich wie dienlich.

„Hochhäuser aus vergammelten Betonplatten, abgewrackte Fabrikhallen, alte Schornsteine aus Ziegelstein, rostige Stahlbrücken, moderne Kraftfahrzeuge jeglicher Art, möglicherweise auch noch ein Atomkraftwerk und Ähnliches, alles was städtisch, industriell oder protzig ist, möchte ich eigentlich nicht an den Wänden der Grotte sehen", gab Consdorf mit einer schnell nach oben gerichteten Armbewegung zu verstehen. „Allenfalls wirklich nur ganz stark verschwommen und diffus im Hintergrund angedeutet", fügte er nach einer kurzen Pause mit unverkennbarem Unwillen hinzu. „Genau diese technologischen Errungenschaften und Auswüchse sind doch aber der Grund und Ausgangspunkt dafür, dass wir jahrelang den natürlichen, existenziellen Verhältnissen auf der Erdoberfläche gefolgt sind –, die können wir deshalb doch nicht vollkommen aus dem Spiel lassen!", meinte Stephan, sah seinen Kollegen groß an und fügte abschließend hinzu: „Wenn doch jene modernen Errungenschaften von einer Großzahl unserer Zeitgenossen als ‚machtvolle Wirklichkeit' angesehen werden, so liegt es in jedem Falle an uns – als ausgewiesene ‚Erdmenschen' –, mit Nachdruck darauf hinzuwirken, diese Blase zum Platzen zu bringen. Diesem aufgeblähten Popanz haben wir die ‚Kraft der Wahrheit' entgegenzusetzen. Einer unumstößlichen Wahrheit, die schlichtweg darin besteht, dass Leben und Überleben auf der Erde nur mit einem lebendigen, nicht völlig ruinierten Planeten funktioniert. Und diesen nach wie vor lebendigen Planeten haben wir demzufolge an den Höhlenwänden von Lascaux*** zu neuem Leben zu erwecken!"

Hierauf antwortete Consdorf: „Es geht also um einen aufrichtigen Blick hinter die Kulissen. Deshalb benötigen wir zwingend einen robusten, weißen Plastikvorhang, der einerseits die Höhlenwände weitgehend abdecken kann, der andererseits aber auch ohne größere Mühe aufzuziehen ist. Auf diesem wäre demnach die hässliche technologische Fratze unserer Zeit in allen möglichen Facetten abzubilden! Die prinzipielle Frage ist sowieso nicht, ob wir den Fortschritt aufhalten können, sondern vielmehr, ob der scheinbar unvermeidbare Fortschritt uns aufhalten kann."

8. „Re-Earthing"

Perfekter Anflug.
Alle Hindernisse aus
dem Wege geräumt,
der Acker scheint für eine
Landung bestellt.

Krötenwanderung

Unruhig, aber behäbig schaukelte das schwere Metallteil hin und her. Zwischen zwei halb herabhängenden Armen baumelte es tief wie eine überladene Seilbahngondel an ihrem Lastseil – so, als wartete es nur darauf, sich im passenden Moment ruckartig aus seiner Verankerung zu reißen.

Hatten es Consdorf und Stephan bei schwerer Bohrarbeit mit Ansatzpunkten zu tun, die in größerer Entfernung, fernab befahrbarer Wege oder Straßen, lagen und somit nur fußläufig erreichbar waren, so entschieden sie sich, als erstes ihre 30 Kilogramm schwere „Ziehvorrichtung" auf den Weg zu bringen. War dieses unhandliche Ding erst einmal am Bohrpunkt abgestellt, so konnten alle weiteren Transportgänge gelassener und vor allem auch deutlich unbeschwerter angegangen werden. Zumeist wurde dieser erste, unangenehme Weg mit einer bewährten Ankündigung eingeleitet. „Lass uns erst mal den ‚Kotzbrocken' nehmen!", hieß es dann, nachdem zuvor vier Augen beinahe synchron auf die rückseitig geöffnete Ladefläche des Kombis geblickt hatten und dort umgehend fündig geworden waren. Sodann zeigten sich auch schon zwei tastende Hände damit beschäftigt, die Tragegriffe der gewichtigen Metallvorrichtung fest zu fassen zu bekommen.

Derart bestückt verschwanden die beiden umgehend mehrere Meter weiter in einem kaum durchschaubaren Dickicht aus armdickem Gehölzjungwuchs, locker eingestreutem Strauchwerk und kniehoch kriechendem Brombeergebüsch. In ihrer Mitte hing besagter unförmiger Metallblock, in der jeweils anderen, freien Hand hielt jeder einen verhältnismäßig leichten Gegenstand – etwa eine Erdsonde oder eine Verlängerungsstange. Den nun folgenden, unvermeidbar holprigen Schritten eine gewisse Gleichförmigkeit verleihend, kam diesen freien Händen die Aufgabe zu, ruckartige Schritt- und Trittfolgen durch rhythmische Gegenbewegungen gekonnt auszugleichen. Und genau diese Luftakrobatik kam nun in einem breiten Spektrum zur Aufführung: Mal war es ein ausweichendes Schulteranziehen zwischen eng beieinander stehenden Bäumen, mal ein fast gescheitertes Fußabdrehen vor einem niedrigen Baumstumpf, im nächsten Moment ein verdrehter Kopf, der vor einem soeben noch angespannten und nun zurückschnellenden Zweig auszuweichen hatte, und schließlich die ein oder andere kaum erkennbare Bodenunebenheit, die den Bewegungsablauf unwiderruflich aus dem Gleichgewicht zu bringen drohte. In jedem Fall der Fälle kam es zu spontanen Verzögerungen und Schrittfehlern, die irgendwie mit weit ausladenden Bewegungen der freien Hand eingefangen wurden.

Vor allem aber das Brombeergebüsch hatte es in sich. Zwar stellte sich dieses ihnen nicht etwa als mannshohe, kaum überwindbare Wand entgegen, wohl aber nötigte es ihnen eine Gangart ab, die durch gezielte, steil von oben nach unten herab geführte Schrittfolgen gekennzeichnet war. Stellenweise kamen sie sich vor, als seien sie stapfend wie ein Storch in einem flachen Gewässer unterwegs. Die besondere Tücke, die dieser Gebüschformation innewohnte, bestand darin, dass die langen Enden der bodennah niedergestreckten Brombeerzweige zu überaus innigen Verzahnungen neigten. Durch die stachelige Ausprägung ihrer Zweige kam es somit in der Art eines Klettverschlusses zu Verbindungen, die über eine beachtliche Zug- und Reißfestigkeit verfügten.

Derart schien es nun so, als würde den Lastenträgern mit Schritt und Tritt die Überprüfung dieser mechanischen Festigkeit obliegen. Zwar drückte jeder aufsetzende Fußtritt die rutenartigen Schösslinge mit ihrem dunkelgrünen Blattwerk und den derben Widerhaken zunächst zu Boden, das dem weiteren Bewegungsablauf im Sekundenbruchteil folgende Abheben des Fußes vermochte jedoch deren machtvolle Wiederauferstehung unaufhaltsam in Gang zu setzen. Entweder gelang es dem soliden Arbeitsschuh, eine halbfeste Zweigverbindung zu zerreißen, was sofort deutlich als ein in die Länge gezogenes Kratzgeräusch vernehmbar war, oder aber der Fuß verhedderte sich hoffnungslos in der Brombeerschlaufe und hing dort wie in einer Fußfessel fest. Ein derart blitzschnelles Zuschnappen der „Brombeerfalle" brachte sodann das ohnehin labile Gleichgewicht zwischen dem Vorder- und dem Hintermann vollends ins Wanken.

Kam die Bewegung abrupt von vorne ins Stocken, so drohten 30 Kilogramm Metall in einer Kniekehle zu landen, nahm das Verhängnis hingegen von hinten seinen Lauf, so drohte der zweite Mann kopfüber in die schwere Last hineinzustürzen. In beiden Fällen machte sich umgehend Unruhe und Hektik breit: Da gab es umknickende Knöchel, einknickende Kniegelenke, weite Ausfallschritte und vorwärtsschnellende Oberkörper. Vor allem aber die wilde Gestikulation jener freien Hände mit ihren langen metallenen Auswüchsen brachten reichlich Dynamik ins Spiel.

Nachdem es Consdorf und Stephan mit Beharrlichkeit und einer gehörigen Portion Glück gelungen war, trotz der allen Ortes lauernden Hindernisse und Gefahren ihren Parcours fehlerfrei – das bedeutete ohne Abwurf und Sturz – hinter sich gebracht zu haben, konnte die mitgeführte Last am Bohrpunkt abgesetzt werden. Dem schloss sich ein zweiter, ein dritter und ein weiterer Transportgang an, und schließlich hatte die komplette Bohrausrüstung zu ihrem Einsatzort gefunden. Da die letzten erforderlichen Wege keinerlei Einvernehmen erforderten, bot sich beiden unabhängig voneinander die Gelegenheit, das bereits mehrfach durchstreifte Terrain genauer in Augenschein zu nehmen.

Bei diesen Sologängen waren ihnen beiläufig einige etwa anderthalb Meter tiefe und annähernd grabförmige Erdlöcher aufgefallen. Und als sie später ihre Arbeit am ersten Bohrpunkt beendet hatten und eine weitere Bohrposition im Dickicht ansteuerten, fanden sie erneut zu jenen ominösen Grabungsstellen und machten dort mit Blick in die Löcher einige merkwürdige Entdeckungen: „Da liegen irgendwelche komischen Erdklumpen drinnen", meinte Stephan und ging unvermittelt in eine Hockstellung über.

„Das glaub' ich dir wohl, dass in einem Erdloch auch Erdklumpen zu finden sind", antwortete Consdorf mit freundlicher Überheblichkeit.
„Nein, wirklich – schau doch mal genau hin!", sagte Stephan und wies seinen Kollegen mit einer bogenförmigen Armbewegung an, ebenfalls neben dem Loch in die Knie zu gehen.
Dann blickten sich beide auf Augenhöhe an und beinahe synchron kam ein einziges Wort in mindestens dreifacher Folge zum Vorschein: „Erdkröten, Erdkröten, Erdkröten."

„Da sitzen mindestens ein Dutzend Erdkröten bzw. Erdkröten-Pärchen in dem Loch", tat Consdorf erstaunt kund.

„Die sind da einfach hineingeplumpst", ergänzte Stephan und fügte hinzu: „Die haben ihren Parcours nicht wie wir mit Bravour bestanden, sondern sind geradewegs und unbeirrbar in die Falle getappt."

„Irgendwo hier ganz in der Nähe muss sich ein Laichgewässer befinden", stellte Consdorf fest. „Was ich mich allerdings frage, ist, ob sich die Tiere auf dem Wege zu dem Gewässer hin oder aber auf dem Rückweg in Richtung heimatlicher Erdhöhle oder sonstigen Unterschlupfes befanden?"

„Das ist doch wohl klar", erwiderte Stephan und gab Folgendes zu bedenken: „Du siehst doch die kleinen, anhänglichen Kerle auf dem Rücken der Erdkrötenweibchen. Glaubst du etwa, die würden noch an ihrer Partnerin kleben, nachdem sie beim Laichgeschäft zum Zuge gekommen sind?"

„Das klingt plausibel", räumte Consdorf ein. „Dann waren die Unken eindeutig auf dem Hinweg zum Laichgewässer", ergänzte er und ließ seinen Blick beiläufig dem sanft abfallenden Gelände folgen, da er irgendwo dort unten einen Teich, einen Weiher oder aber einen kleineren See vermutete.

„Das ist ja schon ziemlich gemein", sagte Stephan, „da folgen die Kröten instinktiv ihrer Natur, wollen genau dorthin zurück, von wo sie vor Jahren hergekommen sind, und dann landen sie in einem Grab, das fremde Kreaturen ihnen geschaufelt haben. Was ich mich an diesem Punkt allerdings frage, ist, ob nicht auch die Spezies Mensch bald in Löchern landen wird, aus denen es kein Entkommen mehr gibt?"

„Genau!", kam es aus Consdorf laut hervor, „aus den meisten Löchern, die der Zweibeiner an der Erdoberfläche gegraben und hinterlassen hat, hat er bislang irgendwie wieder herausgefunden. Und ist er erst einmal einem dieser Erdlöcher entstiegen, so zieht er in der Regel weiter, um an anderer Stelle ein neues, zumeist noch größeres Loch anzulegen. Derart folgt eine Katastrophe auf die andere, und in der rückwärtigen Spur bleibt nichts als Verwüstung zurück. Obwohl diese Zerstörungsmentalität allzu offenkundig nicht seiner eigenen Natur folgt, die doch darin besteht, als Lebewesen in alle möglichen Kreisläufe eingebunden zu sein, ist er bislang zumeist mit einem blauen Auge davongekommen. In greifbarer Ferne dürften sich allerdings Löcher auftun, aus denen – trotz eines beachtlichen Haufwerks aus Wissenschaft und Technik – ein Entkommen kaum mehr möglich erscheint."

„Bevor wir jetzt allerdings noch tiefer ins Theoretische abgleiten, sollten wir zunächst unser eigenes Geschäft im Auge behalten", sagte Stephan schmunzelnd. Dann richtete er sich aus der Hockstellung auf, blickte prüfend um sich her und entdeckte in dem mitgeführten Maurereimer einen Klappspaten. Diesen packte er sich, schraubte das Schaufelblatt rechtwinklig am Stiel fest und meinte, ohne eine Miene zu verziehen: „Wenn wir doch wieder einmal einem schlecht bezahlten Job nachgehen, dann sollten doch wenigstens hier an diesem Loch ein paar Kröten für uns rausspringen!"

Nun nahm er Consdorf fest an die Hand, zog diesen etwa einen Meter nah an den Rand der Grube heran und ließ sich, nachdem er erneut in die Knie gegangen war, rückwärts die steile Böschung hinabgleiten. An der kollegialen Hand wurde er derart wie eine Last an einem Kranhaken herabgelassen. Als er unten gelandet war, drehte er sich kurzerhand um und setzte auch schon das abgeknickte Blatt des Klappspatens waagerecht und zentimetergenau unter seiner ersten Kröte an. Mit dem Druck seines Handballens gegen den Spatenwinkel wechselte das Tier nachfolgend seine Position, ohne hierbei den Bodenkontakt aufgegeben zu haben. Dieser ging erst in jenem Moment verloren, als Stephan erneut aufrechtstand und nun das Tier mit Hilfe des Spatens in einem flachen Bogen in Richtung des vermuteten Gewässers katapultierte. Nach dieser kurzen Luftnummer erfolgte eine sanfte Landung im Laub, die die Kröte umgehend veranlasste, ihre unfreiwillig unterbrochene Wanderung erneut aufzunehmen.

Mit dieser erfolgreichen Methode konnte nun eine Kröte nach der anderen aus dem Erdloch befreit werden. Dort, wo Pärchen zur Beförderung anstanden, zeigte sich, dass die innige Paarbindung bzw. die Sattelfestigkeit des Krötenmännchens selbst während des kurzen Höhenfluges und der ungewohnten Landung Bestand hatte. Daneben drängte sich Consdorf und Stephan der Verdacht auf, als würden die kleineren, männlichen Kröteneinzelgänger, nachdem sie zur Landung gekommen waren – anders als die Paare und die größeren weiblichen Einzelkröten –, ihren fußläufigen Kurs mit schnelleren Sprungfolgen und größerer Stringenz angehen. Die

Frage, ob dieser feine Unterschied etwa den günstigeren Gewichtsverhältnissen zu verdanken sei oder aber jenem mutmaßlichen Druck zuzuschreiben sei, sich am Laichgewässer auch noch auf Partnersuche begeben zu müssen, sahen sich beide jedoch außerstande zu beantworten.

Neben den einfach zu handhabenden Fluganwärtern, die seriell einer nach dem anderen aufgeschaufelt und abgefertigt wurden, gab es natürlich auch solche, die als Problemfälle größere Aufmerksamkeit und vor allem mehr Zeit in Anspruch nahmen: Einige Krötenexemplare hatten sich an der Böschung des Erdlochs tief in Ritzen zwischen grobem Gesteinsschutt verkrochen. Andere wiederum waren dort einem Hohlraum gefolgt, den eine abgerissene Baumwurzel hinterlassen hatte. Diese Kandidaten vermochte Stephan nur mit Hilfe eines langen Stöckchens und leicht hebelnder Bewegungen aus ihrem Versteck zu locken. In jedem Fall aber war aus den Mäulern dieser gegängelten „Problemkröten" zuvor ein deutliches „ük, ük, ük" zu vernehmen. Nachdem auch diese Tiere mit der notwendigen Hartnäckigkeit auf ihre Reise geschickt worden waren, galt es abschließend einen ganz besonders sturen Fall zum Aufbruch zu bewegen.

Eine Amphibie wollte sich absolut nicht aus ihrem tödlichen Winkel vertreiben lassen. Da halfen auch kein Stochern und kein gut gemeintes Zureden. Diesem Verweigerer wusste Stephan schließlich jedoch mit einem besonders hinterhältigen Trick beizukommen. „Hier kommen wir nur mit einer biologisch fundierten Arbeitsmethode weiter", meinte er, „derselbe Instinkt, der den Lurch in das Loch hineingeführt hat, wird ihn nun auch wieder aus diesem hinauslocken." Daraufhin entnahm er mit gespitztem Daumen und Zeigefinger dem im Erdloch angeschnittenen, stark humosen Oberboden einen dicken Regenwurm, legte diesen auf dem Klappspaten ab und reichte ihn seinem Kollegen mit den Worten: „Bitte einmal wässern und dann gut abputzen!"
Zunächst tupfte Consdorf den sich auf dem Spatenblatt windenden Erdbewohner vorsichtig mit einem Papiertaschentuch ab. Danach ließ er sich von Stephan das Stöckchen aushändigen. Dieses schnitt er sodann mit dem Taschenmesser von einem Ende aus der halben Länge nach auf und klemmte den armen Wurm zangenartig in den gegabelten Zweig. Abschließend übergab er seinem Kollegen den präparierten Köder. Was im Weiteren geschah, nahm nun allenfalls wenige Sekunden in Anspruch: Stephan manövrierte das

Stöckchen mit dem lebhaft zappelnden Wurm in die verwinkelte Erdritze hinein und hielt der Kröte den schmackhaften Braten buchstäblich vor die Nase. Diese wiederum zögerte nicht lange und schnappte gierig zu. Das Zubeißen war für Stephan sodann das Signal, die Rute mit Bedacht und vor allem ohne Eile aus der engen Spalte herauszubewegen. Und als diese schließlich im hellen Licht zum Vorschein kam, tauchte an deren Ende eine allseits wild strampelnde Kröte auf, die sich – wie ein Fisch an der Angel – offensichtlich an dem großen, saftigen Wurm verbissen hatte.

„Hiermit erkläre ich die Krötenrettung für beendet, die Harmonie im Dschungel ist wiederhergestellt", sagte Stephan und schleuderte das Tier samt dem Stock mit einem kurzen Wurf ins Laub.

Hierzu meinte Consdorf: „So, nun haben wir beide – dem Wurm sei Dank – die Erdkröten wieder auf ihren Weg gebracht. Die können jetzt wieder ihrer Natur folgen und sich im nahen Laichgewässer fortpflanzen. Aber die Frage, die ich mir nach dieser Aktion nun stelle, ist die, wie sich denn gleichwohl der „Zeitgenosse Mensch" zurück zu seiner eigenen Natur führen ließe. Oder anders ausgedrückt: Nach welcher Art hätte er diesen unumgänglichen Schritt selbst auszuführen? Da er die Löcher, in die er in Bälde hineinpurzeln dürfte, doch mit eigener Hand schaufelt, kann die Devise für ihn doch nur lauten, sich vor sich selbst zu schützen. Und der beste Selbstschutz kann meiner Meinung nach nur darin bestehen, sich auf einen Pfad zu begeben, der erneut hin zu seiner eigenen verlorengegangenen Natur führt."

„Glaubst du etwa, auch wir als Erdmenschen sollten im übertragenen Sinn irgendwelchen Kröten, Würmern oder unserem Instinkt folgen?", ging Stephan kurz dazwischen.

„Na klar, meinst du, du wärst etwas Besseres als dieser wurmige, nackte Erdbewohner? Ob du es dir eingestehen magst oder nicht, auch deine eigene Existenz ist aufs Engste mit der räumlichen und ökologischen Dimension des Erdplaneten verknüpft. Du selbst bist, vergleichbar dem wühlenden Wurm, ähnlich jener berühmt-berüchtigten Made im Speck, mit dem dich umgebenden System verwachsen – du selbst, dein Körper, dein Geist und deine Seele, bist integraler Bestandteil eines globalen, alles umfassenden Ökosystems. Dein Leben steht in engstem Kontext zu den bewaldeten und beackerten Flächen, die mit natürlichen oder naturnahen Böden ausgestattet sind. Das, was dieses System dir überlässt, formt deinen Körper und ebnet dir die Wege für ein angemessenes Überleben. Und dein Handeln, ob es nun im Geiste oder im Ungeiste dieses natürlichen Rahmens angelegt ist, wirkt direkt oder indirekt auf das System zurück."

„Demnach befände ich mich hier in diesem Erdloch haargenau an der richtigen Stelle – quasi in Startposition" – erwiderte Stephan, „ich müsste jetzt rein bildlich gesprochen nur mit beiden Händen voran, genau zwischen dem dunkelbraunen Oberboden und dem unterlagernden hellbraunen Substrat, in die Erde eintauchen."

„Genau das – und zwar mit Herz und Verstand", ergänzte Consdorf; „so, als wolltest du unter einem Teppich herkriechen, müsstest du einem Regenwurm gleich in die humose Welt abtauchen. Denn der dortige Kosmos mit seinen natürlichen Kreisläufen ist derselbe, der dich allen Ortes auf der Erdoberfläche begleitet."

„Wenn ich jetzt deiner Vorgabe folgen wollte, hieße das doch, dass ich meine Natur mit der Ökologie des Erdplaneten in Einklang zu bringen hätte!", stellte Stephan mit Blick auf das im Erdloch angeschnittene Bodenprofil in den Raum und ergänzte: „Meine menschliche Natur ist dabei zunächst nichts anderes als mein menschlicher Körper. Und dieser wiederum äußert sich in menschlichen Bewegungen und Geschwindigkeiten, in einer spezifisch menschlichen Raum- und Zeitwahrnehmung und selbstverständlich auch in allen möglichen Formen menschlichen Konsums."

„Letztlich sollte es doch nur darum gehen, wieder voll und ganz ‚Erdmensch' zu werden und sich als lebendigen Teil des Ökosystems zu verstehen", meinte Consdorf und fuhr fort. „Seit einigen Jahrhunderten wurde unter Vorherrschaft des linearen Denkens und technologischen Handelns mit Nachdruck daran gearbeitet – wie mit einem schweren Hammer –, aus der runden Erdkugel eine platte Scheibe zu klopfen. Damit schien für lange Zeit ein raumloses Gebilde erschaffen, von dem alles Problematische irgendwie seitwärts hinunterfallen konnte. Wir hingegen müssten nun konsequent daran gehen, dass die Kugelgestalt mit all ihren Vernetzungen und Kreisläufen wieder vollends zum Vorschein kommt – und dieses vor allem in unseren Köpfen."

Dieses Statement krönte Stephan mit den Worten: „Für uns kann das letztlich nur bedeuten, mit ganzer Kraft und geschärftem Bewusstsein zu einem bedingungslosen ‚Re-Earthing' aufzubrechen.

In memoria tenere

Nach Jahren stand für Nikolaus Consdorf fest, auch er müsse beizeiten auf einem städtischen Fleckchen Erde einen Gemüsegarten anlegen. Gerade dort gelte es, genau jenen Bodenkontakt zu hegen und zu pflegen, der dem Stadtbewohner unserer Tage abhandengekommen ist. Im Vorfeld dieses weisen Entschlusses hatte er wohl einige Male überlegt, ob er sich dieser Strategie folgend nicht allzu sehr dem Pfad des „Aussteigens" verpflichte. Im Laufe der Zeit kam er jedoch dahinter, dass er mit Blick auf die natürlichen, erdeigenen Gesetze ja vielmehr auf einen „Einstieg" hinarbeite und nicht etwa auf einen „Ausstieg"! Nicht denen, die sich wieder stärker dem natürlichen System annähern wollen, ist eine „Aussteigermentalität" anzukreiden, sondern denjenigen, die sich für immer und ewig in ein naturfeindliches, vorrangig konsumorientiertes Grabensystem eingemauert haben.

Im Gedenken an seinen „Mosel-Urgroßvater", der in der Nachkriegszeit die Kleingärtnerei aufgenommen hatte, hat Consdorf dieses hochrangig erdgebundene Vorhaben schließlich in die Praxis umgesetzt. In seinem Gärtchen sieht er – wenn er denn so will – die Erkenntnisse seiner Dienstzeit auf eine wenige Quadratmeter große Fläche, an ein quasi handliches Taschenformat erinnernd, eingedampft. Mit seinem kleinen, überschaubaren Gemüsebeet leistet er fortan einen, wenn auch bescheidenen, so doch aber höchst symbolischen Beitrag zur Ernährung der Familie.

Mit dieser Kulturfläche hält er seinem Nachwuchs wie auch sich selbst vor Augen, welcher Art Hege und Pflege die Feldfrüchte benötigen, bevor sie zur Reife kommen, geerntet werden können und man letztlich genussvoll in sie hineinbeißen kann. Für den Bodenforscher steht außer Zweifel, sein familiärer Anhang und er sind mit Blick auf das globale System über genau diese Gartenfläche „geerdet". Die dort dem Erdboden entsprießenden Kulturpflanzen zeigen ihnen unmissverständlich an, dass menschliche Existenz, auch wenn sie in der Großstadt ihr Haus hat, untrennbar mit der gebärenden Kraft des Erdplaneten verbunden ist. Der kleinen Beetfläche kommt ein derartiger Stellenwert zu, dass sie im Frühjahr und Sommer mehrfach wöchentlich gemeinsam und beinahe andächtig besucht wird. Diese bewegte Szene vor Augen, mag ein Außenstehender mit Recht geneigt sein, eher von einer Kult- denn von einer Kulturfläche zu sprechen.

In dem kleinen Gemüsegarten zeigt sich dem Nachwuchs, in welchem Tempo die Nutzpflanzen – im Gleichklang mit der Jahreszeit – ihr Blattwerk entfalten und hierbei Form und Farben wechseln. Der Kinderblick ist hierbei darauf gerichtet, dass es verschiedene Pflanzen gibt, die arteigene Merkmale haben und unterschiedliche Ansprüche an Boden und Wasser stellen. Im Consdorf-Garten zeigt sich, dass die Lehrlinge gerne dem Vorbild des Altgärtners folgen und ihm bei dem einen oder anderen Handgriff – beim Säen, Harken, Gießen oder Ernten – hilfreich zur Seite stehen. Freude haben sie besonders dann, wenn ihnen neben Grab- und Gießgerät ein kleines Beet und einige Samen oder Setzlinge überlassen werden.

Am Rande ihres kleinen Gemüsegartens hatten Groß und Klein im Frühjahr ein paar Maiskörner ausgesät. Nach Monaten waren diese zu stattlichen, über zwei Meter aufragenden Stauden ausgereift. Zum Sommerbeginn wurde ein Tomatenstandort angelegt. Dieser erforderte in der heißen Zeit tagtägliches Gießen und bescherte im Spätsommer eine ansehnliche und zudem wohlschmeckende Ernte. In einer Gartenecke wurden zwei Zucchinipflänzchen gesetzt. Hier kamen die flinken Zwergenfinger über Wochen kaum mit dem Ernten hinterher. Zudem hatten die Kinder ein kleines Kürbispflänzchen eingepflanzt. Das Blattwerk dieses merkwürdigen Gewächses überdeckte nach Monaten eine Fläche von Quadratmetern und brachte schließlich mehrere beachtliche Köpfe hervor.

Bei spielerischer Tätigkeit fanden zwei Generationen Gelegenheit, die Beziehung zu den natürlichen Dingen zu vertiefen. Indem sie mit nackter Hand den Kreislauf zwischen Aussaat und Reife behutsam begleiteten, hielten sie das Leben und die Ökologie ständig vor ihren Augen. So wie die Saat in dem Gemüsebeet aufging, so reifte in den Kinderköpfen schließlich die Erkenntnis heran, dass für den Anbau von Nahrung Beetfläche, humose Gartenerde, Gießwasser, Sonne und nicht zuletzt auch Arbeit und Fürsorge vonnöten sind.

Die Funktion und Anschaulichkeit des eigenen kleinen Gemüsebeetes hat Consdorf zur Urlaubszeit mehrfach einem Bauernhof überantwortet. Unter dem bewährten Motto „Ferien auf dem Bauernhof" wurden die Kinder dort mit Handgriffen betraut, die direkt oder mittelbar – im Näheren wie im Weiteren – mit Ackerbau und Viehzucht zu tun haben. Hier wurden sodann Kühe zusammengetrieben, Eier eingesammelt, Schweine gefüttert, Getreide geerntet und natürlich auch – sooft sich eben die Gelegenheit bot – verschiedene Fahrten mit dem Traktor unternommen.

Wie Consdorf nachdrücklich – keineswegs jedoch mit erhobenem Zeigefinger – anmerkt, zielt sein Vorgehen darauf ab, mit persönlichem Einsatz und verfügbaren Mitteln vor der eigenen Haustüre zu kehren. Deshalb kann für ihn nur gelten, konsequent darauf hinzuwirken, Nischen mit Naturpotenzial urbar zu machen. Er sieht sich dem Prinzip unterstellt, pflanzliches Leben nach Kräften zu fördern. Da er sich glücklich schätzen darf, über ein kleines Stück Land zu verfügen, weiß er eine Landbasis zu Händen, diese Vorgabe gärtnerisch umzusetzen. Hätte er demgegenüber nur Zugriff auf ein bescheidenes Balkonareal, sähe er sich gleichfalls genötigt, dieses in Form von Töpfen, Kübeln und Kästen mit Erde und verschiedenstem Grün zu bestücken.

Stephans Traum

Der Schlagbohrer läuft einwandfrei. Ein beherzter Zug am Anlass-seil hat gereicht, das laute, gleichförmig tickende Klackern des Zweitaktmotors in Gang zu setzen. Der Keilmeißel steckt sicher in der Werkzeughülse, und der Werkzeughalter ist umgelegt, so dass der Meißel nicht aus dem Bohrfutter herausfallen kann. Nun kann der alte Schlagbohrer zeigen, warum er in der technischen Dienst-vorschrift TDv 3820/002-13 der Bundeswehr als „Bohr- und Auf-brechhammer" bezeichnet wurde.

Als Erstes geht es der Asphaltdecke an den Kragen. Der Keilmei-ßel wird senkrecht angesetzt und nachfolgend mehrere Zentimeter tief in die bituminöse Schwarzdecke eingeschlagen. Dann muss der Winkel rechtzeitig verkleinert werden, der Schlagbohrer somit in Schräglage gebracht werden, um ein erstes größeres Asphalt-stück herausbrechen zu können. Wartet der Geräteführer mit die-sem Handgriff allerdings zu lange, frisst sich der Keilmeißel gna-denlos in der leicht elastischen Deckschicht fest, und ein kraft- und mühevolles Ruckeln wird erforderlich, um das Werkzeug erneut beweglich zu bekommen.

Heute klappt jedoch alles bestens. Und auch von Anstrengung kann keine Rede sein. Auf einer Fläche von rund einem Quadrat-meter ist die fünfzehn Zentimeter dicke Asphaltdecke bereits schwer angeschlagen. Nun wird der gebrochene Schutt mit Händen und Füßen flüchtig zur Seite geschoben. Anschließend werden eine zweite und eine dritte Lage der Deckschicht gebrochen und entfernt. Schließlich hat der Asphalt verloren. Nun ist der graue, zwanzig Zentimeter mächtige, betonartige Unterbau an der Reihe. Dieser ist von deutlich spröderer Konsistenz als der aufliegende Asphalt, demnach allerdings auch wesentlich bruchfreudiger, und verursacht beim Meißeln einen weniger abgedämpften Klang. Das Klackern des Schlagbohrers geht somit in ein metallisches Klang-bild über. Da der Keilmeißel jetzt gröbere Brocken bricht, sind zwischenzeitlich kleinere Pausen angeraten, um den gebrochenen Grobschutt beiseitelegen zu können. Auch der fleißige Schlagboh-rer, der am Auspuff und an der Schutzkappe des Schalldämpfers schon warm gelaufen ist, hat sich eine kleine Bohrpause verdient und wird – im Leerlauf weiter laufend – seitwärts abgelegt. Wäh-renddessen werden die kantigen Betonbrocken neben den Asphaltschutt auf einen Extrahaufen geworfen. Danach geht es umgehend weiter. Mit einem zweiten Anlauf wird das Ende der Betonschicht eingeläutet. Der Schlagbohrer und der Keilmeißel laufen nochmals zur Höchstform auf und durchschlagen Stück für Stück die tieferen Betonschichten. Der „Bohr- und Aufbrechhammer" hat seine Aufgabe mit Bravour bestanden und seinem Namen alle Ehre erwiesen.

Nochmals landen zahlreiche Stücke auf dem grauen Haufen, ein weiteres Mal wird das Bohrloch per Hand flüchtig freigeräumt. Dieses gibt nun einen ersten Blick in den Untergrund frei. Dort zeigt sich ein gelbbrauner Sand, dem Komponenten wie Ziegel, Betonstücke, basaltischer Schutt und Schotter beigemischt sind. Nachdem dieses Gemisch bis in einer Tiefe von rund achtzig Zentimetern aus dem Loch herausgeschaufelt ist, kommt endlich echtes Bodenmaterial – ein schöner hellbrauner, verwitterter Lösslehm – zum Vorschein. Der anthropogene Kram ist abgeräumt, nun ist der Blick in die Tiefe und auf eine hoffnungsvolle Zukunft frei.

Der Parkplatz neben der alten Schrebergartensiedlung kann derart vollständig entsiegelt werden. Auf einer Fläche von etwa 1 000 Quadratmetern können künftig mindestens zwei weitere Kleingartenparzellen entstehen. Zuvor allerdings müssen verschiedene Schutthaufen abgeräumt werden und nachfolgend einer sinn- und zweckmäßigen Wiederverwertung zugeführt werden. Neben der geregelten Entsorgung ist auf einer „Bodenbörse" Sand- und Bodenmaterial für die entsiegelte und ausgekofferte Fläche aufzutreiben.

Dann setzt erneut das gleichförmig tickende Klackern des Schlagbohrers ein. Aber nein, es gibt hier keineswegs vertraute Bohrgeräusche; es ist überhaupt nicht der arbeitende Schlagbohrer, der lärmt und Vibrationen aussendet. Vielmehr scheinen es frühe Handwerker zu sein, die in dem benachbarten Wohnblock mit fremdartigem Bohrgerät zu Werke gehen.

Stephan ist aus dem Tiefschlaf aufgeschreckt! Er trägt den Wunsch in sich, dass jeder Bundesbürger in seinem Leben mindestens einen Quadratmeter versiegelte Bodenfläche entsiegelt. Bei 82 Millionen Einwohnern (Stand 2012) kämen derart mindestens 82 Millionen Quadratmeter zusammen. Mit anderen Worten: Zirka 82 Quadratkilometer Bodenfläche würden wieder über einen atmosphärischen Anschluss verfügen. Das wäre immerhin eine Fläche, die eine Gesamtgröße von rund neun mal neun Kilometern besäße.

Wie Stephan unlängst bei einem seiner Geländeeinsätze mit Staunen und Verwunderung beobachten konnte, scheint ein derartiger Wunsch nicht vollends aus der Luft gegriffen. In einem verlassenen Gewerbegebiet in Stadtrandlage hat er dort, zwischen Lagerhallen und betonierten Zufahrten gut versteckt, bereits mehrere Stellen aufgespürt, die von emsigen Anwohnern fachgerecht entsiegelt und rekultiviert wurden, anschließend für die gärtnerische Nutzung okkupiert wurden und nun als üppig bepflanzte Gemüsebeete eine ertragreiche Ernte versprechen.

Gegenwärtig werden in der Bundesrepublik Deutschland rund 100 ha Fläche am Tag überbaut. Das bedeutet, dass pro Kopf und Jahr etwa vier bis fünf Quadratmeter Fläche verloren gehen. Bei Zugrundelegung einer künftig annähernd konstanten Bevölkerung und einer in etwa gleichbleibenden Versiegelungsrate verschwänden demnach im Laufe eines 80-jährigen Lebens ca. 360 qm Fläche pro Kopf. Das wären gegenwärtig rund zehn Prozent der bislang nicht versiegelten Pro-Kopf-Bundesfläche und entspräche in etwa einem Drittel bis der Hälfte jener Flächengröße, die „in schlechten Zeiten" bei gärtnerischer Selbstversorgung für die Ernährung einer Person vonnöten wäre.

Mehr und mehr macht sich eine innere, unbändige Unruhe breit. Sie wirft mich von einer Seite auf die andere. An Tiefschlaf ist nun keineswegs mehr zu denken. Langsam kriecht die Wut in mir hoch und entlockt meinem Schlund ein gedrücktes Murren und Knurren. Als ich schließlich mit krampfhaften, zerrenden Gesichtsbewegungen meine Augen öffnen will, zeigt sich, dass diese vollkommen verklebt sind. Nur mit äußerster Mühe, mit reibenden und kreisenden Handbewegungen, gelingt es mir, sie zu öffnen. Doch was erblicke ich dann? Nichts! Wohin ich mich auch kopfdrehend wende, ich kann absolut nichts erkennen. Ich wache geradewegs in der unendlichen Weite der Dunkelheit auf.

Von irgendwo dort draußen dringen fremdartige Gerüche herein und kriechen mir unangenehm in die Nase. Vor allem aber dieses penetrant laute Dröhnen und Rauschen ist kaum zu ertragen. Was ist draußen nur los? Soll ich direkt durch die Wand gehen, um nachzuschauen? Nein! Lautes gähnen, sich dehnen, sich recken und strecken, das sind genau jene ersten zaghaften Bewegungen, die unweigerlich zurück ins Leben führen. Danach ein kräftiges Reiben der Schultern und Hüften an den rauen Wänden und schließlich jener mit beiden Füßen geführte Befreiungsakt, der unweigerlich den Weg in die Lichtwelt bahnt. Mit einem festen Tritt ist das dichte, pfropfenartige Knäuel aus Zweigen, Laub und Fellresten nach außen befördert. Nun folgt ein zweites, hoffnungsvolles Blinzeln und Zwinkern auf ein vorangegangenes, verzweifelt wirkendes Blinzeln und Zwinkern. Nach Monaten absoluter Dunkelheit macht sich erneut das Tageslicht in der Höhle breit. Nun gibt es keinen Grund mehr, sich hier drinnen länger als nötig aufzuhalten. Doch was hat meine friedliche Ruhe nur gestört? Ich muss es wissen! Also nur raus aus dem Winterlager! Kopfüber zwänge ich mich durch den Höhleneingang nach draußen und finde mich auf einer weiten Lichtung oder besser gesagt auf einer großflächigen Schlagflur wieder. Langsam richte ich mich auf und stelle mich zögerlich auf die Hinterbeine. Ich stehe tatsächlich. Nur allmählich will mein Kreislauf in die Gänge kommen. Dann strecke ich meine Nase aufrecht in den Wind und halte meine Nüstern weit geöffnet. Ich drehe meinen Hals in alle möglichen Richtungen und lasse meinen getrübten Blick in die Ferne schweifen. Danach gehe ich erneut auf alle Viere, richte meine Ohren nochmals auf und lausche beiläufig.

Nun merke ich, dass sich mein Verstand zurückmeldet und auch die Kraft dabei ist, nach und nach in meine Glieder einzufließen. Es ist dieses jene Kraft, die über Monate in der Abgeschiedenheit im Nichts geruht hat. Zwar habe ich deutlich abgespeckt, fühle mich jedoch angenehm erleichtert und erstarkt. Meine Muskeln sind fest und geschmeidig. Erneut richte ich mich zweibeinig in den lauen Wind und lasse die frühlingshafte Sonne auf mein zottiges Fell scheinen. Die Wärme tut gut – ich fühle, dass ich lebe und dass ich stark bin. Ich bin zurückgekommen. Nochmals schnuppere ich aufmerksam in alle Richtungen. Es liegt jedoch kein altvertrauter Duft von frischen Kräutern und saftigen Beeren in der Luft. Stattdessen gibt sich der würzige Geruch des nahen Nadelwaldes von einem unangenehm rauchig-öligen Gestank entstellt. Letzterer muss dem Land hinter der Waldkulisse entstammen. Dann gehe ich in die Hocke und stoße mich beidbeinig fest vom Boden ab.

Ich spüre, wie sich der Boden unter meinen Fußspitzen ruckartig deformiert und mein Körper über die Muskelspannung der Beine blitzartig in die Höhe katapultiert wird. Ich fliege wie ein Ball nach oben! Ich steige viele Meter in die Höhe, bevor die Flugbewegung allmählich in einen abgebremsten Schwebezustand übergeht. Nun flattere ich heftig mit Unterarmen und Händen und kann so die einsetzende Abwärtsbewegung, die zurück auf den Erdboden will, über Sekunden hin aufhalten. Schließlich komme ich – gleich geruhsam fallendem Herbstlaub – sanft zur Landung.

Und was habe ich gesehen? Nichts habe ich gesehen! Zu sehr war ich von meinem Flugmanöver fasziniert – ja war geradezu berauscht von ihm –, als dass ich daran gedacht hätte, die Horizontlinie hinter den Baumgipfeln nach Auffälligkeiten abzutasten. Deshalb starte ich umgehend einen weiteren Flug. Nochmals gehe ich tief in die hockende Startposition, ein weiteres Mal drücke ich mich mit aller Kraft und Wucht vom Boden ab. Beinahe pfeilschnell hebe ich ab und fliege senkrecht durch die Luft. Ich fühle, wie sich mein Pelz eng an den Körper anschmiegt; ich spüre, wie der Luftzug scharf an meinen Ohren vorbeipfeift. Als mein Flug Sekunden später in den bekannten Schwebezustand übergeht – ich wie beim ersten Mal mit den Händen herumrudere und flattere –, blicke ich aufmerksam in die Ferne. Und? Da sind sie dann tatsächlich deutlich zu erkennen, ganz weit hinten, jene hohen Schlote, die an mehreren Stellen wie übermächtige Fruchtstände dem Dunkelgrün des Waldes zu entwachsen scheinen. Erst als das kurze Schweben deutlich in die besagte Abwärtsbewegung überwechselt, will der Blick auf jene ansehnlichen Rauchfahnen fallen, die den Schornsteinen wie lang gezogene Blumenkohlköpfe aufsitzen. Dieses wesentliche Detail tritt erst jetzt in das Bewusstsein des fliegenden Beobachters. Genau dieses Bild ist es, das einerseits – vergleichbar einem Sonnenuntergang am Horizont – mit der nun anstehenden Landung hinter der Waldkulisse verschwindet, das andererseits jedoch der Bärenerinnerung fest einverleibt scheint.

Neben den stinkenden Dreckschleudern mit ihren qualmigen Auswürfen hat die Flugerkundung keine weiteren Auffälligkeiten aufdecken können. Das, was hier auf der Schlagflur anhaltend dröhnt und rauscht, will weiterhin unentdeckt bleiben. Es muss jedoch entweder aus weiter Ferne kommen oder aber einem gut versteckten Winkel des undurchsichtigen Waldlandes entstammen.

Wenn es mir doch die Kraft erlaubt, hoch in die Luft zu steigen, so sollte sie mir auch dazu dienen, mich horizontal in Bewegung zu setzen. Oder? Zu den ominösen Schloten muss ich hin und außerdem die unsichtbare Lärmquelle entdecken. – Schon hocke ich mit allen Vieren in meinem irdenen Startloch. Sogleich habe ich die Krallen meiner Hinterbeine fest in den Boden gebohrt, um sicheren Halt zu finden; schon bin ich dabei, die Muskelspannung in den Gliedern – vor allem in den Ober- und Unterschenkeln – zu erhöhen. Dann hebe ich mein Hinterteil an, neige meinen Oberkörper leicht nach vorne und verlagere mein Gewicht im Wesentlichen auf die Vorderläufe. Nochmals konzentriere ich mich für Sekunden, versuche vor allem meine Atmung unter Kontrolle zu bringen, und löse sodann die aufgebaute Spannung mit einem explosionsartigen Sprung nach vorne auf. Umgehend geht es viele Meter durch die Luft.

Mein Flug beschreibt einen flachen Bogen. Nach rund zehn Metern setze ich mit beiden Vorderbeinen sachte auf den grasigen Boden auf, und nach einem winzigen Sekundenbruchteil folgen die beiden Hinterbeine. Sie landen – nach außen hin versetzt – einen halben Meter vor den Vorderbeinen und geben die Wucht des Aufpralls teils an den Erdboden und teils an meinen Körper weiter. Letzterer wird somit umgehend von einer schockartigen Zuckung erfasst, die sich durch die weiterhin nach vorne gerichtete Kraftkomponente hin zu einem neuen Sprung entlädt. Diesem Schema folgend, reiht sich nun ein Sprung an den anderen. Die kurzen, energetischen Start- und Landephasen wechseln sich mit lang gezogenen, quasi in Zeitlupentempo angelegten Flügen ab. Man mag mich als behäbigen, mitunter tollpatschigen Passgänger bezeichnen, dessen kurze Gliedmaßen den Eindruck von Langsamkeit vermitteln, doch was ich hier zur Aufführung bringe, das ist zweifelsfrei „Bären-Galopp" in höchster Vollendung.

Nachdem ich mit einigen Sprüngen zügig die Mitte der Schlagflur erreicht habe, lege ich dort eine kurze Verschnaufpause ein: Ich lasse mich auf einem Baumstumpf nieder, kratze meinen Pelz im Nacken und am Kopf, reiße mein Maul weit auf und fächere mit heraushängender Zunge eine Weile lang Luft in mich ein. Danach starte ich mit beherztem Anlauf meine Erkundungsreise und schwinge mich umgehend zu weiteren bogenförmigen Sprüngen auf. Während des Fluges streift meine Flanke den einen oder anderen stehengebliebenen größeren Strauch und droht mein Blick episodenhaft an einzelnen Punkten des näherrückenden Waldrandes kleben zu bleiben. Mal ist es ein einzelner, aus dem Nadelwalddickicht herausragender nackter Laubbaum, mal ein vom Windwurf eingeknickter Nadelbaumriese. Das nächste Mal kann es der Eingang zu einer Schneise oder zu einem Forstweg sein, der von dort aus tief in das dunkle Waldland hineinzuführen scheint.

Blicke ich demgegenüber im Fluge oder im Absprung mit verdrehtem Hals auf meine rückwärtigen Tatzenspuren, so will ich fast meinen eigenen Augen nicht trauen. Es zeigt sich, dass diese zwar dellenartig vertieft sind, sich aber umgehend von selbst verschließen. Es ist wirklich kaum zu glauben, aber die verschlossenen Dellen werden im Bruchteil einer Sekunde von aufkeimenden Baumsprösslingen besiedelt. Diese wiederum schießen wie aus dem Nichts zentimeter- und dezimeterhoch in die Luft.

Schon habe ich den Rand der Schlagflur erreicht und unterbreche dort meinen Flug mit einer abrupten Landung. Zuerst laufe ich ein Stück nach links. Dann mache ich kehrt und setze meinen Lauf in umgekehrter Richtung fort. Ich suche den Waldrand in der Hoffnung ab, endlich einen jener Eingänge zu finden, die ich während des Fluges flüchtig aus der Ferne gesichtet habe. Ich laufe weiter. Und da taucht er schließlich vor meinen Augen auf. Ich schlage einen scharfen Haken nach links und finde mich plötzlich zwischen hohen Fichten auf einer etwa zehn Meter breiten Schneise mitten im Nadelwald wieder. Da die Schneise geradlinig und endlos erscheint, bremse ich meinen Lauf ab und schwinge mich anschließend mit einem kräftigen Satz zu meinen bogenförmigen Flugbahnen auf. Derart geht es geradeaus weiter. Ich fliege einhundert Meter, zweihundert Meter, fünfhundert Meter ... ich kann überhaupt nicht sagen, wie viele Sprünge und welche Distanz ich bereits hinter mir gelassen habe. Das Auf und Ab meiner Absprünge, Flüge und Landungen mutet nach geraumer Zeit beinahe an wie der gleichmäßige Pendelschlag einer alten Wanduhr. Mehr und mehr fühle ich mich diesem Rhythmus ausgeliefert – ja, der Bewegungsablauf scheint sich zu verselbstständigen und schleift mein Bewusstsein irgendwie hinter sich her. Nach diesem einschläfernden Schema geht es ein beachtliches Stück weiter. Für eine gewisse Zeit weiß ich nicht, ob ich es bin, der hier fliegt, schwebt und springt, oder ob ich schlafe, leicht döse oder träume und mir das Ganze nur einbilde.

Schließlich ruft das lauter werdende Dröhnen und Rauschen schlagartig meine Aufmerksamkeit zurück. Daraufhin erfolgt noch ein halbes Dutzend von Sprüngen, bevor mir plötzlich ein hoher, weitmaschiger Wildzaun den Weg versperrt. Das ist auch der Punkt, an dem ich abrupt haltmache und mich frage: „Stehe ich nun vor einem Zaun, oder stehe ich hinter einem Zaun?" Mein Maul ist weit aufgerissen, die Zunge hängt seitlich zuckend heraus, und der weiße Seiber tropft und spritzt aus meinen Mundwinkeln. Ich spüre, wie mein Herz kräftig schlägt und mein Körper beim Ein- und Ausatmen heftig auf- und abbebt. Währenddessen bewegt sich mein Kopf von links nach rechts und von rechts nach links und erneut von links nach rechts. Ich habe die merkwürdige Lärmquelle entdeckt! Hier kommen die bösartigen Geräusche her, die der Wind über die Distanz meiner Höhle zugetragen hat und die meinem Schlaf ein jähes Ende beschert haben. Der Blick durch den Maschendraht auf die in tiefer Einschnittlage angelegte vierspurige Asphaltpiste offenbart die Quelle allen Übels. Dort zeigt sich ein hektisches, stinkendes und lautes Hin und Her von kleinen und größeren Blechbüchsen. Dort unten scheint all das, was irgendwie an Wald und Waldboden erinnern könnte, ein für alle Mal vernichtet und ausgelöscht zu sein: Es gibt dort keinen Baum, keinen Strauch und kein Kraut wie auch keinen singenden Vogel und keinen aufspringenden Hasen. Vor allem aber der geliebte Geruch von saftigen Waldfrüchten und würzigen Pilzen scheint vollends aus der Luft verbannt.

Auf der Asphaltdecke gibt es nichts, was mir auch nur annähernd gefallen könnte. Ich spüre, wie die nackte Wut in mir hochkocht und meinem Aggressionstrieb kräftig einheizt. Was sich nun anbahnt, bedarf keiner langen Entscheidung und keines hinhaltenden Zögerns: Sofort nehme ich die hockende Startposition ein, vergrößere die Muskelspannung meiner Glieder um ein Vielfaches, verlagere ein Teil meines Gewichtes nach vorne und löse mit ganzer Kraft den Absprung aus. In Windeseile geht es mit zwei kurzen Sätzen die Böschung hinunter, wobei der Wildzaun wie dünnes Garn zerreißt und spiralförmig hoch durch die Luft wirbelt. Meine Landung auf dem Straßenasphalt gestaltet sich jedoch in besonders eindringlicher Form. Sie wird mit unsanften, bösartigen Prankenhieben ausgeführt. Die Krallen der Vorder- und Hinterbeine fahre ich zeitgleich mit dem Aufsetzen der Tatzen lang aus und bohre sie umgehend tief und fest in die Asphaltdecke. Bevor der nachfolgende Absprung Gestalt annimmt, werden sie blitzschnell zur Tatze hin angezogen, so dass sie – gleich langen Schneidwerkzeugen – die Bitumendecke zerlegen. Derart zur Ausführung gebracht, von wildem Gebrüll und ruckartigen Rumpfbewegungen begleitet, fliegen auf der Fahrbahn nur so die Fetzen: Größere gebrochene Brocken, kantige Gesteinssplitter sowie kleinste Stücke in der Sandfraktion schießen durch die Luft. Es ist fast so, als sei jemand mit einer Fräse unterwegs und wolle der Fahrbahn ein für alle Mal kurzen Prozess machen.

Nach diesem Muster lasse ich nun einen kurzen Sprung auf den nächsten folgen und nehme mir einen Abschnitt von etwa einhundert Metern Länge vor. Diesen unterziehe ich – wild hin und her springend – meinen „bösartigen Landungen". So wie es sich bereits auf der Schlagflur gezeigt hatte, hinterlasse ich in meiner Spur jedoch keineswegs Dellen, tiefere Kratzspuren oder sonstige Wunden – mache mich demnach nicht als Zerstörer feige davon. Vielmehr blüht auf der durchpflügten Piste umgehend das nackte Leben auf. Erneut sind es Keimlinge verschiedenster Baum- und Straucharten, die sich in Windeseile aus aufgekratzten Löchern und Furchen erheben und diese sorgsam mit frischem Grün verschließen.

Von Sprung zu Sprung merke ich, dass meine Kraft gewaltiger wird. Dass ich breiter und tiefer in den Asphalt hineinzuschneiden vermag sowie im Ergebnis auch längere Furchen zustande bringe. Gleichfalls fühle ich, wie ich größer und größer werde, wie alles um mich herum irgendwie an Dimension und Bedeutung verliert. Auch die beweglichen Blechbüchsen, die ich zwischenzeitlich überhaupt nicht registriert hatte, scheinen mehr und mehr zu schrumpfen. Sie scheinen nun allerdings auch geradewegs auf mich anzulegen – so, als hätten sie mich ins Visier genommen. Beabsichtigen sie, derart etwa zum Gegenangriff überzugehen?

Ungeachtet gehe ich meiner Aufgabe auf der Piste nach; doch die Fahrzeuge rücken immer näher auf mich zu. Einen ersten drohenden Zusammenstoß pariere ich mit einem weit ausholenden linken Prankenhieb, einen zweiten mit einem kräftigen Körperstoß meiner rechten Schulter. Derart hebt umgehend ein Kleinwagen ab, überschlägt sich mehrfach in der Luft und knallt unter lautem Krachen etwa einhundert Meter weiter seitlich auf die Straßenböschung. Das „Rempel-Opfer", ein Kleintransporter, bleibt demgegenüber zunächst scharf an der inneren Leitplanke hängen, fährt dort unter ohrenbetäubenden, metallischen Kratz- und Schleifgeräuschen noch ein gutes Stück weiter, bis es anschließend umkippt und auf seiner glatten Dachfläche ungleichförmig quer über die Fahrbahn rutscht. Dort kommt es schließlich auf dem Rücken liegend, wie ein regungsloser Käfer zur Ruhe.

Und es tauchen weitere Angreifer auf: zahllose Pkw, mehrere Lastkraftwagen, einzelne Geländefahrzeuge sowie der eine oder andere Schwertransporter. So vehement und zahlreich sie auch herannahen und auf mich zuhalten, so energisch und fantasievoll stelle ich mich ihnen entgegen. Ich begegne ihnen mit weit geführten Prankenhieben und kurzen Faustschlägen, trete mitunter wie ein wild gewordenes Huftier mit beiden Hinterbeinen aus und bringe vor allem mein breites Kreuz mehr als gekonnt ins Spiel. Ein leichtes Zucken meiner Schultern, unterstützt von einem kaum angewinkelten Oberarm, und schon geht eine der auffahrenden Blechbüchsen in den unkontrollierten Flug über.

Zwar lege ich es keineswegs darauf an, alles abzuräumen, was mir hier zu nahe kommt, doch bleibt mir die eine oder andere Parade nicht erspart. Nicht jedes Fahrzeug ist willens, mir und meinem Treiben auszuweichen. Einige glauben offenbar fest daran, das

Recht auf ihrer Seite zu haben, und sind keineswegs gewillt, auch nur einen linken oder rechten Millimeter ihrer Spur preiszugeben. Ich frage mich an diesem Punkt, welchem Rechtsverständnis die Lenker dieser Fahrzeuge folgen. Diese Frage im Hinterkopf – sie scheint ebenso unausweichlich wie mein Handeln –, fliegt weiteres Blech durch die Luft. Dieses kommt sodann an allen möglichen Positionen auf und außerhalb der Fahrbahn unsanft zur Landung. Mir reicht es schließlich; vor allem das laute Krachen, Schleifen, Donnern und Dröhnen ist nicht zu ertragen. An einer Stelle, wo die Leitplanke des Mittelstreifens auf einer Länge von rund zwanzig Metern plattgefahren ist, wechsele ich auf die Gegenfahrbahn über.

Habe ich für einen kurzen Moment geglaubt, auf dieser Pistenseite deutlich ungestörter meinen Absprüngen, Flügen und Landungen wie auch meinen aufwühlenden Attacken nachgehen zu können, so zeigt sich jedoch unmittelbar, dass ich mich hier dem gleichen Kräftespiel des anstürmenden Verkehrs zu stellen habe. Auch auf dieser Fahrbahnseite kann ich nur ein unvollendetes Bild hinterlassen. Es besteht aus punkt- und linienförmigen Grünspuren unterschiedlicher Form und Länge, aus kompakten, verformten Autowracks sowie aus unzähligen Schrottteilen, die wild und unsortiert die Straßenlandschaft zieren.

Dann verlasse ich diesen unruhigen Ort. Mit zwei kräftigen Sprüngen habe ich die Böschungskrone erreicht und reiße mit einem Prankenhieb, in bewährter Manier, den auch jene Straßenseite zierenden Wildzaun nieder. Nach wenigen Laufmetern entlang des Waldrandes finde ich schließlich die bekannte Schneise wieder, die demnach durch den Autobahnbau zerschnitten worden ist. Auf diesem vertrauten geradlinigen Pfad setze ich nun meine Reise fort.

Ich bin mir bewusst, dass ich auf- und abspringe. Durch die Luft fliegend ziehe ich erneut bogenförmige Bahnen und bringe diese mit gekonnten Landungen zur Vollendung. Ich spüre, dass ich diesen Bewegungsablauf weder steuern noch kontrollieren muss. Er scheint dermaßen tief mit meinem Fleisch und Blut verwachsen, dass er automatisch abläuft, ohne dass ich auch nur einen Gedanken über ihn verlieren müsste. Ich fühle mich, als wäre ich in Trance – mit einem schwebenden Bewusstsein. Der Dämmerzustand trägt mich durch die Luft und bringt mich auf der Schneise nach vorne. Mal bin ich auf lichter Höhe der Baumwipfel und fühle die warme Sonne auf meinem Pelz, mal befinde ich mich zwei Etagen tiefer und sehe dort das gleichförmige Stammholz der Fichten wie aufgestellte Gitterstäbe an mir vorbeirasen. Derart geht es längere Zeit geradeaus weiter. Doch dann ist mit einem Male Schluss.

Die Schneise und der Wald hören abrupt, auf und der Dämmerzustand setzt mich unsanft auf einer riesigen Freifläche ab. Es kommt mir vor, als wäre ich mit einem harten Fußtritt aus einem fahrenden Fahrzeug herausbefördert worden. Fest schlage ich auf dem Boden auf. Ein kurzes, schmerzhaftes Rucken geht durch meine Knochen, und ich finde mich plötzlich auf allen Vieren wieder. Als erstes drehe ich meinen Kopf wirr in alle Richtungen und hebe dabei mein Riechorgan hoch in die Luft. Nun tritt mir mit voller Wucht jener rauchig-ölige Gestank entgegen. Es ist der gleiche Geruch, der mich in meinem Winterlager belästigt hat. Und mehrere nach oben gerichtete Blicke zeigen mir nunmehr an, wo ich mich befinde. Ich bin angekommen. Zweifelsfrei habe ich die Quelle des quälenden Qualms gefunden. Auf einer riesigen, hoch eingezäunten Fläche ragen mehrere Schornsteine in die Luft empor. Ich werfe meinen Kopf weit in den Nacken und blicke zu den lang gezogenen Rauchfahnen auf, die den Schloten ungezwungen entweichen.

Dann senke ich meinen Blick und schaue durch den maschigen Stahlgitterzaun hindurch: Neben den Schornsteinen stehen riesige, lang gezogene Werkshallen, burgartig aufgestellte Turmbauten und große Behälter in Zylinderform. Alles ist über verschiedene vertikale und horizontale Gerüstverstrebungen irgendwie miteinander verbunden und wirkt wie zu einem kompakten Ganzen fest zusammengeschraubt. Im Umfeld der zentralen Hochbauten befinden sich weitläufige Stellflächen, die mit Betonplatten versiegelt sind und auf denen abschnittweise Schienenstränge eingelassen sind. Auf diesen parken lange Schlangen von kesselförmigen Eisenbahnwaggons.

Ich spüre, wie meine Kraft ins Unermessliche wächst. Sie hebt mich weit über die Höhe der Absperrung hinaus. Ich weiß, was ich kann und was ich zu tun habe! Ich werde die Harmonie wiederherstellen! Dann gehe ich mit einem machtvollen Satz nach vorne zur Attacke über …

Zur Meditation

In ruhigem Tempo betrat Consdorf die kleine, beschauliche Schlagflur. Kniehohe, aufrecht stehende Heidelbeerstängel hatten sich hier zu dichten Gebüschen formiert und begleiteten seinen Gang mit einem angenehmen Rascheln. Dieses ließ ihn daran erinnern, dass er in Kindestagen einige Male in einem Getreidefeld unterwegs gewesen war und dort zwischen hohen Halmen mit „akrobatischem Bedacht" – gleich einem vorwärtsschreitenden Seiltänzer – seine Füße gesetzt hatte. Mit Blick auf seine hiesigen Schritte kam es ihm allerdings so vor, als suchten die kleinen, länglich-eiförmigen Blätter förmlich Kontakt und wollten sein Schuhwerk bürsten und reinigen, um ihn derart vom Staub der angrenzenden Forstpiste zu befreien. Nach rund fünfzehn Metern hatte er schließlich den mächtigen am Boden liegenden, nicht entrindeten Baumstamm erreicht und durfte sich nun auf ein ge- mütliches Pausenintermezzo freuen.

Als er bequem zu sitzen gekommen war, blickte er zunächst in alle möglichen Richtungen – so, als wolle er all das auflesen, was seine Augen zu fassen bekämen –, verlangsamte Zug um Zug seine Atmung und stimmte sich voll und ganz auf die sinnliche Welt der geöffneten Waldfläche ein: Hier gab es surrende, schwirrende Insekten, nahes und fernes Vogelgezwitscher und jede Menge sanftes Blätterrauschen, was wie ein Grundakkord stimmig in der Landschaft hing. Daneben wehte von allen Seiten her ein würziger Duft von Waldluft. Zudem waren es die schräg gestellten, pfeilar- tig weisenden Sonnenstrahlen, die die nahen Waldränder erhellten und derart dazu anregten, auch diese Halbwelt des Übergangs sinnlich zu fassen. Nachdem Consdorf minutenlang den eigentüm- lichen Kosmos der Schlagflur in sich aufgesogen hatte und sich in ihm das Gefühl einstellte, in diese Welt wie in einen Kokon mol- lig-warm eingewoben zu sein, blieb sein Blick unvermittelt an jenem sauber abgesägten Baumstumpf kleben, der wenige Meter neben seinem Pausenplatz aus der Erde ragte. Indem dessen harzi- ge Schnittfläche mit ihren konzentrischen Jahresringen ihm weiß- matt entgegenglänzte, glaubte er mit einem Male zu spüren, wie die warmen Sonnenstrahlen auch in dieses Holz vordringen woll- ten.

Doch was hatte es mit diesem Stubben, dessen Wurzeln nach wie vor fest im Boden steckten, auf sich? Standen hier etwa Kräfte im Raum, die sich keineswegs mit einem Sägewerkzeug ausmerzen ließen – die tiefer angelegt waren als das, was die Oberfläche zu erkennen gab?

Consdorf ließ die Gestalt des abgesägten Baumstumpfes eine ganze Weile lang auf sich einwirken. Dann rutschte er rücklings von seinem Baumstamm herunter, kam zum Stehen und bewegte sich mit wenigen langsamen Schritten auf das Stockholz zu. Dort ging er unvermittelt in die Knie, warf nochmals einen flüchtigen Blick auf die glatte Schnittfläche, strich mit der flachen Hand einmal quer über die Jahresringe und fing an, seine Arbeitsschuhe aufzuschnüren. Schnell waren die langen Senkel entknotet und ausgehakt, und schon kamen nacheinander zwei dickbesockte Füße zum Vorschein. Danach streifte er die Socken ab und ließ diese zusammen mit den Schnüren im Inneren des Schuhwerkes verschwinden. Anschließend ging er daran, seine Hosenbeine sorgfältig von den Knöcheln an hochzukrempeln. Als er auch diesen vorletzten Arbeitsschritt verrichtet hatte, bestieg er mit einem energischen Satz barfüßig die klebrige Plattform des Wurzelstocks.

Hier auf dem ungewöhnlichen Podest war ihm zunächst allerdings nicht klar, welche Haltung er einnehmen sollte. Sollte er etwa zu einer Säule erstarren oder nacheinander alle möglichen Posen aufführen? In jedem Fall aber mahnten seine allmählich auf der harzigen Stumpffläche anklebenden Fußsohlen an, in dieser Hinsicht schnell zu einer verbindlichen Entscheidung zu kommen. Nach verschiedenen unruhigen Arm- und Beinbewegungen fand er schließlich zu einem festen Stand. Dieser zeigte die Fersen spitzwinklig aneinandergestellt, die Hände am langen Arm flach auf die Oberschenkel gelegt und den Kopf leicht in die Höhe geneigt, so dass er mit ganzer Aufmerksamkeit alles Treiben auf der Schlagflur überblicken konnte. Und hierbei bediente er sich keineswegs eines fokussierten Blickes, sondern vielmehr einer halbwachen Beobachtung, die die Ränder des Gesichtsfeldes nach Auffälligkeiten abzusuchen trachtet.

Die Statik dieses Bildes aufrecht haltend, schickte er sich nunmehr an, der äußerlichen Bewegungslosigkeit vergleichbare innere Ruhe und Gelassenheit folgen zu lassen. Hierzu atmete er weitere Male genau das tief ein, was er eben bereits am Baumstamm aufgesogen hatte. Hierbei tauchten nochmals verschiedene Bildsequenzen, Klänge und Düfte des Waldreichs auf, die – vergleichbar der frischen Atemluft – einen direkten Zugang zu ihm suchten und sich umgehend in tiefe Bewusstseinsschichten absetzen wollten: Im Hintergrund, unmittelbar vor der Waldkulisse, ein bunter, taumelnder Schmetterling, im Vordergrund eine eilige, weite Bögen zeichnende Fliege und irgendwo dazwischen ein leises, laues Lüftchen, das waren nun jene Bewegungen, die ihm angenehm zu Augen und zu Ohren kamen.

Daneben schien es Consdorf in seiner Habachtstellung mehr und mehr so, als würde die Wärme des allseits strahlenden Himmelsblaus in ihn einströmen und gleichermaßen, geradewegs von seinem Körper aus, erneut aufsteigen. Er konnte sich des Eindrucks nicht erwehren, als würden die Sonnenstrahlen in seinem Körper einen Fließmechanismus in Gang setzen. Zudem war da plötzlich der Gedanke an das harzige Stockholz unter seinen Füßen. Sollte sich dort etwa zwischenzeitlich eine feste Klebebindung gebildet haben – er somit festen Fußes an das Wurzelwerk des Stumpfes angedockt haben?

Mit einem Male überwältigte ihn das berauschende Gefühl, als würden Säfte in ihm aufsteigen – und zwar die gleichen, die auch in den benachbarten Baumgestalten am Fließen seien. Der Wurzelstock, auf dem er stehe, würde dem erdigen Untergrund Wasser und Nährstoffe entziehen und diese als Nährlösung hoch in seinen Körper leiten. Und in dieser Weise fungiere er als Mittler zwischen der Boden- und der Pflanzenwelt. Indem Consdorf dieses machtvolle Bild mit vollem Herzen aufnahm und als unwiderrufliches Faktum anlegte, lenkte er seine Beobachtung auf weitere Details: Mit Blick auf die randnah stehenden Nadelbaumkronen und deren wankende, hellgrüne Jahrestriebe schien es ihm, als wolle auch er in die Höhe wachsen. Gleich Ästen und Zweigen fühlte er all seine Glieder Millimeter für Millimeter und Zentimeter für Zentimeter nach Höhe und Weite tasten. Wie die Zweige und Blätter in den höchsten Wipfeln kaum erkennbar zitterten, so glaubte er mit einem Male, in Bälde dort oben mit seinen Fingern im Winde klimpern zu dürfen.

Und so sah er sich von einem zum nächsten Augenblick der bodennahen Schicht entschwinden. Höher und höher arbeitete er sich auf das Niveau der größeren Sträucher vor. Waren nunmehr bereits die grünen, unreifen Heidelbeeren kaum mehr erkennbar, so traten nun vor allem die weißen Blütenstände der Vogelbeere ins Blickfeld, die die Ränder der Schlagflur wie Positionslampen markierten.

Aber auch diese mittlere Höhe vermochte Consdorf nicht zu halten. Er wuchs weiter! Sein Bewusstsein hob ihn nach und nach über die mehrere Meter hohe Strauchschicht hinaus. Und dann sprang ihm am Waldrand plötzlich jene stattliche Rotbuche ins Auge, die einzeln in den Fichtenforst eingestreut war. Instinktiv zoomte er diese näher heran und nahm deren Astwerk in Augenschein. Wie er als Junge einige ansehnliche Bäume erklettert hatte, so ging er nun daran, auch die Krone der Buche in Besitz zu nehmen. Ast für Ast – wie auf Leitersprossen – tastete er sich nun in die Höhe vor. Ein vorsichtiger Tritt folgte einem beherzten Zupacken, und ein zögerlicher Griff antwortete einem energischen Tritt. Mal kam er bequem auf einem kräftigen Ast zu stehen und fand mit fester Hand irgendwo oberhalb Halt, das nächste Mal stand er schräg und wackelig auf einem abgebrochenen Ast und konnte sich nur mühevoll in enger Umklammerung des Stammes halten. Entscheidend für sein weiteres Vorankommen war nur, dass er konsequent und unbeirrt dem Aufstiegsschema folgte.

An einer Gabelung des Hauptstammes hatte er noch kurz zu entscheiden, welchen Weg er einschlagen solle, bevor er auch schon – flink wie ein Baummarder – auf einem der kräftigeren Äste in Richtung des Kronendaches unterwegs war. Als er derart das Niveau der obersten Zweige erreicht hatte, hielt er kurz inne. Er war sich nunmehr vollkommen sicher, dass seine Erkundung an diesem Punkt keineswegs beendet sei – dass er jetzt noch genau einen entscheidenden Schritt weitergehen müsse. Dann gab er sich und seiner Vorstellung einen inneren Ruck: Er nahm eine hockende Stellung ein, erhöhte die Muskelspannung in den Beinen, versetzte dem Kronendach einen leichten, rückwärtigen Tritt und sah sich umgehend vor schönstem Himmelsblau in einen nicht beschreibbaren Schwebezustand übergehen.

Ich atme, ich esse, ich trinke

Am Morgen, wenn ich mit der Dämmerung im Herzen erwache, öffne ich behutsam meine Augen. Sodann gebe ich mich entspannt den weiten Wogen des Amselgesangs hin. Dieser scheint von beinahe überall her zu kommen: Aus dem entfernten Park, dem angrenzenden Vorgarten, dem Wohngebäude selbst oder aus dem tiefsten Inneren meines Körpers.

Erneut hat mich der Planet nach einer Nachtfahrt an einem frischen Morgen abgesetzt; ein weiteres Mal klopft er an meiner Türe, um mich zu einer neuen Tour abzuholen. Ich bin glücklich, vollkommen entspannt und fühle mich sehr dankbar. Ich bin dankbar, dass das Licht zu meinem Körper vordringt und dass meiner Lunge für den Tag Atemluft zur Verfügung steht. Noch befinde ich mich in der Horizontalen, liege bedeckt im warmen, weichen Nest und atme die ins Zimmer strömende Frischluft tief und langsam ein. Anschließend gebe ich sie mit dem Atem guter Dinge der Atmosphäre zurück. Ich genieße das frühe, glänzende Licht, das die flachen Sonnenstrahlen zu meinem Lager hinübersenden. Ich spüre die sanften Strahlen auf meiner Haut. Mit dem Licht an der Hand bin ich gerne bereit, mich den Aufgaben und Pflichten des Tages zu stellen.

Ich freue mich auf kühles, klares Wasser, das ich gedanklich in einem freundlich sprudelnden Gebirgsbach an meinem Lager vorbeifließen sehe. Gleichfalls denke ich an frische und schmackhafte Nahrung, die geruhsam und friedvoll in dem Boden meiner Erde gedeihen durfte. Auch am heutigen Tage wird sie mich mit der nötigen Kraft und Energie versorgen und meinen Körper und Geist in Bewegung halten. Mit Genuss sehe ich mich eine doppelte Handvoll kühlen Wassers zum Munde führen. Anschließend beiße ich in eine schmackhafte Frucht – vielleicht in einen knackigen Apfel oder in eine saftige Birne. Das abgebissene Fruchtfleisch werde ich langsam und sorgfältig zerkauen, den Geschmack mit geschlossenen Augen genießen und verinnerlichen. Für den heutigen Tag werde ich ihn mit auf meine Reise nehmen. Dann werfe ich entschlossen das Oberbett zurück, erhebe mich schwungvoll und starte gut gelaunt und stark in den neuen Tag!

Ruhen.
Ich lausche,
dein Atem kommt zu mir.
Herannahender Tag.

Trinken, Essen, Danken.
Dein Wasser füllt meine Zellen,
die Frucht hält mich in Gang,
ihr und ich in einem.
Auf der Höhe.

In Bewegung.
Dein Fels ruht – ich sitze, ich stehe.
Dein Wasser fließt – ich gehe.
Dein Wind weht – ich laufe.
Kraft, du strömst aus der Hand.

In mir ruhen.
Ich atme,
ich lausche draußen und drinnen,
ich spreche zu dir:
Tag, du hast mich erschaffen,
Lebenssaat, du gedeihst.

Morgen – erneute Fahrt.
Ich als Teil von dir,
du als Teil von mir.
Gemeinsam wollen wir Erde sein.

Anhang 1 – Technologischer Fortschritt

Da die geschilderte Vorgehensweise sehr kraftaufwendig ist und vor allem auch nachweislich den Orthopäden in die Hände spielt, gibt es eine körperfreundlichere Variante, den Bodenbohrer aus dem Boden zu ziehen: Man bedient sich hierbei eines zweiarmigen Hebels – mit einem kurzen Lastarm und einem langen Kraftarm –, der mittels einer 72 cm langen, an einem Ende U-förmig gekrümmten Metallstange, der sogenannten Ziehstange, und unter Einbeziehung des Polyamidhammers konstruiert wird. Der Hammer wird zu diesem Zweck auf den Kopf gestellt und in zirka 15 cm Abstand von dem eingeschlagenen Pürckhauer-Bohrstock positioniert.

Bezüglich des Polyamidhammers und auch der Ziehstange ist hier noch auf einige wesentliche Details hinzuweisen. An dem Hammerstiel befinden sich – regelmäßig über seine Länge verteilt – 21 Kerben und ein massiver, beweglicher Metallring, der an den einzelnen Kerben schräg eingehängt werden kann. An diesem Metallring ist außerdem ein zylindrischer, 45 mm langer und 15 mm starker Metalldorn angeschweißt. An der Ziehstange wiederum ist senkrecht zur Ebene des U-förmig gekrümmten Endstückes ein fünf mal fünf Zentimeter großes Metallstück angeschweißt, das in seiner Mitte eine Bohrung von rund 20 mm Durchmesser aufweist.

Die mysteriöse Ziehstange stellt nun die Verbindung zwischen dem Schlagkopf des Pürckhauer-Bohrstocks und dem Ring bzw. Metalldorn des Hammerstiels dar. Hierzu wird als Erstes das gekrümmte Ende der Ziehstange in die Querbohrung des Pürckhauer-Schlagkopfs gehängt und als Zweites die Bohrung an der Metallplatte der Ziehstange zu dem Metalldorn des Ringes an dem Hammerstiel geführt und auf diesen aufgesteckt. Der Metalldorn fungiert im Folgenden – im Sinne der Hebelmechanik – als Drehachse. Ist in dieser Weise die Verbindung zwischen dem im Boden eingeschlagenen Bodenbohrer und dem Metalldorn hergestellt, wird der Pürckhauer mittels pumpender Bewegungen an der Ziehstange aus dem Boden gehebelt.

Anhang 2 – Consdorfs Eifelfahrt

Nachdem Consdorf von Köln kommend auf der A 1 den nahezu ebenen, überwiegend zwischen 120 und 160 m Höhe über NN liegenden Landschaftsraum der Zülpicher Börde hinter sich gelassen hat, bewegt er sich wenige hundert Meter südwestlich von Euskirchen-Wißkirchen unmittelbar auf den Nordrand der Eifel zu. Dieser ist hier aus Gesteinen des Unterdevon (dem ältesten Abschnitt des Devon; rund 380 Mio. Jahre zurückliegend) aufgebaut. Nach zirka zwei Kilometern Fahrstrecke, die in einem Höhenniveau wenig oberhalb von 200 Metern durch den Billiger Wald führen, fährt er einem schwachen Gefälle folgend in eine schmale, Nordwest-Südost gerichtete grabenartige Senke – den Graben von Antweiler. Dieser besteht unter anderem aus tertiären Tonen, Feinsanden und Kiesen, die bis vor rund zwei Millionen Jahren hier abgelagert wurden. Blickt man hier während der Fahrt in südöstliche Richtung, so fällt einem in der offen ausgebreiteten Kulturlandschaft zumindest der besonders schöne, zylindrisch geformte, weiß getünchte und mit einem spitz-runden Dach versehene Turm der Burg Zievel ins Auge.

Südwestlich der tertiären Mulde schließt sich ein über eine Distanz von vier bis fünf Kilometern lang gezogener, steil ansteigender Streckenabschnitt an, in dem ein Höhenniveau von rund 150 Metern abgearbeitet wird. Dieser Autobahnabschnitt führt überwiegend durch den Mechernicher Wald, in dem wie am nördlichen Eifelrand erneut Gesteine des Unterdevon vorherrschen. Im Gebiet des Mechernicher Waldes liegt die A 1 in einer Höhenlage von rund 350 m über NN.

Südlich der Autobahn-Anschlussstelle Bad Münstereifel, die in wenigen hundert Metern Entfernung südlich des Mechernicher Waldes folgt, fallen nachfolgend – vor allem auf der rechten, also westlichen Seite – unruhige, auf engem Raum stark wechselnde Oberflächenformen auf. Hier bestimmen ein lebhafter Wechsel zwischen kleineren, kuppenförmigen Hügeln und Rücken sowie unterschiedlich angeordneten Mulden und schwach geneigten Flachformen das Landschaftsbild. Auch zeigt sich hier ein kleinflächiger Nutzungswandel zwischen kleineren Forstflächen und Feldgehölzen, in denen die Waldkiefer deutlich hervortritt, auf der einen Seite und mehr oder weniger streifenförmig angelegten Feldern und Weiden auf der anderen Seite. Dieser charakteristischen, strukturellen Vielfalt wie auch der damit einhergehenden und deutlich ins Auge fallenden dunkelbraunen Färbung der Bodenkrume tritt man in einer Höhenlage zwischen 350 und 480 m über NN entgegen. Wie der Bodenforscher bereits vor Antritt der Fahrt weiß, durchquert die A 1 hier in einem etwa sechs Kilometer langen Abschnitt die Sötenicher Kalkmulde. Die hier in der Kalkmulde lagernden Gesteine sind jünger als das nördlich und südlich angrenzende Unterdevon und werden geologisch dem Mitteldevon (dem mittleren Abschnitt des Devon; rund 350 Mio. Jahre zurückliegend) zugeordnet. Mit anderen Worten ausgedrückt: Die Kalke der jüngeren mitteldevonischen Mulde liegen dem älteren unterdevonischen Grundgebirge auf.

In dem sich weiter südlich anschließenden Streckenabschnitt, der über eine Distanz von rund sieben Kilometern in sanftem Bogen in südöstliche Richtung führt und dort schließlich rund vier Kilometer östlich von Blankenheim auf der alten B 51 endet, tauchen nachfolgend in dem Zingsheimer Wald und der Mürrel einerseits wiederholt Landschaftselemente des unterdevonischen Grundgebirges auf, sind andererseits wiederum stellenweise Merkmale der mitteldevonischen Kalkmulden zu beobachten. In dem hier durchquerten Eifelgebiet treten Geländehöhen zwischen 500 und 550 m über NN auf. Das Nebeneinander der unterschiedlichen Landschaftstypen liegt darin begründet, dass hier der nach Norden verbogene Ostflügel der Blankenheimer Kalkmulde an mehreren Stellen fiederförmig auf das unterdevonische Grundgebirge übergreift.

Nachdem die A 1 an der Anschlussstelle Blankenheim an der alten B 51 endet, geht die Eifelfahrt in südwestlicher Richtung weiter. Die Trasse der Bundesstraße liegt nun über eine Distanz von etwa 17 Kilometern im Bereich der Blankenheimer Kalkmulde. Diese besitzt das gleiche Alter wie die bereits durchquerte Sötenicher Kalkmulde – ist somit ebenfalls ins Mitteldevon zu datieren. Die Streckenführung der B 51 folgt im weiteren Verlauf in etwa der Längsachse dieser Kalkmulde. In diesem Abschnitt werden zunächst nur Höhenunterschiede in der Größenordnung weniger Dekameter überwunden. Zum einen fallen zunächst wiederum Abschnitte mit hoher struktureller Vielfalt und kleinflächigem Nutzungswandel auf – wenn auch in deutlich abgeschwächter Form wie in der Sötenicher Kalkmulde –, zum anderen zeigen sich nördlich der B 51 weiträumige Acker- und Weideareale, die ausgesprochenen Flächencharakter aufweisen. Auch die bis an die Horizontlinie heranreichenden, bis in einer Entfernung von rund zwei Kilometern in Nordrichtung liegenden, eintönigen Fichtenforstflächen des Forstes Schmidtheim – die sich wiederum im unterdevonischen Grundgebirge befinden – sind ebenfalls in einem vergleichbaren Höhenniveau angelegt. Ob es sich hier wohl um eine der berüchtigten Eifelrumpfflächen handelt?

Fragen wie diese köcheln während der routinemäßigen Fahrt im Kopf des Bodenforschers auf kleiner Flamme, während er auf Höhe der Ortschaft Schmidtheim schließlich bemerkt, dass er soeben einen wenig erhöht liegenden Streckenabschnitt hinter sich gelassen hat. Von diesem Geländepunkt an, der bei knapp 580 m Höhe über NN liegt, geht die Fahrt nachfolgend – immer noch auf carbonatischem Untergrund der Blankenheimer Mulde – auf einer Länge von rund sieben Kilometern in überwiegend südwestlicher Richtung kontinuierlich bergab, bis das Fahrzeug schließlich in einer Höhe von zirka 460 m über NN das Obere Kylltal quert.

Zunächst fährt man jedoch unmittelbar nördlich der Ortschaft Dahlem in eine insgesamt wenig ausgedehnte schüsselförmige Vertiefung; im Anschluss führt die Fahrt südwestlich von Dahlem auf der linken Straßenseite – im Bereich einer lang gezogenen Weide – über eine Länge von rund einem Kilometer an besonders markant hervortretenden, flach ausstreichenden Kalkköpfen vorbei.

Hat der Kraftwagen die Kyll und etwa 200 Meter später auch die Landesgrenze zwischen Nordrhein-Westfalen und Rheinland-Pfalz in südlicher Richtung hinter sich gelassen, folgt nochmals ein steiler, lang gezogener Anstieg. Auf einer Länge von vier Kilometern muss das Fahrzeug auf einer schwach gewundenen Strecke einen Höhenunterschied von zirka 140 Metern überwinden, bis es ein Niveau von rund 600 Metern über NN erreicht hat. In diesem anschließend flach entwickelten Abschnitt taucht weit und breit nichts mehr von der Anmut einer offenen Kalksteinlandschaft auf. Hier befindet man sich erneut auf unterdevonischem Grundgebirge, in dem vor allem die forstwirtschaftliche Nutzung mit den bekannten monotonen Fichtenforsten das Bild bestimmt. Auffallend ist, dass sich die Streckenführung auch in den nächsten drei Kilometern hinsichtlich der absoluten Höhenlage kaum mehr ändert. Die Streckenführung der B 51 liegt hier im nordöstlichen Schneifelgebiet – im Bereich des Forstes Arenberg.

Nach den besagten drei Kilometern hat das Fahrzeug in einer Höhe von 610 m über NN schließlich die Wasserscheide zwischen dem Einzugsgebiet der Kyll im Norden und Osten sowie der Prüm im Süden erreicht. Von diesem Geländepunkt aus, an dem rechts neben der Straße – auf erhöhtem Posten – ein stattlicher Gasthof thront, wird die B 51 in einem halbkreisförmigen Bogen, der zunächst in südwestliche Richtung weist, hinunter ins Obere Prümtal geführt. Den Talboden des Reuther Baches, der wenig später in die Prüm einmündet, erreicht die Straße hier in einer Höhe von zirka 540 m über NN. Im weiteren Verlauf, auf den nächsten vier Kilometern, ist die Trassenführung der Bundesstraße an den Lauf der oberen Prüm angelehnt, wobei das Gewässer – bezogen auf die weit geschwungene Straßenführung – einige Male die Straßenseite zu wechseln scheint. Südlich von Olzheim befindet sich die Fahrbahndecke schließlich in einer Höhe von rund 500 m über NN. In dem gesamten von der oberen Prüm entwässerten Gebiet, welches wannenförmig in das höhere Umland eingelassen ist, steht die weidewirtschaftliche Nutzung im Vordergrund. In diese sind häufig kleinere Waldinseln eingestreut. Großflächige und geschlossene Forstflächen tauchen erst in einem Höhenniveau oberhalb von 560 m über NN auf. Rund zwei Kilometer südlich von Olzheim, etwa auf der Höhe des zu einem kleinen Stausee aufgestauten Litzerbaches, schwenkt die B 51 auf das linke Prümufer über und lehnt sich in ihrem weiteren Verlauf in einer relativen Geländehöhe von 20 bis 40 Metern oberhalb des Talbodens an die östlichen Hangflanken der Weinheimer Wälder an. Auf den nächsten folgenden elf Kilometern Strecke zeichnet das Fahrzeug einige weit geschwungene Halbbögen nach und bewegt sich innerhalb eines Höhenspektrums von 480 bis 520 m über NN mehrfach auf- und abwärts. Schließlich erreicht es zirka 500 Meter südöstlich des Prümer Ortsteils Dausfeld in 500 m Höhe über NN sein vorläufiges Ziel. Hier trifft der Bodenforscher schließlich auf den Nordrand der berühmt-berüchtigten Prümer Kalkmulde.